唐诗性格

影响诗坛千年的
十六张面孔

张志勇 著

中国青年出版社

图书在版编目（ＣＩＰ）数据

唐诗性格 / 张志勇著 . -- 北京 : 中国青年出版社 ,2019.2

ISBN 978-7-5153-5495-8

Ⅰ . ①唐… Ⅱ . ①张… Ⅲ . ①唐诗—诗歌评论 Ⅳ . ① I207.227.42

中国版本图书馆 CIP 数据核字（2019）第 028019 号

责任编辑：李 凌　　段 琼
书籍设计：瞿中华
插　　图：郭淑玲

出版发行：中国青年出版社
社址：北京东四十二条21号
邮政编码：100708
网址：www.cyp.com.cn
编辑部电话：（010）57350520
门市部电话：（010）57350370
印刷：三河市君旺印务有限公司
经销：新华书店
开本：710×1000　1/16
印张：16.25
字数：210千字
版次：2019年6月北京第1版
印次：2019年6月河北第1次印刷
定价：39.00元

本图书如有印装质量问题，请凭购书发票与质检部联系调换
联系电话：（010）57350337

序

　　唐诗是我国传统文化最精华、最有价值的载体之一。它们不仅是我们民族语言的钻石，是我们民族文化经过时间淘漉和历史沉淀的结晶，更是中华民族情感体验的瑰宝，它们所负载的美好品质，现在、将来都不会过时。陶冶情操、理解世界、认识我们的民族，唐诗是最好的选择之一。

　　长期以来，文化市场上关于唐诗诵读、鉴赏的作品不断推出，丰富了我们的文化生活，受到人民群众的广泛欢迎。但是，我们发现这些作品在解析诗歌现象成因的时候，常常把原因归于社会背景、经济条件或政治环境，而很少从诗人性格的角度去分析，较少言及诗人性格与其创作之间的关系。众所周知，生活环境对个体性格的养成起着很大的作用，而个体性格所包含的背景内容，最终由诗人实施并展现在文学作品中。那么，诗人性格与创作之间的密切联系，理应引起我们的深入思考。

　　性格是个人在社会行为中所表现出来的心理特征的总和。个人兴趣、才能、习惯的表现，均要受到性格影响。在诗人的艺术创作活动中，性格起着核心作用，它对诗人作品风格主观性的诸因素产生有力的制约。诗人性格中的勇敢、怯懦、开朗、鄙俗、拘谨、敦厚、平和、圆滑、温柔、刚烈、幽默以及整个内心世界，都可以直接影响诗人的创作心态、创作风格、作品内容、审美趣味以及作品的传播，所以诗人性格对其诗歌创作有着至关重要的影响。一般来说，性格独特的诗人，作品风格也会独树一帜。

　　人是文学的根本表现对象。"性格决定命运"这句话可能属于"偏激的深刻"，但"文如其人"的说法的确适用于绝大部分文学创作者。古代诗人是有生命、有个性的鲜活人物，不是躺在书本里或显示在手机屏幕上的姓名符号。那么关注诗人性格这一维度，将我们的情感投入与古人进行心灵的沟通，去探寻他们内心世界中更细微的东西，可以帮助我们衡量、鉴别诗人的人生取向、道德操守、生活情趣甚至人性的深度，让我们更好地认识唐诗的生成过程与诗歌的原生态，这对于提高我们对文学艺术的品鉴能力是极为要紧的。

首先说一下"诗仙"李白。这个"绣口一吐就是半个盛唐"的俊逸才子，性格豪放张扬、洒脱自信、豁达率真、任侠尚道。他说自己"我本楚狂人，凤歌笑孔丘"，杜甫说他"天子呼来不上船，自称臣是酒中仙"。所以李白偏爱形式比较自由的古体歌行，如《将进酒》《蜀道难》《行路难》《梦游天姥吟留别》《宣州谢朓楼送别校书叔云》《梁甫吟》等，这样在创作时思想可以率意驰骋，而不必受平仄、对仗、结构以及字数的限制和束缚。这些诗歌完全打破了诗歌创作的一切固有格式，空无依傍，笔法多端，达到了任情挥洒而变幻莫测、摇曳多姿的神奇境界。李白的绝句自然明快，飘逸潇洒，如《望庐山瀑布》《早发白帝城》《静夜思》等，能以简洁明快的语言表达出无尽的情思。李白的诗雄奇飘逸、俊逸清新，常将想象、夸张、比喻、拟人等手法综合运用，极具浪漫主义精神，同时诗中自我表现的主观抒情色彩十分浓烈，感情的表达具有一种排山倒海、一泻千里的气势。这些诗歌风格都和他的性格密切相关。

再说和李白同被誉为盛唐双子星的杜甫。杜甫被后人称为"诗圣"，他的诗被称为"诗史"。其性格是仁慈敦厚、刚毅耿介、疾恶如仇、奉儒守官、迂阔疏宕。其诗上悯国难，下痛民穷，诗风沉郁顿挫，随意立题而又随时敏捷，尽脱前人窠臼。如《春望》、《北征》、"三吏"、"三别"、《登高》、《秋兴八首》等作品，炼字精到，对仗工整而格律严谨，同时感情真挚，不仅善于运用古典诗歌的许多体制，而且还能加以创造性的发展。特别是杜甫的五七古长篇，亦诗亦史，展开铺叙而又着力于全篇的回旋往复，标志着中国诗歌艺术的高度成就。

盛唐时期的山水田园诗人孟浩然性格恬静朴素、自守内秀、简单平畅、风神散朗，其诗歌则不事雕饰，伫兴造思，富有超妙自得之趣。他善于发掘自然和生活之美，即景会心，能写出一时真切的感受。同时代另一位著名山水田园诗人王维则是亦官亦隐，聪颖过人，游走于喧闹与静寂之间。王维性格旷淡高远、笃定自适、深情超逸、孤贞坚正，其诗歌特色表现为秀色内含，端凝而不露骨、超逸而不使气，神味绵渺，华藻秀雅。

　　同为边塞派的诗人代表高适和岑参，性格迥异，诗风也大相径庭：高适落拓不拘小节，务功名，尚节义，喜言王霸大略而衮衮不厌，属于心胸豁达、擅长纵横论辩的文人，其诗指斥弊政，笔力雄健且气势奔放；岑参则沉稳豁达、乐观合群，其人敏锐尚奇，其诗想象丰富、意境新奇，气势磅礴而风格奇崛，兼词采瑰丽，具有浪漫主义特色。

　　中唐的白居易青年时激进、躁动，审美上比较喜欢新颖华丽，中年内省深沉，晚年平和疏淡。表现在诗歌上，青年时的《观刈麦》《秦中吟》《新乐府》等作品为事而作，志在兼济，故注重写实、崇尚通俗、强调讽喻，以期上达天听，补察时政。中年时的《琵琶行》《春游二林寺》《对酒示行简》《江州赴忠州至江陵已来舟中示舍弟五十韵》《问刘十九》等作品开始有意远离政治旋涡，尽量使自己的注意力放到日常生活中。再到晚年的《耳顺吟寄敦诗梦得》等作品则专注于"品物之常理，过闲适人生"。刘禹锡是中唐时期一位主体性和个性意识都非常强的诗人，具有一种近乎天生的政治家情怀和深沉的功业理想。其刚直性格、倔强心态以及强烈的孤独意识，使他虽多遭贬谪，但功名意识与士人的人格精神从未减退与沦落，反而得到了进一步的强化和推展。反映到诗歌上，刘禹锡的诗歌既有严词正色、慷慨激昂的一面，也有诙谐幽默甚至调侃的一面。

　　有着"文章巨公"和"百代文宗"美誉的韩愈，其性格以道自任、帝师意识、直爽坦率、聪颖刚直，表现到文学创作中，就是既有最具独创性和代表性的以雄大气势见长和怪奇意象著称的诗作，也有平实顺畅、清新自然、朗朗上口的诗作。柳宗元的性格正义刚直、细腻执着、沉着冷静，在多年的贬谪生涯中，其性格由初始的外向型的激切发露向内敛型的忧郁冷漠转变，在诗歌创作上则表现为其思乡怀友诗抑郁悲愤、幽峭峻郁；山水闲适诗清深意远、疏淡峻洁。

作为中唐诗坛上独树一帜的诗人，李贺虽只活了二十七岁，却在诗史上留下浓墨重彩的一笔，以苦思苦诣展现了自己独特的性格特征。身体羸弱的他，性格抑郁孤僻、直率脆弱而又躁动敏感，反映到诗歌中，他既创作了逍遥自在、闲适洒脱的仙界，又有凄冷酸凉、阴森恐怖的鬼蜮冥界以及笑语悲歌、物欲苦痛的尘世，语言上更是求新求异、求怪求险，终生呕心沥血地构筑诗国的华丽宫殿。

李商隐是晚唐乃至整个唐代为数不多的刻意追求诗美的诗人。他的诗歌构思新奇，风格秾丽，尤其是一些爱情诗和无题诗写得缠绵悱恻，优美动人，但部分诗歌（以《锦瑟》为代表）则过于隐晦迷离，难于索解，以至有"诗家总爱西昆好，独恨无人作郑笺"之说。这种诗风的成因，除了社会因素和他的穷儒身份致使其生活困顿、体弱多病等个人因素外，李商隐的多重人格也是重要因素。具体表现为自身既乐观，又悲观；既积极，又消极；既敏感脆弱，又坚贞执着；既自负自傲，又自卑自怜；既优柔内向、多愁善感甚至软弱鄙俗，又渴望美、追求美，甚至有自虐的倾向。这种多重性格的冲突，使他在作品中既执着于对人生追求和内在感情的表现，又时时表现出自我怀疑、否定、迷惘和伤感。他是一个孤独的舞者，生前孤独地舞着。杜牧身上更多的是世家遗风。他孤傲憨直、个性张扬、豪放热情、喜扬人善、心胸宽阔，不逢迎权贵，也不肯经营财利，又受到道家的人生观影响，有着随缘任运、消极放达的人生态度，表现在诗歌上就是题材广阔、笔力峭健、情韵跌宕，充满了高朗明快的理性精神甚至乐观的幻想。

其他如王勃、陈子昂、贾岛等诗人也都因性格各异，展现出不同的诗风。清人吴雷发说"诗以道性情，人各有性情，则亦人各有诗耳"，说的就是性格与诗风的关系。我们在诵读唐诗时，不能仅做文字表面的解读，还要结合诗人的性格特点，将诗情文意看作他生活经历的一种反映，是他生活的历史记录。

本书不是关于唐代诗人生平行实的考辨，不是诗歌的诠释研究，不是象牙塔里的学术文字，而仅仅是诗歌阅读者的感言与赏读。在传统文化热的当下，如何让唐诗的精粹以大众喜闻乐见的形式出现，是我一直在思考的问题。现在我就将感言与赏读集结成册，奉献给大家，希望能对广大唐诗爱好者了解唐诗、欣赏唐诗有所助益。

本书从酝酿、构思、撰写到修改成书，时耕时辍，几经翻改。在撰写过程中，拜读了许多专家学者的理论观点和宝贵成果，特此向他们表示由衷的谢忱。感谢河北大学文学院王心书记、刘金柱院长对此书的撰写和出版给予的大力支持，感谢中国青年出版社李凌老师的精心编辑，感谢为此书的出版做出辛勤劳动的所有朋友们。

文中错误、疏漏以及不当之处，诚望方家不吝指正。

目 录

陈子昂：

高扬的先觉者，孤独的观化者

初 唐诗人陈子昂，被誉为"唐之诗祖"。他的诗歌创作一扫齐梁淫靡浮艳之气，可谓"骨气端翔"，而他曲折的人生遭遇又使他的诗蕴含了儒释道等多种气质，并交相辉映，呈现出"高扬的先觉者的悲壮的孤独感，观化者的弘远的深邃感"，悲壮中有愤懑，愤懑中有超脱，超脱中又蕴含着对生命和宇宙无限的感慨。闻一多认为："可以说纵横家给了他飞翔之力，道家给了他飞翔之术，儒家给了他顾尘之累，佛家给了他终归人世而又能妙赏自然之趣。"李白赞赏其"梁有汤惠休，常从鲍照游。峨眉史怀一，独映陈公出。卓绝二道人，结交凤与麟。"是爱其纵横气质、道家风骨。杜甫却觑定"位下何足伤？所贵者圣贤"，称道"终古立忠义，《感遇》有遗篇"，是感他忠义之表、谋国之诚。白居易"每叹陈夫子，常嗟李谪仙……不得当时遇，空令后代怜"，是悲其不遇。陈子昂的一生有太多辛酸的经历，也有着豪、傲、忠、义、侠、隐等多种可贵的精神气质，以至于诗仙、诗圣、诗魔从不同角度对他赞叹有加，这也是陈子昂诗歌的魅力所在。

一

今日狂歌客，谁知入楚来

陈子昂（661年—702年），字伯玉，梓州射洪（今四川射洪）人。他的家族背景与贫士不同，史书上说陈氏是"世为豪族"，陈子昂的六世祖陈太平兄弟，曾被梁武帝拜为新城郡守等职，管辖一方，权势赫赫。陈子昂的祖父陈辩，亦"以豪英刚烈著闻，是以名节为州国所服"，"为郡豪杰"。陈子昂的父亲陈元敬更将家族中的英雄豪侠之气发挥到极致，据卢藏用《陈氏别传》云："父元敬，瑰玮倜傥。年二十，以豪侠闻，属乡人阻饥，一朝散万钟之粟而不求报。于是远近归之，若龟鱼之赴渊也。"

陈子昂幼承庭训，特别继承了其父慷慨豪侠的性格气质，卢藏用在《陈氏别传》中称其"奇杰过人，姿状岳立，始以豪家子，驰侠使气"。虽然作为"富家子"且"十八未知书"，却非巧取豪夺、纵情声色的纨绔之徒，而主要是一种"尚气决""驰侠使气"的精神面貌与见义勇为的愤世意识的体现。因而，陈子昂十八岁幡然悔悟、发愤读书后，在广泛涉猎经史百家的基础上，特别注重于钻研经邦治国的学问和游说国君的纵横术。对此，陈子昂在《谏理政书》中尝自云："以事亲余暇得读书，窃少好三皇五帝霸王之经，历观丘坟，旁览代史，原其政理，察其兴亡，自伏羲、神农之初，至于周、隋之际，驰骋数百年，虽未得其详，而略可知也。"可见其治学重点明显在于以儒家经典为根本，以揭示"霸王"之道、"兴亡"之理为途径，以现实政治功名为目的。这种"少学纵横术，游楚复游燕"的人生意气，使陈子昂早期文学创作显露出不凡的气质与才华，所作诗文"雅有相如、子云之风骨"（卢藏用《陈子昂别传》），甚至使当时已蜚声文坛的王适惊赏不已，并预言其日后必为"海内文宗"（《新唐书》本传）。

在乡学苦读三年之后，陈子昂怀着经邦济世、建功立业的豪迈情怀辞别故乡，入长安国子监学，为参加科举考试做准备。诗人顺江东下，饱览山水景色，眼界顿然开阔，于行旅途中挥笔写下一系列写景抒怀之作，以饱满的激情将奇山异水的刻画、旅途艰辛的感受与历史古迹的咏叹融为一体，流露出对前程的热切向往。如《白帝城怀古》一诗：

> 日落沧江晚，停桡问土风。城临巴子国，台没汉王宫。
>
> 荒服仍周甸，深山尚禹功。岩悬青壁断，地险碧流通。
>
> 古木生云际，归帆出雾中。川途去无限，客思坐何穷。

这首诗首、尾两联属行旅，四、五两联属山水，二、三两联则属怀古，在强烈的抒情基调上，体现了熔行旅、山水、怀古于一炉的特点。诗人舟行所至是雄踞三峡之门的白帝古城，对于首次出游的青年诗人，山水之奇险，自是其首先注目的对象。然而在陈子昂眼中，其目接神驰的却首先是些虚无荒没的历史陈迹，从远古的巴国、开凿三峡的大禹治水之功到蜀汉刘备君臣的称雄霸业，都涌现于思接千载、感慨万端之中。由其对"巴"地的回视到对"周甸"以至"禹功"覆盖区域的追寻思路，明显可见其怀古并未局限于古迹本身，而是集中于对这些古迹与中原文化关系的思索，表现出对中原文化热切的向往之情与参与意识。因此，诗的尾联作为行旅诗对路途遥遥的喟叹，实际上已转化为对功业前程的渴望。

又如《度荆门望楚》一诗：

> 遥遥去巫峡，望望下章台。巴国山川尽，荆门烟雾开。
>
> 城分苍野外，树断白云隈。今日狂歌客，谁知入楚来。

这首五言律诗，历来深受选家之推崇，后来李白的《峨眉山月歌》可以与之对读。全诗充溢着诗人游心于山水自然的兴奋愉悦之情，可以说，这已经是抒情内质的写景五律的成熟形态了。作为一首格律成熟的五言律诗，在规整的结构章法中形成不板不滞的动势，是其主要的艺术特色所在。清人纪昀评云："连用四地名不觉堆垛。"五律连用四地名，本为犯忌之法，此诗却恰恰由此显出"虚实""远近"，在"度""望"两层意义上足见"用笔变化"之功。纪昀此评，固然抓住了其结构运思之妙，但若自抒情内质深入一层，则此章法结构，并不能体现其根本特质所在。此诗最根本的特质在于诗人通过"度""望"景色层次的描绘，既构成一种疾速前行的动势，"巴国""巫峡"迅即消逝，"章台""荆门"扑面而来；又体现一种豁然开阔的感受，狭隘闭塞的蜀地山川去尽不返，开阔广袤的中原大地铺展眼前。这两重意义的合成，与其说是行旅的纪实，不如说是心路的历程，也只有站在这一角度，尾联的突发"狂歌"才有着落。因此，这"狂歌"实是胸怀宏大抱负的青年诗人在向既定目标的追求途中的心声迸发，是对自己的政治前程极度的自信。

二

囊括经世道，遗身在白云

尽管如此，陈子昂首次应试仍以落第告终，这对极为自信的诗人来说，可谓打击沉重。他在《落第西还别魏四懔》一诗中描述了当时的心境："转蓬方不定，落羽自惊弦。山水一为别，欢娱复几年。离亭暗风雨，征路入云烟。还因北山径，归守东陵田。"自身处境如"转蓬""落羽"，内心感受是孤寂凄惶，展望前程更是风雨晦暗，因而油然而生归隐之念，这是陈子昂第一首带有隐逸情调的作品。这样的处境，也使其由京城返乡途中的感受与进京时截然相反，雄心勃勃、乐观昂扬一变而为触景伤情、孤寂落寞。如夜宿襄阳时所作《宿襄河驿浦》一诗：

> 沿流辞北渚，结缆宿南洲。合岸昏初夕，回塘暗不流。
> 卧闻塞鸿断，坐听峡猿愁。沙浦明如月，汀葭晦若秋。
> 不及能鸣雁，徒思海上鸥。天河殊未晓，沧海信悠悠。

同是襄阳之地，诗人首先想到的不是羊祜、诸葛亮的匡辅功业，而是在"鸿断""猿愁"之中徒增一种迷惘与失落之感。不过，正是这种强烈的失落感，使他并不甘心于寂寞，暂时的归隐故乡实际上是怀才不遇的无可奈何。在《送梁李二明府》一诗中哀叹"黄金装屡尽""怀策未闻秦"，自比战国时期失意落魄的苏秦，内心深处恰恰流露出有朝一日功成名就的自欺。在《宿空舲峡青树村浦》一诗中，由"委别高堂爱，窥觎明主恩"的回忆进而直接抒发"今成转蓬去，叹息复何言"的伤感，对亲友期望的负愧，亦显出心志与现实的反差。

表面平静的隐居生活，蕴含着不平衡的心理因素。为了调节心理平衡，陈子昂思想中的道家元素开始抬头。唐代尊崇道教，在武后时代达到极致，高宗乾封元年追尊老子为"玄元皇帝"，上元元年武后"请王公百僚皆习《老子》，每岁明经，一准《孝经》、《论语》例，试于有司"（《旧唐书》卷五），从政治上、学术上确立了道教的崇高地位。陈子昂在道教氛围比较浓厚的蜀中成长，不断受到熏炙，只是因为想要入世，故而道家思想处于被压制状态。一旦受到打击，固有的道家思想就在这恰当的时机萌动了。因此，他的崇道转向，既是人生失意的心理补偿，又是时代特征的具体体现。不管是"将从桂树游"，还是"千岁觅蓬丘"，陈子昂返回了故乡射洪，开始过起了"林岭吾栖，学神仙而未毕"的生活。他常以琴书自娱，甚至与佛徒交游，但是，其向往隐逸的思想，并非避俗遁世，而是常常杂以怀才不遇的牢骚与激愤，在根本上仍然是待时而出的心态。如《感遇三十八首》之十一：

> 吾爱鬼谷子，青溪无垢氛。囊括经世道，遗身在白云。
> 七雄方龙斗，天下乱无君。浮荣不足贵，遵养晦时文。
> 舒之弥宇宙，卷之不盈分。岂徒山木寿，空与麋鹿群。

此诗源于晋代诗人郭璞《游仙诗》"青溪千余仞"诗意，在沿用郭诗通过对鬼谷子的赞美以抒发怀才不遇感慨的同时，进而以鬼谷子自喻，表白自己胸怀经邦济世之才能，虽与麋鹿同群，却不甘终生隐遁的心情。明人唐汝询《唐诗解》谓其隐居"实非其志"，可谓陈子昂隐居时期作品的实质与真义。用陈子昂自己的话说，那就是"臣每在山谷，有愿朝廷"。

三

感时思报国，拔剑起蒿莱

陈子昂一生两度从戎边关，分别在垂拱二年（686 年）任麟台正字期间与在万岁通天元年（696 年）任右拾遗期间。这不仅是他人生历程中的重要阶段，也对其诗风演变产生了深刻的影响。在唐代，由于统治者奖励军功，"新及第人，例就辟外幕，而布衣流落才士，更多缘幕府摄级进身"（胡震亨《唐音癸签》卷二七），从戎边塞成为士人建功立业的主要途径之一。正是这样的时代风气，造成唐代士人尚武好侠的精神风貌，也是唐代边塞诗赫然成为一大流派的基本动因。陈子昂生性慷慨豪侠，对于驰骋疆场更是素所向往，因此，从戎边塞也就成为其政治热情与功业欲望最为强烈的刺激因素。

陈子昂第一次从军，是出征西北平定仆固始叛乱。他在同乔知之、王无竞驱马越过边塞要冲峡口山时，写有《度峡口山赠乔补阙知之王二无竞》一诗：

> 峡口大漠南，横绝界中国。丛石何纷纠，小山复翁蓊。
> 远望多众容，逼之无异色。崔崒半孤断，逶迤屡回直。
> 信关胡马冲，亦距汉边塞。岂依河山险，将顺休明德。
> 物壮诚有衰，势雄良易极。逦迤忽而尽，决濘平不息。
> 之子黄金躯，如何此荒域。云台盛多士，待君丹墀侧。

此诗虽然不及他第二次从军时诗作那样富有强烈的情感与个性，但身处大漠之南"横绝界中国"的边关奇险之境，山势的雄壮苍莽，让作者心潮澎湃，"横绝"二字将峡口山的横亘绵延且雄奇险峻状表现得极有声势，起笔不凡。"崔崒半孤断，逶迤屡回直"二句也是活灵活现，极为精妙。"之子黄金躯"一句则是感慨遥深，为友人不平。从山势到人事，既有宏阔的景象，也有苍劲的风骨，两者转切自然，浑然一体。

当东路友军传来捷报之时，陈子昂情不自禁地写下《还至张掖古城闻东军告捷赠韦五虚己》一诗，欢呼"闻道兰山战，相邀在井陉。屡斗关月满，三捷虏云平。汉军追北地，胡骑走南庭"，并为自己"纵横未得意"而"负剑空叹息"。这种心情在《感遇三十八首》之三十五中表达得更是慷慨激昂：

> 本为贵公子，平生实爱才。感时思报国，拔剑起蒿莱。
> 西驰丁零塞，北上单于台。登山见千里，怀古心悠哉。

谁言未忘祸，磨灭成尘埃。

诗中可见，诗人怀着感时报国、拔剑而起的豪情来到西北边塞，登上雄峻山岭，目极千里，思绪滔滔。既感慨时势，一心为国效力，又思接千载，缅怀平虏英雄，既表现为功业豪情的迸发，又饱含着壮志未酬的慨叹，正可视为陈子昂从戎北征的自我总结与心理概括。

陈子昂第二次从军，是随武攸宜东征契丹。他怀着"以身许国"的意气，担任军中参谋，在出征前，就积极协助主帅做准备工作，代武攸宜写了《上军国机要事》，当大军启程之际，又写下《为建安王誓众词》，充分表达出"奋不顾命""扫孽除凶"的慷慨激情与坚定决心。这一时期诗作如《东征答朝臣相送》：

平生白云意，疲茶愧为雄。君王谬殊宠，旌节此从戎。
按绳当系虏，单马岂邀功。孤剑将何托，长谣塞上风。

此诗是陈子昂在洛阳出发时，为答谢朝廷官员为其饯行于郊外的即席之作。在此情势下，诗人不仅抛却隐居时期一度出现的崇道思想倾向，而且扫除邀功取赏的庸俗功利观念，表现出一心平虏报国的慷慨激情，颇有"风萧萧兮易水寒，壮士一去兮不复还"的气概。对此，宋之问曾在《使往天平军约与陈子昂新乡为期及还而不相遇》一诗中写道："知君心许国，不是爱封侯"，真是一语道破心曲。又如《登蓟城西北楼送崔著作融入都》一诗：

蓟楼望燕国，负剑喜兹登。清规子方奏，单载我无能。
仲冬边风急，云汉复霜棱。慷慨意何道，西南恨失朋。

这首诗本是普通的送别题材，但由于身在军中，又于凛冽寒风中登上边城高楼，所以诗中充溢的仍是"白羽一指，可扫九都"的必胜信念与战斗精神。

四

念天地之悠悠，独怆然而涕下

然而，从军生涯毕竟与任职朝廷大不相同，躬身体验军戎生活的艰辛，更多接触实际问题的复杂，这对陈子昂的心理与认识产生了另一方面的影响。而其诗风真正的深刻变化，也正是这一方面影响的必然结果。

陈子昂第一次从军，固然怀着"感时思报国，拔剑起蒿莱"的豪情，但当他置身边塞千里大漠，亲身体验到边关士卒的艰苦生活与凄惨遭遇后，则在《感遇三十八首》之三中奋笔写道：

> 苍苍丁零塞，今古缅荒途。亭堠何摧兀，暴骨无全躯。
> 黄沙漠南起，白日隐西隅。汉甲三十万，曾以事匈奴。
> 但见沙场死，谁怜塞上孤。

由将士战死沙场、暴骨荒野的惨景，联想到汉代与匈奴之战的惨烈，在深沉的历史感与强烈的现实感的叠合之中，发出对无情战争的控诉，对民生疾苦的哀怜。同时，诗人目睹边境少数民族"疮痍羸惫，皆无人色，饥饿道死，颇亦相继"的生活境况，进而清醒地认识到在此情况下一味征讨，"是乃国家故诱其为乱，使其为贼"，对开边征战产生了怀疑。因之，当垂拱三年冬武后下令攻打雅州羌族时，陈子昂就明确表示反对了。其《感遇三十八首》之二十九写道：

丁亥岁云暮，西山事甲兵。赢粮匝邛道，荷戟惊羌城。

严冬岚阴劲，穷岫泄云生。昏曀无昼夜，羽檄复相惊。

拳踢竞万仞，崩危走九冥。籍籍峰壑里，哀哀冰雪行。

圣人御宇宙，闻道泰阶平。肉食谋何失，藜藿缅纵横。

　　如果联系陈子昂在《谏雅州讨生羌书》中认为雅州羌人自唐立国以来"未尝一日为盗，今一旦无罪受戮，其怨必甚，怨甚惧诛，必蜂骇西山"的见解看，诗人当是基于既哀怜士卒之苦又反对不义之战的两方面考虑，而对这一错误政策发出"肉食谋何失"的严厉批驳。

　　陈子昂第二次从军东征，是抗击契丹入侵，抗战热情空前高涨，然而，由于前锋不谙兵略，遭到惨败，主帅武攸宜既畏敌如鼠，又刚愎自用，陈子昂慷慨陈词，在表明自己献身决心的同时，提出一系列具体建议，但不仅不被采纳，反而受到降职处罚。使诗人的慷慨激情遭到严重挫伤，从而演化出报国无门、壮志难酬的幽愤。著名的《登幽州台歌》，就是在终日"籍默下列"的境况中"历观燕之旧都，其城池霸业，迹已芜没矣，乃慨然仰叹"之作，其诗风"郁勃淋漓"，正是源于"英雄失路，满衷悲愤，即是佳诗"。

　　中国文学史上，反映"道可以济天下，而命不通于天下；才可以致尧舜，而运不合于尧舜"的作品并不少见，但是《登幽州台歌》的独特艺术魅力就在于用崇高而深沉的悲剧感超越了个体，将个人情感上升到天地宇宙层面，传达出一种厚重而永恒的历史意识，使读者感受到一种历史的共通感。《登幽州台歌》揭露的不仅是个人的人生困扰，更是群体的甚至是时代的一种生存困境。

　　扭转陈子昂创作心态、影响其诗歌风貌的，还有一件不可忽略的政治事件，即延载元年陈子昂任右拾遗不久被诬入狱。从陈子昂出狱后"不图误识凶人，坐缘逆党"的自叙看，大约是受到某次反对武后的宫廷斗争的牵连所致。陈子昂对武后政权本来是忠心耿耿的，被升为右拾遗后，更是勤于职守，毫无懈怠，因此，蒙冤入狱的打击，在其心理上留下的印痕也就尤为深重。虽然一年之后，陈子昂被赦出狱并官复原职，但他对政治的复杂却有了新的认识，心有感而寓于言，如《感遇三十八首》之二十二写道：

> 微霜知岁晏，斧柯始青青。况乃金天夕，浩露沾群英。
> 登山望宇宙，白日已西暝。云海方荡潏，孤鳞安得宁。

陈子昂由自身孤寂失落之感，进而为自己的政治主张不被采用、贤明的政治局面难以实现而慨叹。再如《感遇三十八首》之十七写道：

> 岂无当世雄，天道与胡兵。咄咄安可言，时醉而未醒。
> 仲尼溺东鲁，伯阳遁西溟。大运自古来，旅人胡叹哉。

诗人借孔子终不见用于世和老子西去边远之地的故事，明确地表现出羁旅漂泊之人的美好理想无法实现而深沉的苦闷，感怀身遇，颇有不平，再直转为愤激慷慨之音，喷薄而出"大运自古来，旅人胡叹哉"，使读者深刻感受到一股挟着人生思索和博大历史情怀的深沉以及不可阻遏的豪气。正是这样的心理状态，使陈子昂早年落第归隐时初萌的崇道思想一下子复兴起来，他钻研黄老之学、卜筮之书，身为专掌讽谏的右拾遗，却"在职默默不乐，私有挂冠之意"（陈子昂上《谢免罪表》），颇有"朝隐"之风。

也正是在这一特定时期，陈子昂与赵贞固、卢藏用、杜审言、宋之问、毕构、郭袭微、司马承祯、释怀一、陆馀庆等人谈玄说道，交游唱和，不拘世俗礼法，被时人称为"方外十友"（《新唐书·陆馀庆传》）。这种游离于仕隐之间的矛盾心态，在其东征契丹不为主帅所用之后，进一步加剧，向"隐"的一端倾斜。圣历元年秋，陈子昂终于下定决心罢职归里。其《感遇三十八首》之十八云：

> 逶迤势已久，骨鲠道斯穷。岂无感激者，时俗颓此风。
>
> 灌园何其鄙，皎皎于陵中。世道不相容，嗟嗟张长公。

在这里，诗人一方面以洁身不仕的古人古事与自身心灵相感召，同时也揭明自身"去去行采芝，勿为尘所欺""唯应白鸥鸟，可为洗心言"的最终归宿实为"世道不相容"所致。因此，陈子昂归里后"闲居空物华""却老饵云芽"的生活，表面上悠闲恬淡，实则"绵绵多滞念，忽忽每如失"，内心一刻也不平静，每每"独坐一隅，孤愤五蠹，虽身在江海，而心驰魏阙"，可见其"孤愤"的内容与原因所在。其《喜马参军相遇醉歌》云："独幽默以三月兮，深林潜居，时岁忽兮，孤愤遐吟，谁知吾心，孺子孺子，其可与理兮"，正是"潜居"生活与"孤愤"心态的生动写照，而其时之"遐吟"，归结到底仍是怀利器而沉沦、欲济世而遭弃的心灵创痛的呻吟。

由豪情风发到壮志难酬，由驰骋疆场到载独悲吟，陈子昂的人生经历与心态变化可谓起伏跌宕、峰谷递现。然而，无论是顺境时的奋智上书，逆境时的悲愤落寞，还是征战时的拔剑而起，归隐时的谈玄说道，实际上都是诗人经邦济世、慷慨刚直性格的强烈体现与曲款反映。从时代精神的角度看，陈子昂的心态正是那一特定时期士人建功立业普遍的社会风气的集中体现。在这种强烈而丰富的功业愿望与人生意气的浸润下，陈子昂诗风由昂扬卓绝渐化为慷慨苍凉，由高扬的先觉者变成了孤独的观化者。

陈子昂倡导"风雅""兴寄"，高扬"魏晋风骨"传统，从理论上指明了唐代诗歌发展的正确方向，对唐代诗歌的健康发展和繁荣起到了鼓舞作用。其诗歌理论主张也为后来的盛唐李杜、中唐元白所继承发展。

在唐代诗歌发展史上、特别是在诗歌革新理论方面，陈子昂是继"初唐四杰"之后承前启后、继往开来的一位重要诗人和诗歌理论家。对陈子昂诗歌革新的历史功绩，历代诗人及评论家多给予充分肯定和高度评价。杜甫《陈拾遗故宅》诗云："有才继《骚》《雅》，哲匠不比肩。公生扬马后，名与日月悬。"柳宗元《杨评事文集后序》说："能极著述"，"克备比兴"，"虽古文雅之盛世，不能并肩而生。唐兴以来，称是选而不作者，梓潼陈拾遗"。近人郑振铎先生在《插图本中国文学史》中更是称他为初唐诗坛上的"一个异军突起者"。

陈子昂进一步发展了"初唐四杰"所追求的充实、刚健的诗风，彻底肃清了齐梁诗歌中绮靡纤弱的习气。诚然，陈子昂对于六朝文学全盘否定也是一种矫枉过正，他对于汉魏南北朝的乐府民歌学习不够，七言诗这一诗体也几乎没有触碰。但其扛起改革诗风大旗，提出的"风骨论"，不但是李白、杜甫等大多数诗人共同的审美取向和追求，更成为盛唐诗学的脊梁。在这个意义上，陈子昂是不朽的。

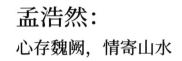

孟浩然：

心存魏阙，情寄山水

　　　　" 襄阳之状颀而长，峭而瘦，衣白袍，靴帽重戴，乘款段

　　　　马。一童总角，提书笈负琴而从。风尘落落，凛然如

　　　　生。"此为宋人张洎对孟浩然骨貌形神的简洁描摹，从

中可大致领略其淑清散朗的高人之姿。自唐以降，世人对孟浩然的定位多

以"隐逸诗人"冠之，事实上，他在徜徉于山水田园之间时，心中未尝忘

记庙堂魏阙。济世的壮志与洒脱的性情交织在一起，时时砥砺着孟浩然的

人格，使他最终谱写出明秀壮逸、冲淡高远的山水田园诗，为气象恢宏的

盛唐之音注入了新的旋律。

一

风流士子：文采丰茸，临渊羡鱼

　　孟浩然名浩，字浩然，襄州襄阳（今湖北襄阳）人，世称孟襄阳。生

于武则天永昌元年（689年），卒于开元二十八年（740年），是盛唐时

期知名的山水田园派诗人。

孟浩然生于一个薄有恒产的书香门第，少年时期的他勤于苦学，研读儒家经典，熟悉诗体礼法，《书怀贻京邑同好》中对此进行了明确自述："维先自邹鲁，家世重儒风。诗礼袭遗训，趋庭沾末躬。昼夜恒自强，词翰颇亦工。"孟氏家族自觉将先祖孟子之高尚气节作为家族精神的灵魂，孟浩然的名字便是取自《孟子》"我善养吾浩然之气"。在家族儒风的熏染下，经世致用的传统儒家观念植入孟浩然的内心，出仕建功成为他的人生理想。多年孜孜不倦的读书生涯在开拓孟浩然胸襟的同时，亦使他的诗赋文采日益丰茸绰约。除了秉持儒家诗教外，孟浩然还十分崇尚佛道，"幼闻无生理，常欲观此身"（见《还山诒湛法师》。本篇选诗均出自《孟浩然诗集笺注》），佛家的虚静淡泊与道家的逍遥洒脱也深深陶冶着他的性情气质。他亲近宁静自然，远离喧闹尘嚣，流连于鹿门山一带，颇具魏晋山林隐士的风度，甚至"红颜弃轩冕"，在风华正茂的年纪与友人张子容过起了隐居生活。此外，孟浩然还钟情于弄剑，任情自适而豪气冲天，他的诗篇中时时流露出一种任侠精神，如"游人五陵去，宝剑直千金。分手脱相赠，平生一片心"，将其看重的宝剑赠予友人，颇有一股真挚磊落之气。据《新唐书》记载，孟浩然"少好节义，喜振人患难"，足见他是一个乐善好施的侠义之士。于此，孟浩然大概是位兼具儒释道侠隐思想的风流人物。

先天元年（712年）冬，友人张子容应考进士，孟浩然惆怅送别。或许是受到友人应考的影响，孟浩然出仕的愿望越发强烈，才华横溢的他也踏上了寻求仕途的干谒之路。他阔别家乡，辞亲远行，漫游长江山水，拜访公卿名士，企图得到一个进身之机。然而，事与愿违，孟浩然丰茂的诗才并没有为自己赢得一登仕途的机遇，这与他的性格不无关系。年轻时隐居山林田园的生活，使他不谙世事，而长期秉持儒家高尚气节的观念，又让他不屑折腰屈从。于是，狷介清洁的他虽然有济时用世的宏图大志，却屡屡求仕无门。

在游历江湘洛阳等地干谒无果后，开元十五年（727 年）好友王昌龄进士及第的消息给了孟浩然莫大的激励，促使年近四十的他毅然北上长安，参加科举考试。次年春，孟浩然在繁华京师写下《长安早春》一诗，"何当遂荣擢，归及柳条新"，透露出他希望驰骋科举、金榜题名的迫切心情，可惜最终落第。落第后的孟浩然仍留在长安献赋以求赏识，然而，性格率真洒脱、狷介清洁的他始终不愿趋炎附势，希望献赋干谒、成就功名的愿望难以实现，滞留长安许久，颇显窘迫。"久废南山田，叨陪东阁贤。欲随平子去，犹未献甘泉""促织惊寒女，秋风思长年。授衣当九日，无褐竟谁怜"（《题长安主人壁》）诗中表现出他交游官宦名流时的力不从心和久滞长安孤清穷困的境遇。但失望怅然的他仍自矜自重、不媚俗世，高唱"拂衣从此去，高步蹑华嵩"（《东京留别诸公》），宁愿畅游高山也不愿违背心志。而后，他南下吴越，探胜山水，广泛会友作诗。

孟浩然心中毕竟是向往庙堂魏阙的，在漫游山水、隐居田园的日子里，出仕建功的理想常常召唤着他，当山水田园风光抚慰了他的心灵创伤后，心态渐趋平和的孟浩然又投入求仕之路。唐玄宗开元二十二年（734 年），孟浩然二次前往长安，作诗《岳阳楼》（一名《望洞庭湖赠张丞相》）献予时为丞相的张九龄：

> 八月湖水平，涵虚混太清。气蒸云梦泽，波撼岳阳城。
> 欲济无舟楫，端居耻圣明。坐观垂钓者，徒有羡鱼情。

诗篇前四句以豪逸之语勾勒出洞庭湖水天相接、波涛汹涌的壮阔景象，后四句，诗人于洞庭湖之自然景观生发感怀，欲济而无舟、临渊空羡鱼，寥寥数语便把希冀借助张九龄援引而出仕的强烈愿望表达得淋漓尽致，同时又巧妙流露了自己因缺人举荐而倍感无奈的心情。诗句流转圆融，含蓄而自然，委婉而恰切，与朱庆馀《近试上张籍水部》有异曲同工之妙，成为后世干谒诗的典范。但是，孟浩然依旧没有得到梦寐以求的出仕之机，"临渊羡鱼而鱼不得"也似乎成为他求仕之路的必然宿命。

在长安求仕时，孟浩然曾于太学赋诗，一句"微云淡河汉，疏雨滴梧桐"就充分展示了他卓尔不凡的才华，让满座嗟伏，为之搁笔。从此，孟浩然名震长安，他丰茸的文采引得众多公卿名士纷纷与之交往，王维即在其列。一次，侍御史王维私自邀请孟浩然入内署，俄而玄宗忽然到来，孟浩然惊避于床下，后来王维如实禀告玄宗。玄宗也早就听闻孟浩然的诗名，便命他现身背诵得意之作。孟浩然满心欢喜，率真洒脱的他沉浸在吟诗的兴奋中以至有些忘乎所以，无意间诵出"不才明主弃"（《岁晚归南山》）句。玄宗听后龙颜不悦，曰："卿不求仕，而朕未尝弃卿，奈何诬我！"（《新唐书》卷二百三）于是，放归，孟浩然的求仕之路就此中断，再无显达之可能。开元二十五年（737 年），张九龄为荆州长史，招其入幕府，给了孟浩然最后一丝济世苍生的希望，但因张九龄是被贬出朝的，孟浩然的经世致用梦也最终幻化为泡影。

孟浩然以其丰茸文采、灵秀诗才名扬盛唐，又因自身性格、时机造化无缘于功名仕途。身为风流士子，负有鸿鹄之志，终乏展翅之机，"临渊羡鱼而鱼不得"，寂寞萧索之余，他投身山水田园，怡情悦性。

二

盛世隐者：心存魏阙，情寄山水

孟浩然虽致力于积极求仕，但他一生中的大部分时光是与山水田园相伴。在思想上，他继承了家族推崇的儒风，锐意仕进；在性格上，又受佛道的影响，洒脱不羁，乐意山水。如此，当他失意困顿时，隐居山水田园遂成为慰藉心灵、纾解愁郁的绝佳选择，而徜徉于自然山水之间，又实难忘却济世之志。可以说，孟浩然并不是纯粹的隐士，乃是"为隐居而隐居"。

但孟浩然前后隐居的心情与目的却是不同。青年时代的孟浩然受家乡襄阳历史地理环境的影响，主动选择归隐山林。孟氏家族的涧南园坐落在依山东流的襄水之畔。这里山水秀丽、风景宜人，有茂密的竹林、葱翠的青草、错落的荷塘、清香的稻田，弥漫于天地间的是一份恬淡的静谧安然。幽深静美的自然环境，使襄阳自古就多隐逸之士，如汉阴丈人、庞德公等皆是令人神往的风流人物。孟浩然正是汲取人文自然环境的滋养，在家乡山水田园和耆旧高人的精神怀抱之中营造了一个独特而浪漫的理想"隐居世界"，写下了诸如《夜归鹿门寺》等表达归隐志趣的诗篇：

山寺鸣钟昼已昏，渔梁渡头争渡喧。

人随沙路向江村，予亦乘舟归鹿门。

鹿门月照开烟树，忽到庞公栖隐处。

樵径非遥长寂寥，唯有幽人夜来去。

诗歌一、二句写夜归的所见所闻，山寺古钟在黄昏时分响起，人们争先向渡口涌去，喧嚣一片。三、四句简言世人返还江村，而自己归于鹿门，殊途对比中表现了诗人的怡然自得。五、六句则谓月夜登鹿门山之景，感受庞德公隐逸的妙趣。七、八句又写隐居鹿门山的寂寥幽静。全诗虽意在歌咏归隐的清净闲素，但也微微显露出孟浩然仍无法全然忘却人间喧嚣的情绪。此种情绪又向世人昭示着，孟浩然早期的归隐生活或可从另一层面解读：他是借"隐居"的名义，为积极入世、赢取功名做准备。在隐逸之风盛炽的盛唐，归隐之举在某种程度上不失为登取仕途的终南捷径，孟浩然之归隐为自身造就声誉的同时，于进退皆是有利的。因之，孟浩然早期的隐居行为是他主动选择的生活方式。

求仕屡屡无果后，孟浩然一度心灰意懒，凌云的壮志被残酷的现实粉碎殆尽，仕途惨淡的前景促使他又回归山水田园，企图在明媚秀丽的自然风光里抚平创伤。可孟浩然究竟是个胸怀济世之志的风流人物，他在寄情山水时，诗中仍不时流露出仕途失意带来的沉重痛楚，如《夏日南亭怀辛大》：

> 山光忽西落，池月渐东上。散发承夕凉，开轩卧闲敞。
> 荷风送香气，竹露滴清响。欲取鸣琴弹，恨无知音赏。
> 感此怀故人，中宵劳梦想。

全诗以山水自适的情怀书写诗人独自纳凉的感受，池月清辉、荷风暗香和竹露清响的淡素景象在给人以美的视觉享受的同时，也使孟浩然的情思得到净化，但接着一句"恨无知音赏"，又表明他清高自赏的寂寞心绪中夹杂着对无人拔擢现实的愤懑和不平。于孟浩然而言，求仕无望、壮志难成所带来的悲伤怨愤终是难以释怀。可以想见，他此番归隐之举多少都带点儿被迫无奈的意味。

从孟浩然前后归隐的心境变化可以窥探出，他一生都在"仕"与"隐"的矛盾中穿梭徘徊，而且出仕思想一直占据着主导地位，以至于山水田园风光一旦让他的郁结有所缓解后，他又立即返回到求仕之路。然而，这种矛盾在孟浩然的笔下却呈现出一种雍容平和的风格，这与盛唐时代的安定和谐密切相关。盛世的舒适安逸在一定程度上给了孟浩然主观精神自由高蹈的可能，促使他在社会与自然、政治与田园山水之间寻觅到一种平衡，从而孕育出静穆宁和的诗歌创作心态。孟浩然是一位"盛世隐者"，他代表了盛唐多数终生不达或官至一尉的失意文人共同的精神面貌。他们在庙堂失意后，投入山水田园之自然怀抱，沐浴心灵、开拓思域；而于畅游山水田园之恣意愉悦中，又始终不忘魏阙之济时用世的初衷。

王士源评价孟浩然，"骨貌淑清，风神散朗；救患释纷，以立义表；灌蔬艺竹，以全高尚"，正是对其盛世隐者形象的完美概括。孟浩然集魏晋名流的清朗潇散、盛唐拯人济世的时代精神和儒释道高尚清洁的操行于一身，将盛世隐者的气质融入对山水田园自然风景的绘刻中，写出了蕴含盛唐气象的山水田园诗。且看《过故人庄》：

> 故人具鸡黍，邀我至田家。绿树村边合，青山郭外斜。
>
> 开筵面场圃，把酒话桑麻。待到重阳日，还来就菊花。

该诗对农村绿树、青山、场圃、桑麻等自然景物进行了描绘，展现了田园秀美恬静的风光。而开篇故人以农家风味相邀至坐拥场圃、把酒话桑麻的情景，恰又是农家和谐融洽、淳朴真挚生活场景的缩影。孟浩然以平淡无华的诗语，于山水田园间渲染出安乐美好的社会氛围，反映出山水田园间的盛唐气象。换言之，透过他的山水田园诗，可清晰感受到盛唐时代脉搏的蓬勃之力。

三

自然诗人：明秀壮逸，冲淡高远

终生不仕的生活经历，使孟浩然有充足的闲暇时光感悟山水田园的魅力。孟浩然一生除了相对集中的隐居生活外，更多的是在漫游山水中度过。他曾多次出游，而且偏爱水行，在游历江南间写下了颇为可观的山水诗，开盛唐倾力创作山水诗风气之先河。

江南明丽清秀的山水风光颐养了孟浩然的性情，也时时净化着他的情思，使他潜移默化地禀受自然山水明秀空灵之气，在诗文经纬绵密间，"半遵雅调，全削凡体"，创造出自然纯净而采秀内映的玲珑诗境。这种不可凑泊的玲珑诗境一方面得益于山水之助，另一方面更在于孟浩然心存魏阙之济世壮志和情寄山水之逍遥洒脱的巧妙融合，加之盛唐气象韵致的渐染，折射到诗风上便是明秀壮逸、冲淡高远。如《宿建德江》：

移舟泊烟渚，日暮客愁新。野旷天低树，江清月近人。

这首五言绝句着重描写诗人日暮泊舟的羁旅之愁。诗人先从高远处落笔，"移舟"二字将读者的视野从宽阔的江面缓缓拉近至烟雾朦胧的小洲，日暮时分的昏黄凄清无端惹起客子的离愁，寂寞孤独之感顿时晕满襟怀。接下来，诗人在孤寂中徘徊，随意点染了暮烟笼罩下的一抹树林和清江中倒映的一轮月影，于水墨朦胧中显出明净，又于江月静谧里拓出深远。此时一缕淡淡的乡愁氤氲而起，因野旷天低、江清月近而越显清远无际。言虽止而意无穷，平淡清远中自有一种韵味存在。

苏轼曾言孟浩然诗："韵高而才短，如造内法酒手而无材料尔"，此或许是因为孟浩然不喜用堆砌的意象和繁复的词汇摹刻自然景物。正如闻一多在《唐诗杂论》中说"孟浩然不是将诗紧紧的筑在一联或一句里，而是将它冲淡了，平均的分散在全篇中"，"淡到看不见诗了，才是真正的孟浩然的诗"。的确，孟浩然的山水田园诗是近于自然的，是伫兴而发、运笔自如的，于冲淡高远之外，不求工而自工。

虽然孟浩然追求清空的意象和冲淡的风格，但并不意味着他忽视诗歌应有的骨力，他的部分山水诗中还散发着一股壮逸之气，如《彭蠡湖中望庐山》：

> 太虚生月晕，舟子知天风。挂席候明发，渺漫平湖中。
> 中流见遥岛，势压九江雄。黯黕容霁色，峥嵘当曙空。
> 香炉初上日，瀑布喷成虹。久欲追尚子，况兹怀远公。
> 我来限于役，未暇息微躬。淮海途将半，星霜岁欲穷。
> 寄言岩栖者，毕趣当来同。

这首山水诗仍然从大处着手，诗人不对庐山风景做细腻的局部刻画，而是以粗线条勾勒，突出庐山之高峻雄浑。而后大雨已霁，晨日初上，香炉峰瀑布现出喷薄之势。诗人又于绚丽多彩的庐山联想到"尚子"和"远公"，然后又述说自己思想上的矛盾。全诗上下布局、取象皆独具匠心，且结构绵密、过渡自然，突出了庐山风景的阔大雄奇之美。诗歌整体格调雄浑豪健，字里行间充溢着一种壮逸之气。虽然此类作品在孟浩然的山水诗中不是主流，却丰富了山水田园诗的意境。孟浩然将兴象与情思交融得十分自然，而且章法多变灵活，他以壮逸之气充实山水诗的骨力，山川的雄丽与洒脱的性情交织在一起，时时砥砺着孟浩然的人格，最终形成了带有明显个人印记的明秀壮逸、冲淡高远的诗风。

孟浩然对中国古代诗歌最大的贡献在于，他从题材和精神旨趣两方面将田园隐逸和山水旅行结合起来，使陶渊明和谢灵运的观赏融为一体。因此，明秀壮逸、冲淡高远的孟浩然山水诗风格同样适用于他的田园诗。孟浩然以白描手法写景抒情，寓情致和故实于鲜明的兴象中，其强调"兴发"的创作体会和淡化意象、注重传神的表现艺术，给盛唐山水田园诗创作提供了宝贵的艺术经验，于王维之前，把盛唐山水田园诗的创作推向高潮。

四

松贞益友：高山仰止，揖此清芬

王士源在《孟浩然集序》中描述孟浩然为人："交游之中，通脱倾盖，机警无匿。"孟浩然直率洒脱、坦诚机敏的性格赢得了众人的青睐，一生中结下了王维、张九龄、王昌龄等"忘形之交"。其中，孟浩然与李白的交游尤其夺目。

开元十三年（725年），孟浩然因干谒无果，返回襄阳继续过起了隐居生活。这一年，李白出蜀，游历洞庭襄汉一带，对孟浩然丰茸诗才倾慕已久的他主动去鹿门山拜访。当意气风发的李白遇到了年近不惑且才华横溢的孟浩然，立刻被他那潇散清逸的风流气度征服，初见瞬息的惊奇与明艳随即转化为钦慕，两人一见如故。次年三月，孟浩然游历扬州，在途经武昌的时候遇到了同样漫游山水的李白。李白在黄鹤楼吟诗一首为之送行："故人西辞黄鹤楼，烟花三月下扬州。孤帆远影碧山尽，唯见长江天际流。"这首诗并没有过多的离愁别绪，而是以飘逸灵动的语言抒发了李白对故人孟浩然的深情眷恋。

李白曾多次赠诗给孟浩然，反复表达对他的推崇赞许。他的《赠孟浩然》就直言不讳地倾诉了对孟浩然的热烈钦慕：

> 吾爱孟夫子，风流天下闻。红颜弃轩冕，白首卧松云。
>
> 醉月频中圣，迷花不事君。高山安可仰，徒此揖清芬。

诗歌开篇即以直接的表白发端，一个"爱"字就抒发了诗人李白对孟浩然热烈的钦佩与爱慕。"风流"二字更是生动传神地概括了孟浩然潇散清朗的人品风度和文采丰茸的绝世才华。颔联，将"红颜"与"白首"、"弃轩冕"与"卧松云"两相对比，勾勒出一个高卧林泉、风流自赏的隐逸高士形象。颈联则对孟浩然的隐居生活进行描写，在皓月当空的清夜他常常把酒临风，有时醉倒在花丛中却流连忘返。尾联又回归到直接抒情，将对孟浩然的钦慕进一步升华，孟浩然之德行如高山一般，自己实望尘莫及，只能向他高洁芳馨的品格拜揖。全诗语言明丽爽朗、飘逸自然，刻画了孟浩然风流儒雅的形神，也表达了李白与孟浩然思想情感上的共鸣。以李白的高傲一世，极少对人有如此褒扬，但对孟浩然却不吝赞美，孟浩然的人格魅力可见一斑。

孟浩然在与李白的交往过程中，扮演了良师和益友两个重要角色，他的人品气度和诗歌风格也明显影响了李白的诗歌创作。孟浩然生性狷介清洁，他在求仕屡屡受挫的情况下，宁可选择"拂衣从此去，高步蹑华嵩"（《东京留别诸公》），也不愿依附权贵，而李白后来那种"安能摧眉折腰事权贵，使我不得开心颜"（《梦游天姥吟留别》）的正直气节恰是受到了孟浩然高尚人格的熏陶。再者，孟浩然尝试以主观感受融入客观山水田园自然风景中，突出了自我的形象，在他的诗歌中常常出现"予""我"等字样，如"我来如昨日"（《题长安主人壁》）、"予亦浮于海"（《岁暮海上作》），这一点在李白诗歌中发展为强烈的主观色彩，表现出更为鲜明的诗人个性。另外，孟浩然擅长五言绝句，他明秀壮逸、冲淡高远的诗风亦为李白的绝句创作提供艺术经验。李白的五言绝句往往以简洁明快的语言表达无尽的情思，又有一种清新俊逸的爽朗风神在内，这确与孟浩然的五言绝句有相似之处。

不仅是李白，盛唐时期其他诗人如王维、杜甫等都对孟浩然十分敬仰。

王维与孟浩然交往之密切，自不必多说，文章开头所引的张洎对孟浩然形貌风骨的赞叹，就是源自他目睹王维为孟浩然所作画像后的感受。而一代"诗圣"杜甫也对孟浩然评价甚高，他说"复忆襄阳孟浩然，清诗句句尽堪传"，即是对孟浩然清淡诗风的肯定。杜甫还在一定程度上自觉学习孟浩然的诗风，他的一些诗篇如《登岳阳楼》就受到孟浩然《岳阳楼》一诗的影响。

开元二十八年（740年），王昌龄遭贬官途经襄阳，拜访了昔日好友孟浩然。当时的孟浩然恰逢疾疹发背而且将医治痊愈，但因与王昌龄相谈甚欢，率性洒脱的孟浩然不顾自己的病情，恣意宴饮，最终食鲜疾发，与世长辞。王维为其作挽诗一首："故人不可见，汉水日东流。借问襄阳老，江山空蔡州。"（《哭孟浩然》）表达了对孟浩然的沉痛哀悼和无限思念。

孟浩然以其松贞般的高尚人格、潇散清朗的风流气度和坦诚洒脱的交往原则，获得了盛唐时期众多诗人的认可，成为他们的良师益友，并广泛影响了他们的人格及诗歌创作。浩然之风，山高水长；高山仰止，撷此清芬。

孟浩然是一名风流士子，他有着盛唐诗人普遍的出仕建功的理想，虽文采丰茸，终难逃"临渊羡鱼"的寂寞空虚。孟浩然还是一位盛世隐者，他情寄山水田园，心中始终不忘魏阙之用世壮志。孟浩然更是一个自然诗人，以他的锦心绣口吟唱出山水田园的明秀壮逸、冲淡高远。孟浩然也是典型的松贞益友，他的品行风度广泛影响时人。孟浩然凭一己之力使盛唐诗歌于豪情壮志外带上了田园牧歌式的情调，成为以明秀冲淡的独特"音符"诠释气象恢宏之"盛唐之音"的大家。

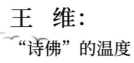

王　维：

"诗佛"的温度

唐 代是中国古典诗歌创作的高潮，作为大唐气象英华所聚的诗人是那个时代最闪亮的群星。他们有着伟大的抱负和多样的人格，在历史上，他们是静穆的诗人，在现实中，他们又是最鲜活的形象。作为大唐诗歌创作主体的诗人，他们的性格和气质应该是什么样的？静穆的、严肃的，还是活泼的、充满乐趣的？诗人有什么样的个性、人生态度、天资禀赋和人生历程，都注定要反映在他的诗歌创作中。李白的豪放、杜甫的沉郁、韩愈的怪奇、李商隐的朦胧、孟郊的艰涩都有着深刻的性情品格的内在动因。作为盛唐精神的完美化身，王维精通诗、书、画、乐、禅，并能将之融为一体，铸就了摩诘诗的灵魂，同时这些禀赋造就了王维的性格，反映到诗歌上便是温情与肃穆和谐并存，恬淡与深沉相互交融。由于王维虔诚信奉佛教，他的山水田园诗颇含禅意，气质较为独特，因此被称为"诗佛"，但他不是冰冷的造像，而是一位有温度、有感情的诗人。

一

温情与活泼：诗人的温度

诗人的温度与温情表现在他亦是一个活泼的个体，而不是历史长河中遥不可及的人物，他们具有多面性，有悲欢离合亦有喜怒哀乐，正因为具有立体的性格，他们才能歌咏出千古不绝之音。《毛诗序》云："诗者，志之所之也，在心为志，发言为诗。情动于中而形于言，言之不足故嗟叹之；嗟叹之不足故咏歌之；咏歌之不足，不知手之舞之，足之蹈之也。"诗歌自产生以来，便是情感抒发的载体，诗人的志向怀抱通过诗的歌咏以倾诉于自我和他人。到了唐代，诗歌的体式发展完备，声律与风骨兼具，其美感状态呈现出兴象玲珑、无迹可求的境界。唐诗是唐代文化的典型代言者，是中国古典诗歌发展成熟的必然结果，是唐代经济昌盛、文化繁荣的产儿，更是众多诗人合力催发的一朵文学奇葩。盛唐是中国经济文化发展的巅峰时期，在高度繁荣的文化滋养下，产生了将诗、书、画、乐、禅完美交融的文学巨匠——王维。他是盛唐诗人的典型代表，更是盛唐文化的完美化身。

由于王维受禅宗思想影响较深，其诗歌自然禅意十足，故有"诗佛"之名。王维的《终南别业》说：

> 中岁颇好道，晚家南山陲。兴来每独往，胜事空自知。
> 行到水穷处，坐看云起时。偶然值林叟，谈笑无还期。

诗人的审美意识完全由禅趣主导，将禅境通过诗境来展现。"行到水穷处，坐看云起时"，从实景中写出禅理，将眼前之景禅趣化，这是其诗情的活泼之处。"偶然值林叟，谈笑无还期"，又体现出人情的和洽，这是其温情。这和满身静穆的"佛祖菩萨"大不相同，王维这个"诗佛"仍饱含人情。他是一个有温度的诗人，相对于李白如火山般的热情激切、杜甫似高山般的凝重深沉，王维更像是略有温度的一江春水。

在盛唐诗坛上，王维高雅的文人气质与李白的豪放粗犷形成了鲜明的对比，余光中谓李白"绣口一吐就是半个盛唐"，但李白的激切狂放象征的是强大的盛唐国力所带来的骄矜与自豪感，而王维高雅的精神气质则更能体现出盛唐文化繁荣的精神内核。太白、摩诘二人各代表着盛唐两种不同类型的精神文化气质。

诗人的可爱之处在于他是一个活泼且有着强烈感情意识的生命个体，而非一个静穆不食人间烟火的世外仙人。陶渊明之所以备受世人尊崇，被誉为"千古隐逸之宗"，就是因为他虽看似满身静穆，却散发着诗人的活泼气质。他虽隐逸于静谧的田园，但正如鲁迅所说，既有"悠然见南山"的一面，也有"金刚怒目式"的一面。陶渊明作为一个有着满身活泼生机的诗人，"悠然之态"与"金刚怒目"才更能使其诗歌带有情感的真实性与温情性。和陶渊明一样，丢掉满身的严肃坦然，王维也是一个有温度与温情的诗人，他的温情同样发自个体，并流露于诗歌。摩诘诗清新脱俗，自然恬淡的风格气质和他身上的活泼与温情是一脉相承的，没有活泼的感情，王维自然无法创作出富有生机的诗篇。

王维现存四百多首诗歌，数量极为丰富，在盛唐诸位大诗人中创作数量也是较为可观的。他的诗歌并非都是严肃静穆的说教，也并非都是悠然自在的吟唱，也有很多激扬的情感抒发和面对不满时的愤怒吟唱。早年的王维有满怀激扬的抱负，有着豪迈的激情和满身的能量，他在《少年行·其一》中写道：

新丰美酒斗十千，咸阳游侠多少年。

相逢意气为君饮，系马高楼垂柳边。

年轻人有着特定年龄的心理状态与个性特征，有着满腹的远大理想，尤其是王维所生活的盛唐时期，那种自豪之感是现代人所无法揣摩与体会的。国力强盛带给诗人的自豪感伴随着骄矜的个性，再加上诗人对未来的无限向往，那种少年人独有的精神气象便喷薄而出。这种"新丰美酒斗十千"的自我夸耀，不是王维的自逞，而是时代与性格所赋予的那样一种少年精神。

王维还颇有义胆，如《寓言二首》中他揭露贵族子弟的豪奢生活："朱绂谁家子，无乃金张孙。骊驹从白马，出入铜龙门。问尔何功德，多承明主恩。斗鸡平乐馆，射雉上林园。曲陌车骑盛，高堂珠翠繁。奈何轩冕贵，不与布衣言。君家御沟上，垂柳夹朱门。列鼎会中贵，鸣珂朝至尊。生死在八议，穷达由一言。须识苦寒士，莫矜狐白温。"诗人就是在这一本正经的描绘中，出色地完成了诗歌揭露权贵作威作福的丑态、鞭挞邪恶的神圣使命，获得了比一般轻松的讽刺更为强烈的艺术批判力量。

年轻的王维就是这样一位满含热情的青年，除了热爱诗歌，他更加向往的是远方的广阔天地。然而远方终究属于年轻人，在悲伤哀怨中，王维终究抵不过现实的残酷。他可以有"孰知不向边庭苦，纵死犹闻侠骨香"的豪迈，可以有"执政方持法，明君无此心"的无奈，可以有"空山新雨后，天气晚来秋。明月松间照，清泉石上流"的悠然，可以有"好读高僧传，时看辟谷方"的虚静，亦可以有"万户伤心生野烟，百官何日再朝天"的悲哀。情感的真实与丰富所展现的是一个活泼的诗人形象，王维虽然以"诗佛"而闻名，但他不是冰冷无感情的造像，而是一个有温度的生命个体。

二

优柔与自适：荆棘中的跋涉

仕途之路有太多的荆棘坎坷与暴风骤雨。满怀理想的青年王维在追求诗和梦想的道路上艰难地跋涉着。同古代所有读书人一样，士人走仕宦之途的观念深深植根于王维的心中。在官场中，王维有欢乐，有悲哀，有抗争，亦有妥协。他希望能在朝廷中施展作为，但官场复杂的生态环境和政治的暂时倾颓又使他表现出了文人的优柔与懦弱，他于官场无意，又难舍仕途，只能身在官场而心在田园，以自适疏解心中愤懑。

唐玄宗开元三年（715年），十五岁的王维就写下了《题友人云母障子》，诗中说："君家云母障，持向野庭开。自有山泉入，非因彩画来。"诗作文采斐然，想象大胆丰富，这是天才诗人最初的吟唱。同一年，王维离开山西的家前往京城长安，谋求仕宦。这一次离开，注定是一场孤独的旅行，他的坎壈道路由此开端。早慧的王维在十八岁前已写下了《洛阳女儿行》《九月九日忆山东兄弟》《哭祖六自虚》等诗作，在诗坛上开始崭露头角。少年成名让王维增添了不少光环和机遇，他能诗善画，精通音乐，在京城受到了众多权贵的欢迎与推举。其中，认识岐王是他人生的第一次转折。开元七年（719年），岐王将这个才华横溢的青年诗人推荐给了一位公主，王维自然要抓住这个宝贵的机会。他使出了浑身的才华，将精心编排的《郁轮袍》演奏给这位公主，并获得了她的赏识，随后得中解元。一场精心的演出令其在京城声名大噪，初入官场的王维也算是颇为顺利。

接下来的几年，王维在长安生活颇为顺意，仕途也较为平坦。在此期间他写了《息夫人》《从岐王过杨氏别业应教》《从岐王夜宴卫家山池应教》等诗，其中《从岐王过杨氏别业应教》中写道："杨子谈经所，淮王载酒过。兴阑啼鸟换，坐久落花多。径转回银烛，林开散玉珂。严城时未启，前路拥笙歌。"刚满二十岁的王维在岐王府成了权贵的座上贵宾，这是何等的风光无限，在此种情形下的诗作便是当时生活最真切的写照。幸福来得太突然，几乎冲昏了王维本来清醒的头脑，风光无限后，随之而来的便是他人生的第一次暴风雨。

开元九年（721年），在官场上一直顺风顺水的王维被提拔为太乐丞，负责宫廷的音乐、舞蹈的排练，这项工作也恰好是王维最得心应手的。但在任没多久，王维因他的手下私自表演专门供皇帝欣赏的黄狮子舞，受牵连被贬到济州。仕途刚起步的王维，第一次尝到人生的甘苦。这一次挫折让他极为惊恐，不住地叹息官场的险恶。开元十五年（727年），王维前往淇上任职，本来地位显赫的他却到了这偏僻之处做了个小官吏。令王维失望叹息的不仅是官职卑微，更重要的是他已经无法施展满身的才华，他的理想落空，愤懑的情绪随之愈加强烈，归隐之心开始萌发。不久，王维罢官归隐，远方已不在，陪伴他的只有诗歌。

与早前在岐王府身为座上客的舒适自由心态不同，此时的王维开始怀疑人生，加上现实的残酷，他看透了官场的险恶，开始在诗中描写隐居的心态和生活。《淇上即事田园》一诗写道："屏居淇水上，东野旷无山。日隐桑柘外，河明闾井间。牧童望村去，猎犬随人还。静者亦何事，荆扉乘昼关。"诗人在诗中没有热切的理想倾诉，他开始将视野投向山水。他描绘空旷无人的山野，颓颓欲坠的夕阳，山村的牧童和猎犬，他满心的热烈好似瞬间被现实的苦难浇灭，变得静寂而无所欲求。

从官场的纷纷扰扰突然进入这世外桃源般的隐居之地，王维的心情显然是复杂而难以名状的。他暂时找到了一块宁静之地，但这小小的淇上真的是诗人追求的远方吗？隐逸生活固然安宁，但这安宁背后却潜伏着一颗躁动不安的心，这颗坚毅之心随时都会喷涌勃发。

开元十七年（729 年），王维二十九岁。距十五岁离开家乡前往长安求取仕途，至今已经十四年了，隐居让他更加深入地思考自己的人生与未来的方向。他告别了宁静的隐居之地，又回到了让他曾经伤心的长安，只有这里，才有他追求的梦想。

机会总是留给耐心执着的人。开元二十二年（734 年），一代文豪张九龄拜相，王维又一次看到了人生的希望。张九龄知人善用，在当时可谓是广大才俊的伯乐。经历了如此多的波折，王维清楚地知道这是一次难得的机会，他毫不犹豫地上书张九龄，写下了《上张令公诗》。张九龄对这个才华出众的青年赞赏有加，很快就提拔他任右拾遗。这个官职虽然不高，却是个美差，因为他能接近权力的核心，可以向皇帝直言进谏，推荐贤良。王维异常兴奋，似乎又找回了多年未曾体会到的快乐。他在《献始兴公》一诗中说："宁栖野树林，宁饮涧水流。不用坐粱肉，崎岖见王侯。鄙哉匹夫节，布褐将白头！任智诚则短，守仁固其优。侧闻大君子，安问党与仇。所不卖公器，动为苍生谋。贱子跪自陈，可为帐下不？感激有公议，曲私非所求。"世间的纷纷扰扰与官场的磕磕绊绊让本来单纯的王维变得成熟而深沉。性格造就人的处境，处境又造就人的心境，这种关系在诗人身上表现得尤为明显，此时的王维在仕途上再一次有所起色，诗中流露的是远大的志向与抱负。

然而，好景不长，张九龄这座可以依靠的大山倒下了，李林甫开始掌握朝政。王维作为张九龄的属下，自然也成了李林甫的政敌，此时的他只能变得更加小心翼翼，在险象环生的政治环境中如履薄冰。他给张九龄写的《寄荆州张丞相》一诗中说道："所思竟何在？怅望深荆门。举世无相识，终身思旧恩。方将与农圃，艺植老丘园。目尽南飞鸟，何由寄一言！"王维在这种环境中简直像在一个密闭幽暗的房子里，压抑苦闷而不得舒缓，他想归隐，但好不容易仕途刚有了起色，怎能就此甘心放弃！

早年的他靠着才华往来于岐王府，后来又拜在张九龄门下，然而现在张九龄罢相，要想坚持自己的梦想与人生道路，只有让自己在污浊的官场环境中保持初心。身处乌烟瘴气的朝廷中，他对李林甫的所作所为深恶痛绝，却敢怒而不敢言，只能写诗以抒发心中的不满。他在《冬日游览》一诗中讥讽李林甫道："步出城东门，试骋千里目。青山横苍林，赤日团平陆。渭北走邯郸，关东出函谷。秦地万方会，来朝九州牧。鸡鸣咸阳中，冠盖相追逐。丞相过列侯，群公饯光禄。相如方老病，独归茂陵宿。"面对恶劣的环境，诗人唯有借诗歌抒怀。他为了追求仕途，不得不苟安于朝廷中，在荣辱中体味着人生的酸楚。当然有时候在失意中他也会愤恨地斥责"今人做人多自私"，即便落魄潦倒，他仍然决心"济人然后拂衣去，肯作徒尔一男儿"。

　　王维一直在优柔于仕途与自适于田园的矛盾中挣扎。其追求的仕途不是去谄媚权贵以求仕进，更不是和奸佞之辈同流合污。但性格的好强，以及读书人求取仕途的思想并不能让他爽快地放弃现在的一切，他能做的只有妥协以自保。官场虽污浊，但那是追求的远方，隐居之地虽清净，但只有诗而没有梦寐的理想，对王维来说，这是多么艰难的抉择。唐玄宗天宝十四年（755年），王维已经五十五岁了，风蚀残年，而初心未改，似乎越是优秀而执着的人，筑梦之路越是坎壈。已到晚年的王维恰逢安史之乱爆发，诗还在，远方却是一片狼藉。"万户伤心生野烟，百官何日再朝天。秋槐叶落空宫里，凝碧池头奏管弦。"盛世遭逢大战乱，用诗追忆美好的过往是诗人的唯一选择。

　　荆棘的路途此时走到尽头，跋涉也要告一段落，王维在安史之乱中被迫接受的伪职成了他心中永远的痛。他对自己"没于逆贼，不能杀身，负国偷生"的行为感到深深的愧疚。人生对王维来说似乎是一场天大的玩笑，他靠才华步入仕途，然而仕途并非这一介书生所想象的那样简单，他学着适应，学着苟安于混乱的朝廷。他有着文人天生的懦弱，这种结局是王维自身种下的种子而结出的果实，果实是苦是甜，是酸是涩，唯有王维自己知道。但他终究是通脱了，也终究看穿了这一切，他不再苟安，终于放下了所有的荣辱，身在朝廷，心已归自然，以禅诵为事，而终于辋川。

三

宁静与恬淡：诗佛的禅心

诗人寄托心灵的唯一选择是诗歌，而王维除了笔下的诗歌，还有他追求的禅趣。《秋夜独坐》云："独坐悲双鬓，空堂欲二更。雨中山果落，灯下草虫鸣。白发终难变，黄金不可成。欲知除老病，唯有学无生。"在一片寂静中，诗人叹息双鬓斑白，年华易逝，在喧闹中求取心灵的宁静。王维虔诚向佛是他性格中那份宁静恬淡所造就的，他的诗中别有禅趣，是因为他性情宁静且生活中别有禅意。

王维的母亲是博陵崔氏。崔氏在当时是名门望族，唐代宰相薛元超以"不得进士擢第，不得娶五姓女，不得修国史"为人生三恨，博陵崔氏就是五姓之一，可见崔氏在当时显赫的家族地位。王维的母亲出身名门，且师事佛教禅宗北宗神秀的弟子大照禅师三十多年，佛学造诣很深。由于母亲崔氏虔诚信佛，对王维性格的养成产生了深远的影响，左右着他一生的仕途选择。

唐玄宗开元六年（718 年），十八岁的王维就写下了《哭祖六自虚》："念昔同携手，风期不暂捐。南山俱隐逸，东洛类神仙。未省音容间，那堪生死迁！花时金谷饮，月夜竹林眠。满地传都赋，倾朝看药船。群公咸属目，微物敢齐肩？谬合同人旨，而将玉树连。不期先挂剑，长恐后施鞭。为善吾无矣，知音子绝焉。琴声纵不没，终亦继悲弦！"祖六自虚是王维的朋友，王维在十八岁前居于长安时，曾和祖六自虚隐逸于终南山，并一起东游洛阳，禅宗思想的种子早就深深地埋在了这个青年诗人身上，并随着时间的推移而慢慢生根、发芽、开花，直至结果。王维的一生都笼罩着禅宗思想，他的性格、思维和心态都深深地烙上了禅宗思想的印记。他诗中的禅意，集中表现为追求寂静的境界，每一次官场失利，他首先想到的是归隐，但归隐仍然心有不甘。他在儒家积极出世与佛教消极避世的矛盾中苦苦挣扎。

佛教的核心思想是"空"，认为世界上一切事物不过是虚幻与泡沫，都是不实的。王维从禅宗教义中所接受的就是这样一种思想。在他的心目中，这种"寂静"的境界正是"静虑"的好去处，在此境界中他可以抛却现实的虚妄，以获得佛教的悟解，净化存有妄念的心灵。这种思想一旦与一位天才诗人相遇，便会在其诗歌中迸发出智慧的火花。所以，王维的诗歌大多富有禅趣，展现宁静的心灵，集中表现为追求寂静无为的境界。

在王维心中，这种境界可以忘却世俗的一切贪念，以获得悟解。如：

独坐幽篁里，弹琴复长啸。深林人不知，明月来相照。

《竹里馆》

人闲桂花落，夜静春山空。月出惊山鸟，时鸣春涧中。

《鸟鸣涧》

木末芙蓉花，山中发红萼。涧户寂无人，纷纷开且落。

《辛夷坞》

王维创作了众多让人心灵顿感宁静的诗作，正是因为他心灵的宁静与性格的恬淡所赋予诗歌的寂静灵魂。但这种宁静不是死寂，而是宁静中带着几分活泼，静中有动，动中有趣，这也是他宁静中富有温情的一面。

由于王维生性好静而甘于寂寞，他善于把独来独往的归隐生活写得极富有美感。如《山中》：

> 荆溪白石出，天寒红叶稀。山路元无雨，空翠湿人衣。

再如《山居秋暝》：

> 空山新雨后，天气晚来秋。明月松间照，清泉石上流。
> 竹喧归浣女，莲动下渔舟。随意春芳歇，王孙自可留。

诗中透露着万般的静谧，这宁静中饱含深情。天才的诗人王维将诗情、画意、音乐和禅趣高度融合，与同处于盛唐的李白风格迥异，王维是高雅宁静的，而李白则是狂放豪迈的。正是这样截然不同的风格，才使盛唐诗歌展现出旺盛的活力与生机。佛教思想对王维的性格、仕途与诗歌都产生了深远的影响，他的洁身自好，他的热爱自然，他的对宁静心境的热烈向往都与之关系密切。

作为一个诗人，王维站在理想的高度，追求自然之美，努力发掘自然之美的无穷奥秘，进而创作出一首首情、景、境俱佳的作品，这一点正源于他对禅宗的痴迷。性格中的宁静与恬淡让王维亲近佛教，佛教的教义在一定程度上加深了他性格的宁静，同时又唤醒了他消极避世的归隐心态。

四

豪情与懦弱：时代的歌者

王维是盛唐诗人的典范，他丰富的诗情根植于那个时代，同时他的诗歌也在一定程度上造就了盛唐，他是那个时代的歌者。杜甫的诗歌被称为"诗史"，是因为杜甫用诗歌记录了那个现实社会。王维的诗歌同样记录了社会，他所记录的是自己的情感历程，情感则往往与现实相连。

青年时代的王维和青年时代的杜甫一样意气风发，雄心勃勃。杜甫能歌吟出"岱宗夫如何？齐鲁青未了。造化钟神秀，阴阳割昏晓。荡胸生层云，决眦入归鸟。会当凌绝顶，一览众山小"这样豪迈的诗歌。王维也能歌吟出"出身仕汉羽林郎，初随骠骑战渔阳。孰知不向边庭苦，纵死犹闻侠骨香"这样满怀豪情的诗句，少年人的蓬勃精神喷薄而出。年轻的王维也曾有过豪侠的精神，然而自从离开家乡前往京城，步入政治中心的王维开始一点点减损着这种风发的意气。

不得不承认，王维性格中还有"懦弱"的一面。明显的例子是王维在安史之乱中接受伪职之事。他曾在事后因自己的懦弱而悔恨，如《谢除太子中允表》中说："臣闻食君之禄，死君之难。当逆胡干纪，上皇出宫，臣进不得从行，退不能自杀，情虽可察，罪不容诛。"再如《责躬荐弟表》中也说："臣年老力衰，心昏眼暗，自料涯分，其能几何？久窃天官，每惭尸素。顷又没于逆贼，不能杀身，负国偷生，以至今日……及奉明主，伏恋仁恩，贪冒官荣，荏苒岁月，不知止足。尚忝簪裾，始愿屡违，私心自咎。"对古人而言，大节有亏，不敢拒绝，不敢对峙，于无奈中寻求妥协，甚至不能舍生取义，是一件很窝囊的事，也是最可耻的懦弱。所以王维才会因此有触及灵魂的悔恨，才会坚辞朝廷的荣禄，才想遁入空门。

王维还有《和宋中丞夏日游福贤观天长寺之作》诗：

已相殷王国，空馀尚父溪，钓矶开月殿，筑道出云梯。

积水浮香象，深山鸣白鸡。虚空陈伎乐，衣服制虹霓。

墨点三千界，丹飞六一泥。桃源勿遽返，再访恐君迷。

　　陈左相即陈希烈。陈希烈早年因精通道家之学受到唐玄宗器重，后被李林甫举荐为宰相，后封颍川郡公，又进封许国公。安史之乱爆发后，陈希烈被俘，投降叛军，被授为宰相，两京收复后被朝廷赐死。陈被赐死后，他的宅第就施舍为佛寺。王维此时游览此寺，即有感而发，并以之与比干及姜尚相比，抒发自己的景仰之情。从王维的这种态度看，他对于陈希烈任安禄山伪官事，是不想提及也不愿提及的。晚年的作品如《酬张少府》中的"万事不关心"和《叹白发》中的"一生几许伤心事"也颇可表明王维始终处于忏悔补过的心态中。可以说安史之乱中被迫从逆使王维的心理状态与生活道路产生了很大变化。他以陷贼后无可奈何的处境而向往退隐，又不甘于生命的落空而继续谋求官职，这些实为其性格懦弱一面的最好例证。

　　当然我们也应该认识到他敢于批判现实，敢于讽刺权贵，在热血沸腾的年纪做过不顾生死的抉择的一面。虽然他的作品批判的深刻性不及李白与杜甫，但王维毕竟是王维。王维的豪情体现在他早年的诗歌作品中，在面对措手不及的曲折时，他亦是一个脆弱甚至懦弱的文人书生。他的理想是步入仕途，但面对荆棘密布的官场，他又无法适应这种种规则。官位对他来说就像是一根鸡肋，在其位深感痛苦，弃之则越发觉得可惜。他只能苟且于现状，或者发出阵阵哀怨，"问尔何功德，多承明主恩"，这是一位正直文人的愤懑心声。王维的诗歌中有大唐盛世的影子，也有大唐危机的预告，有青年的豪迈，亦有万般的惆怅，他是时代的歌者。

　　王维是大唐的王维，他的诗歌是性情的流露，同时也是性情决定了他的诗歌。他是盛唐的代言人，也是唐诗人的典型。他被称为"诗佛"，但他不光是满身的严肃与静穆，他是一个有血有肉、有生命有感情的个体，是一个活泼真实、有丰富感情的诗人。这种生机与温度肇自诗人丰富的性格与真实的气质，他温和而坚毅、严肃而脆弱，这才是王维，一个真实的"诗佛"。

王昌龄：

得罪由己招，本性易然诺

宋 欧阳修在《梅圣俞诗集》中提出"诗穷而后工"，明代王世贞将之演绎为文人"九命"，囊括了春秋至明代文人多舛的九种命运类型，胡震亨据此专对唐代诗人作了分类，分别是：一贫困；二嫌忌；三玷缺；四偃蹇；五流贬；六刑辱；七夭折；八无终；九无后。其中因为偃蹇、流贬、无终的命运而"诗后工"的唐代诗人，数量最多。王昌龄一人便占了流贬、无终两项。流贬者，乃因故贬谪，无终者，乃不得善终。王昌龄生活于盛唐之时，被冠以"七绝圣手""诗家夫子"的盛誉，不难想见他在唐代诗歌史上的地位。但他两度远贬，遭杜邮之戮，其显赫的诗名、低微的官职与悲惨的命运引起了后世无数的唏嘘、慨叹。胡震亨《唐音癸签》就说："王昌龄诗名满世，栖迟一尉。"后人多将之归结为性格使然。有人对他的性格表示理解赞美，宋代计有功《唐诗纪事》曰：

予尝睹昌龄《斋心》诗、《吊轵道赋》，谓其人孤洁恬澹，与物无伤，晚节谤议沸腾，言行相背，及沦落窜谪，竟未减才名，固知善毁者，不能掩西施之美也。

计有功把王昌龄的"孤洁恬澹"誉为独一无二的"西施之美"。然而也有人对他因性格而不能自我保全表达出惋惜之情，唐殷璠《河岳英灵集》自序曰："粤若王维、王昌龄、储光羲等二十四人，皆河岳英灵也"，视王昌龄为"英灵"，但旋即又说："奈何晚节不矜细行，谤议腾沸，垂历遐荒，使知音者叹息。"元辛文房《唐才子传》也沿用此观点，其中"至归全之道，不亦痛哉"一语，更是对王昌龄"不矜小节"而惹祸上身的性格提出委婉批评。

性格是命运的解锁密码，王昌龄为什么会招祸及身，遭此厄戮？这需从他的性格来审视其生平经历。

一

少年侠气，言信行果

《新唐书》《旧唐书》等史料对王昌龄身世的记录寥寥，极为简略，据现当代学者闻一多、陆侃如、冯沅君、傅璇琮、李珍华等先生的考辨，王昌龄，字少伯，京兆人，生于武周圣历元年（698 年）前后。他出身寒微，少年时曾躬耕于灞上，过着清苦的生活。贫寒并未抹去他的功名意识。相反，他心高气傲，自幼便怀揣着报效国家社稷的热血丹心，《郑县宿陶大公馆中赠冯六元二》中说："儒有轻王侯，脱略当世务。本家蓝田下，非为渔弋故。无何困躬耕，且欲驰永路。"在《上李侍郎书》中，他毫不掩饰自己的满腔热情：

昌龄久于贫贱，是以多知危苦之事。天下固有长吟悲歌，无所投足，天工或阙，何惜补之？苟有人焉，有国焉。昌龄请攘袂先驱，为国士用，芬丝之务，最急之治，实所甘心。昌龄岂不解置身青山，俯饮白水，饱于道义，然后谒王公大人以希大遇哉！每思力养不给，则不觉独坐流涕，啜菽负米，惟明公念之。

盛唐鼎盛的国力使当时的文人和武将都具有昂扬的信念、视死如归的豪情、为国效力的赤胆忠心。士人们无不希冀着得到君主王侯的"大遇"。李白如此，王昌龄亦如此，他们都希望在此盛世中造就一番千古流芳的伟业。文人若成为"国士"，科举是一条较为直接的道路，唐人行卷风气促成了士人的漫游生涯，漫游是配合科举应试求取声援的必要举动，以此可以积累必要的社会关系，增加入仕机会。

王昌龄在应试前，游历了汴、宋等地，途经嵩山、太行山。开元十一年（723年）前后至开元十五年（727年），王昌龄有大约五年的漫游经历。他一路从萧关西行，先后到达甘肃靖远（百草原）、甘肃岷县的临洮、甘肃敦煌西北小方盘城的玉门关、安息四镇之一的碎叶城（今吉尔吉斯斯坦北部的托克马克）。边塞风光与沙场激斗激发了他潜藏的侠义情怀，性格中的肝胆侠气、重义轻身结合着赤心奉国的现实心愿，毫不掩饰地表露出来。此时他的很多诗歌都折射出青年王昌龄的勇毅与胆略。沈德潜《唐诗别裁》评"少伯塞上诗，多能传出义勇"。用"义勇"一词，表达出王昌龄个性中慷慨奋勇、锐不可当的气势以及报效国家的壮志。

换言之，王昌龄的边塞诗，即是他青年时期性格的真实书写。例如，他以激越的格调歌唱唐军声威，《从军行》七首最为典型："青海长云暗雪山，孤城遥望玉门关。黄沙百战穿金甲，不破楼兰终不还。"（其四）明知归期无日，却不畏生死，被张文荪称为"盛唐人不作一凄楚音"

（《唐贤清雅集》）。再如"大漠风尘日色昏，红旗半卷出辕门。前军夜战洮河北，已报生擒吐谷浑"（其五），乃"战捷凯歌之词"（周珽《唐诗选脉会通评林》）。用黯然低沉的笔调写边塞寒苦、战争惨烈以及戍边将士与将军的不同待遇："功多翻下狱，士卒但心伤"（《塞上曲》）；"从来幽并客，皆向沙场老"（《塞下曲四首》其一）；又如"奉诏甘泉宫，总征天下兵。朝廷备礼出，郡国豫郊迎。纷纷几万人，去者无全生。臣愿节宫厩，分以赐边城"（《塞下曲四首》其三）。以汉武帝比喻唐玄宗，汉武帝为了得到汗血宝马，不惜发动对大宛的侵略战争，唐玄宗嗜马，也极尽奢侈，《资治通鉴》中记录唐玄宗初登基，便有牧马二十四万匹，后发展至四十三万匹，玄宗把它们按照颜色不同分群，史载"望之如云锦"，还把养马官府提到三司同等的位置。王昌龄此诗乃以边塞将士的命运做对比，是有委婉讽喻意味的。他还以愤怒的情感批判玄宗开边拓疆的非正义战争，如"饮马渡秋水，水寒风似刀。平沙日未没，黯黯见临洮。昔日长城战，咸言意气高。黄尘足今古，白骨乱蓬蒿"（《塞下曲四首》其二）。诗中的"长城战"，指唐军与吐蕃在临洮一带的战争。《旧唐书·玄宗纪》载："开元二年七月，吐蕃寇临洮军，又游寇兰州、渭州，掠群牧。起薛讷摄左羽林将军、陇右防御使，率杜宾客、郭知运、王晙、安思顺以御之……冬十月戊午至自温泉薛讷破吐蕃于渭州西界武阶驿，斩首一万七十级，马七万七匹，牛羊四万头。"本是正当的防御战争，却大肆杀掠，以邀军功，为了显露天子威严，使白骨露野，满目疮痍。他以深邃蕴藉的情感述说征人的乡愁和思妇的闺怨，如"烽火城西百尺楼，黄昏独坐海风秋。更吹羌笛关山月，无那金闺万里愁"（《从军行》其一），即有壮逸凄楚之境。

从这些诗句来看，王昌龄的尚气慕侠，并非将战争军功视为自我完成的最终途径，不是匹夫之勇，更多侧重于关注战争带给双方的摧残，是具有深广的关怀和同情的。然而王昌龄青年时代报国沙场、浴血杀敌的豪侠之梦终未能实现，留下的是重然诺、轻生死，言必信、行必果，导源于古之游侠精神的因子，影响了他的一生。

二

不矜细行，轻肆直言

王昌龄本欲投笔从戎，投身边塞以立军功，但当他身处其中，目睹了真实的战争景象，看到戍边战士历经腥风血雨，马革裹尸，埋骨他乡，不免兴起另一番止戈之意。殷璠说："余尝睹王公《长平伏冤文》《吊轵道赋》，仁有余也。"（《河岳英灵集》）足见王昌龄并非好战之人，对边战的情感是复杂深邃的，且他最初的游历本意也是为着响应行卷之风而声援科举。于是，他离开塞外后，重踏科举道路。葛立方《韵语阳秋》指出："观王昌龄诗，仕进之心，可谓切矣！"可见王昌龄从未对自己的政治功名情怀稍加掩饰。

在《从军行》其一中，他提到了这样选择的原因："百战苦风尘，十年屡霜露。虽投定远笔，未坐将军树。早知行路难，悔不理章句。"这首诗运用的"定远笔""将军树"两个典故，很清晰地反映出王昌龄的性格与品性。前者出自《后汉书·班超传》，班超少有大志，但因家庭贫困，依靠帮官府抄书来维持生活，非常辛苦。有一次，班超毅然辍业投笔感叹："大丈夫无它志略，犹当效傅介子、张骞立功异域，以取封侯，安能久事笔砚间乎？"班超怀揣着鸿鹄之志，被汉明帝委派出使西域，遂立大功，封为定远侯，终于实现了毕生志向。后者出自《后汉书·冯异传》，冯异辅佐光武帝争夺天下，每当其他将军坐在一起讨论功劳时，他经常独自退避到树下，人称"大树将军"。他为人谦虚退让，有开国之功却不骄矜，光武帝盛赞之。王昌龄是非常钦羡班超和冯异的性格与功名的，但对自己弃文从武却没能取得班冯那样功绩，感慨非常。

于是，他打算换一条通往成功的道路。

开元、天宝年间，进士科兴盛，通过此科授官升迁较他科概率更大，王昌龄在开元十五年中李嶷榜进士，后中博学宏词科，先后任秘书省校对和氾水尉，至于两个官职的先后顺序以及中博学宏词科的具体时间，大约是自开元十五年（727 年）至开元二十五年（737 年），乃王昌龄的官宦生涯。在此阶段，王昌龄从三十四岁至三十九岁共五六年的时间一直居于长安，且一直保持着九品的官位，孟浩然在开元二十二年（734 年）离开长安送给王昌龄的赠别诗中说"永怀蓬阁友，寂寞滞扬云"（《初出关旅亭夜坐，怀王大校书》），此时王昌龄任校书郎已有三载，孟浩然将之比作寂寥的扬雄，对其滞留微官是深怀感叹的。

身处微官的王昌龄，不矜细行的个性给他带来了仕途上的沉重打击。

开元二十五年（737 年），王昌龄获罪被谪岭南，由于史料阙如，具体情况亦不得知。在《见谴至伊水》中，他写道："得罪由己招，本性易然诺"，言语间似乎暗示此次贬官由于"易然诺"的个性导致。他的好朋友孟浩然作《送王昌龄之岭南》叹："洞庭去远近，枫叶早惊秋。岘首羊公爱，长沙贾谊愁……意气今何在，相思望斗牛。"把王昌龄比作少有才名，却受到朝中权贵排挤被贬的贾谊，在他看来，王昌龄自嘲的"由己招"，乃有被冤枉、不公平的成分。王昌龄的另一个朋友常建也颇为愤然："谪居未为叹，谗枉何由分？""翻覆古共然，名宦安足云。贫士任枯槁，捕鱼清江渍"（《鄂渚招王昌龄张偾》），明言王昌龄和张偾乃由"谗枉"而招致"谪居"。无论如何，王昌龄这次贬谪是由于"不矜细行"而轻易许诺他人导致的。不幸中的万幸，此次贬谪第二年，王昌龄便遇赦北返，量移江宁丞。

然而王昌龄并没有吸取第一次贬逐"由己招"而致"得罪"的教训，在任职江宁丞期间，他试图回到长安去活动，以求迁回京城。在长安期间，王昌龄叩见唐玄宗，却吃了闭门羹，贤相张九龄被李林甫排挤出朝廷，王昌龄毫不留情地写下了一首政治意图颇为浓厚的诗《宿灞上寄侍御玙弟》。王玙是王昌龄的族弟，任太常博士、侍御史，充祠祭使。王昌龄寄诗于他，是有特定原因的，诗中首先讽刺了唐玄宗宠爱杨贵妃，醉生梦死，不理朝政："孟冬銮舆出，汤谷群臣会"，指玄宗与贵妃去骊山温泉宫，在彼赐会群臣；"是时燕齐客，献术蓬瀛内。甚悦我皇心，得与王母对"，指方士、道人向玄宗进献仙道术，让皇帝和贵妃都非常愉悦；此时笔锋一转，又提到了边战失败："昨闻羽书飞，兵气连朔塞。诸将多失律，庙堂始追悔。"当时唐朝在东北方面与奚和契丹有战事，西北方面与吐蕃亦有战事，《资治通鉴·唐纪》载天宝四载（745年）："陇右节度使皇甫惟明与吐蕃战于石堡城，为虏所败，副将褚诩战死。"王昌龄诗中的"失律"很可能便指此战失利。王昌龄进而对年年边战，人民负担沉重进行讽喻："兵粮如山积，恩泽如雨霈。"开元之前，每年供边兵衣物粮草，不过二百万，天宝之后，每年仅用衣物就有二十万匹，粮食九十万斛，"公私劳费，民始困苦"（《资治通鉴·唐纪·玄宗天宝元年》）。王昌龄在诗中最后揭露了朝廷"公论日夕阻，朝廷蹉跎会"的黑暗政治。从整篇诗歌来看，王昌龄对时政的批评是不加掩饰的，这也侧面反映了他的性格。玄宗宠爱杨贵妃，重用李林甫、杨国忠，拓边战争失利，很多诗人都曾在诗中表达对国政的忧虑以及对奸相权倾朝野的不满，但即便自命不凡如李白，也只采用借古讽今的手法来寄寓个人意见，王昌龄却刚肠嫉恶，肆意直言。而且当时唐玄宗将朝政权柄都交给李林甫，妄想安心地做"太平君主"，但凡有稍微敢于直谏者，均遭流放、贬黜。李林甫更是"尤忌文学之士"（《资治通鉴·唐纪》），王昌龄在这样的环境下，能以微官身份寄诗给政府官员王玙，是需要胆识的。然而正因为他的直言不讳、毫无忌惮、不留情面，本性中的率诚与无畏，使他再次遭遇流放以致死于非命。闻一多先生认为，在盛唐诗人中，王昌龄个性最为显著，由此看来并非虚言了。

三

孤洁恬澹，心地莹洁

王昌龄的性格并非只有外向型的侠义豪迈、不矜细行，他也具有深邃沉郁的内向型性格。天宝以后，豪贵雄盛，危机四伏。在开元时期，胸怀天下、投笔从戎、建功马上的文人，多数遭遇挫折，昂扬劲健的精神人格已成过去，天宝时期深沉、现实、奇崛的诗风伴随社会的分化逐步来临。在时代即将巨变而呈现出的风雨先兆中，王昌龄展现了恪守不渝、冰清玉洁的人格持守，这在奢靡日盛、危机四伏的社会变革中，尤为难能可贵。

天宝元年（742 年）初春，王昌龄被任命为江宁县丞，从天宝元年至天宝七年（748 年），都在江宁丞任。七年微官，并不如意，王昌龄此时袒露出他的蕙心纨质。当他登上江苏丹阳的芙蓉楼，离情触怀，感慨平生，写下《芙蓉楼送辛渐二首》，诗云：

> 寒雨连江夜入吴，平明送客楚山孤。
> 洛阳亲友如相问，一片冰心在玉壶。
>
> 丹阳城南秋海阴，丹阳城北楚云深。
> 高楼送客不能醉，寂寂寒江明月心。

玉壶冰心，寒江明月，纨素洁白，芒寒色正。经历了人生坎坷的王昌龄，展示出他性格中最为高洁的朗练风骨。诗中没有世俗的应酬，没有卖弄的文字游戏，更没有送别的无病呻吟。在一片孤寂而纤尘不染的幽微夜色中，王昌龄用最真醇的语言，既向辛渐、洛阳亲友，也向自己，强调了内心的高洁持守。王昌龄的好朋友岑参同样用类似的语言赞美过王昌龄，说他"心与湖水清"（《送许子擢第归江宁拜亲因寄王大昌龄》）。后人纷纷称道之，黄叔灿盛誉为"自述心地莹洁，无尘可滓"（《唐诗笺注》），均将此诗比附王昌龄的人格加以阐释。

王昌龄深知，怀揣冰清玉洁的持操，在他身处的那个时代，势必要忍受孤独与寂寞，势必要历经辛苦。但他不止一次地在送别好友的诗歌中表露坚贞的胸臆，或用高洁的事物加以比附，如另一首诗《送任五之桂林》：

> 楚客醉孤舟，越水将引棹。山为两乡别，月带千里貌。
> 羁谴同缯纶，僻幽闻虎豹。桂林寒色在，苦节知所效。

从诗中"羁谴同缯纶，僻幽闻虎豹"可见，此诗作于王昌龄贬谪时期，同为天涯沦落人，两人都处于人生最艰难的时候，自然有惺惺相惜、同苦共难的心理。但是诗中却没有伤别与慰问，唯见勉励情谊。王昌龄说"桂林寒色在，苦节知所效"。"苦节"出自《周易·节卦》，其云："苦节不可贞。"后以艰苦卓绝、守志不阿谓之"苦节"。这与前一首送辛渐的诗歌一样，实际上是一首剖露自我情志的自白书。明知自己莹洁如玉、不愿随波逐流的个性会活得非常辛苦，却仍然竭诚尽节，金石不渝。此处"桂林"一词双关，既指地名，又暗寓犹如桂树之林淡然贞定、心怀幽贞的品节。

当然，这都是王昌龄在诗中明言的情操。还有很多诗中，他并未阐明自己的风骨与灵魂，只是描写了幽独缥缈、高远隐约的事物，以此来衬托、寄意，强调自己孤洁独抱的情操。如《听弹风入松赠杨补阙》："寥落幽居心，飕飗青松树。松风吹草白，溪水寒日暮。"诗中用了青松寒溪意象，来揭露自己的孤傲自许。《赠史昭》："握中何为赠？瑶草已衰散。"《同从弟销南斋玩月忆山阴崔少府》："千里其如何？微风吹兰杜。"都袭用《楚辞》的香草美人手法，以兰杜、瑶草比喻君子之德。此时的王昌龄，如羽化成蝶一般，蜕变得更为成熟，折射出耀眼的人格魅力。正如他自己说的"谁识马将军，忠贞抱生死"（《留别武陵袁丞》）。保有人格的坚贞，忍受灵魂的孤寂，这是王昌龄最后的选择。

四

出处不合，忠贞难伸

王昌龄有一生忠贞的决心，却没有马援这样的机会。晚唐诗人罗隐路过江宁时，想到此乃王昌龄曾任职处所，不由得发思古之幽情，叹道："漫把文章矜后代，可知荣贵是他人。"（《过废江宁县》）一语道出王昌龄高妙诗文与贫贱人生的"不合"，其间巨大的落差，使后人对王昌龄的悲剧产生无比同情。他自幼理想远大，功名心切又才华出众，于是北出塞外，科举求仕，然而命运之神最终似乎给他开了一个玩笑。

王昌龄屡遭磨难，有志难伸，他满腹惆怅，吟出"孤舟未得济，入梦在何年"（《沙苑南渡头》）的愤懑。较为特殊的是，他用宫怨诗的题材，通过描写宫女们的不幸遭遇，述说自己沉沦下僚的抱憾人生。宫怨诗并非王昌龄新开辟的阵地，前有齐梁艳丽宫体诗，后踵王建宫词百首，然而王昌龄却在宫怨诗中，潜藏了自己的性格与情志，蕴含了壮志难酬、出处不合的苦闷。相传他诗论《诗格》中云，作诗需达到"身在意中""诗中有身""诗书身心",应该抒写自己的心境,有一家之言。从王昌龄的宫怨诗中,我们可以看到自《诗经》中延续的以夫妇人伦喻君臣大义的影子,他写宫女的痴情望幸:"谁分含啼掩秋扇,空悬明月待君王。"(《西宫秋怨》)写宫女的怨怼悲愤:"玉颜不及寒鸦色,犹带昭阳日影来。"(《长信秋词》其三)写宫女的恩尽失宠:"真成薄命久寻思,梦见君王觉后疑。"(《长信秋词》其四)这无一不在强调自己的忠贞不渝和控诉上位者的负心薄幸、一叶障目。王昌龄的宫怨诗,倾注了自己深沉的情思与血泪,是探寻他多元个性的途径之一。

天宝七年(748年),五十一岁的王昌龄再贬为龙标尉。龙标在今湖南西南黔阳县境内。王昌龄的行径路线与前一次大略相同。从南京溯江而上,经宣城至九江,深秋到达岳阳。此时王昌龄虽然心境落寞,但也不至于绝望,谪途所作的"明主恩深非岁久,长江还共五溪滨"(《至南陵答皇甫岳》),"鸷鸟立寒木,丈夫佩吴钩。何当报君恩,却系单于头"(《九江口作》),从报君恩、佩吴钩等心理,看出王昌龄对功业仍然是充满希望的。而"尧时恩泽如春雨,梦里相逢同入关"(《西江寄越弟》),"湘中有来雁,雨雪候音旨"(《巴陵别刘处士》),"明祠灵响期昭应,天泽俱从此路还"(《别皇甫五》)表达了希冀圣恩骤降,等候赦免音旨的期望,这是王昌龄在谪境的企盼。

王昌龄本性疏旷,对第二次的贬谪亦怀有第一次那种召还的信心,始终保持着一种乐观的精神。在龙标所作的《送柴侍御》:"沅水通波接武冈,送君不觉有离伤。青山一道同云雨,明月何曾是两乡?"《送吴十九之沅陵》:"远谪唯知望雷雨,明年春水共还乡。"字里行间充斥着达人知命,他坚信第二次贬谪必定如前一次,定能全身而返。以至于在年近六旬时,王昌龄还挥笔写下《箜篌引》以论边事,提出息兵止戈,用怀柔策略处理边境战事。

比起李白较有文人气的放纵宣泄，王昌龄似乎还有另一种耿介自持、导源于侠义精神的骨气。李白更重于自我实现，而王昌龄侧重于为国分忧而非苛求于功名，因而同为历经乱世，王昌龄与李白便有了不同的结局。天宝十四年（755年），安史乱起，王昌龄由龙标折返故里。《新唐书·王昌龄传》说："世乱，还乡里。"实则当时江淮尚且稳固，王昌龄并非无故离岗还乡，乃因大赦而离开龙标，重任新职，当时京洛有贼兵阻碍，所以才寻思绕过京洛，途经亳州，最终被"晓素愎戾，驭下少恩，好独任己"（《旧唐书》）的亳州刺史闾丘晓所杀，个中具体原因未成定论。当世人为其偶然降临的厄运而扼腕叹息之时，经沉思静虑，方能领会到此乃偶然中的必然悲剧。

王昌龄当此乱世，性格与世事的矛盾，造就了他不幸的一生。最初自负"天生贤才，必有圣代之用"，以家国天下为己任。为此，他尝试过建功塞外，也尝试过科举征聘。从开元十五年至天宝末，庶几二十余年，身在仕途，却栖息卑位，理想与现实产生了天渊之别，虽然王昌龄个性放旷，但心理难免有一定的落差，他在很多诗歌中流露出向往归隐的情绪，又不能放弃最初的理想，因而他在充满失望又积极入世的矛盾中，时而放浪形骸，后人遂有"旗亭画壁"典故的美谈。时而避世隐遁，享受林泉之乐："苍苍竹林暮，吾亦知所投。静坐山斋月，清溪闻远流。"（《宿裴氏山庄》）时而沉迷于释道，或求道士指点迷津："稽首求丹经，乃出怀中方。"（《就道士问周易参同契》）或享受脱离尘俗的境界："琴书全雅道，视听已无生。闭户脱三界，白云自虚盈。"（《静法师东斋》）或抒发委运乘化、物我归一的虚无思想："物化同枯木，希夷明月珠。本来生灭尽，何者是虚无。"（《素上人影塔》）时而又有兼济天下之儒家情怀。但他无法如王维一样以虔诚的释家信仰来抚平心灵的缺失，也无法如李白一样，一心只考虑着自己惊骇世俗的伟大功业和精神的胜利与自由。王昌龄徘徊在不随流俗又浸染世情之间，进退两难，心灵备受折磨，却又希冀着在绝望中重生，这当然是无法排解的。

王昌龄是盛唐时期具有侠客情怀的文人，他的赤胆忠心，他的两度远谪，无一不是他性格与时代相互抵牾的证据。从这个角度观之，王昌龄被杀，偶然中早已定下必然。相传王昌龄未及第时，朋友岑参曾赠诗云："潜虬且深蟠，黄鹤举未晚。"（《送王大昌龄赴江宁》）后登第复又谪官，岑参又赠诗："王兄尚谪宦，屡见秋云生……黄鹤垂两翅，徘徊但悲鸣。"（《送许子擢第归江宁拜亲因寄王大昌龄》）再后来王昌龄丧命于乱世，葛立方感慨："则所谓黄鹤者，竟不能高举矣。"（《韵语阳秋》卷十一）黄鹤折翅，空留诗名，不免让人感到遗憾。其实王昌龄对于自己的命运与性格，也是有非常明确的认知的，在《送韦十二兵曹》诗中他说"出处两不合，忠贞何由伸"，完全是他对自己性格的真实记录。千百年后，当我们读到"洛阳亲友如相问，一片冰心在玉壶"时，还能笃定这位看似纵横恣肆、任诞放旷的诗人，实则有一颗怀瑾握瑜的君子之心，那么或许我们便能些许理解他"出处两不合"中的"不遇"悲剧了。

高适与岑参：

政治智慧影响下的穷达迥异

高适和岑参相差十余岁，他们生活的历史环境以及性格都有一定的相似之处，例如他们均为仕宦家族，出生在家道中落之时，生活落魄，都目睹了大唐王朝从鼎盛走向衰落的安史之乱，并都曾在仕途艰难时舍弃微官，毅然赴边，厕身幕府，在边境生活过一段时期，二人晚年都曾在蜀地为官。高岑二人均以济时拯世和武勇报国为终身追求，胸襟不凡，也同以边塞诗蜚声文坛。因为二人身上存在的诸多相似，人们多将之合并讨论。例如他们的好友杜甫诗曰："海内知名士，云端各异方。高岑殊缓步，沈鲍得同行。"（《寄彭州高三十五使君适虢州岑二十七长史参三十韵》）实际上，就诗歌风格而论，高适学建安，深沉浑厚，更有现实主义气息；岑参偏齐梁，豪放奇丽，富于浪漫主义。清王士禛说："高悲壮而厚，岑奇逸而峭。"（《师友诗传续录》）诗歌风格在一定程度上可以侧面反映创作主体的性格气质，高适的悲壮与岑参的奇峭可以从他们各自的性格与不同的人生经历中，找到更为切实的佐证。

主体性情：儒家主体与释道渗透

　　高适早年曾四处游历，到过现在河北、辽宁、山东、安徽、江苏等许多地方，混迹于渔樵、士兵、隐士、赌徒之中，后又曾一度寓居于淇上，与李白、杜甫以及一批地方官均有往来。此时高适落拓不羁、傲岸自负、慷慨豪迈的性格气质表露得非常明显。李颀给他的赠诗中就说："五十无产业，心轻百万资。屠酤亦与群，不问君是谁。"（《赠别高三十五》）便是指高适身上带有战国时期的侠士气质，印证了《旧唐书·高适传》中记载其"喜言王霸大略，务功名，尚节义"，"逢时多艰，以安危为己任"。高适胸怀王霸大略的理想，以求取政治功名作为人生唯一的自我实现道路。早在第一次出塞，北上蓟门、游于魏郡时，就挥笔写下《三君咏》，歌颂了直言敢谏的魏徵、纵横负才的郭元振和匡正弊政的狄仁杰，此三人都建有不世之功，彪炳青史，高适以此作为自己的目标，可见其凌云之志。

　　高适是典型的大器晚成，直到不惑之年才通过宋州刺史张九皋的推荐，参加了专为隐士开设的"有道科"，遂如愿以偿，进士及第，被授汴州封丘县尉。但没过多久，便"非其好也，乃去位，客游河右"，辞官加入了哥舒翰将军的幕府，在河西生活了三年，他的边塞诗歌大都写于此时。

　　高适执意入幕河西，也与其家庭环境和个人性格有着密切的关系。他成长于官宦家庭，《旧唐书·高固传》中载，其高祖在高宗永徽时任北庭安抚使，后出击突厥并生擒车鼻可汗而立功，迁安东都护，再拜陇右持节大总管，封平原郡开国公。高适的两位伯父崇德与崇礼，亦皆以军功入仕，分任并州司马和左卫中郎将。受家庭环境的影响，他落拓不羁，恰如明代徐献忠所言"朔气纵横，壮心落落"（《唐诗品》）。此性格也能从高适诗中找到不少佐证，如："总戎扫大漠，一战擒单于。常怀感激心，愿效纵横谟。"（《塞上》）"我惭经济策，久欲甘弃置。君负纵横才，如何尚憔悴！"（《效古赠崔二》）"倚剑对风尘，慨然思卫霍。拂衣去燕赵，驱马怅不乐。"（《淇上酬薛三据兼寄郭少府》）既有时代赋予的外因，又有家庭影响的内因。

此外，《旧唐书》说他"负气敢言"。安史叛乱后，高适跟从哥舒翰坚守潼关，潼关失守，唐玄宗匆匆潜逃蜀中，混乱的局面已经没有谁在乎潼关失守的最终原因，大难临头，各自唯求保命而已。高适却"自骆谷西驰，奔赴行在及河池郡，谒见玄宗，因陈潼关败亡之势"。玄宗皇帝为了挽救自己危在旦夕的皇位，听从房琯的建议，以诸王分镇，高适"切谏不可"，此数举不仅是"负气敢言"，也可见高适有临危不惧的胆识和政治远见。永王李璘反，高适向肃宗皇帝"因陈江东利害，永王必败"，面陈机宜，被破格提拔为扬州大都督府长史、淮南节度使。当时有人说高适高谈阔论，实则从上述诸例看来，高适的确有一定的政治见识，并非纸上谈兵、夸夸其谈。

与高适的低级官僚家庭出身不同，岑参背着显赫的家世包袱，他二十九岁时作《感旧赋》的序文说："国家六叶，吾门三相矣！"六叶，指从唐高祖起至玄宗止，共六代皇帝。此间，岑参的曾祖父岑文本做过唐太宗的宰相，岑文本之兄子岑长倩在唐高宗及则天武后时任宰相，岑参的伯父岑羲为唐中宗及睿宗朝的宰相。岑长倩在与武则天外戚的斗争中被杀。岑参出生前两年，其伯父岑羲因太平公主事件被杀。显赫之族因为宫廷政治斗争的失败，已呈现中衰之势。岑参上有一异母兄长岑况，下有两胞弟岑乘、岑垂，均有诗名，杜甫"岑参兄弟皆好奇"（《渼陂行》）、王昌龄"岑家双琼树"（《留别岑参兄弟》）中的"岑参兄弟"，便指岑参与长弟岑乘。

岑参在《感旧赋并序》中说："五岁读书，九岁属文，十五隐于嵩阳，二十献书阙下……荷仁兄之教导，方励已以增修。"他在五岁以前，随父在河南叶县仙州，也就是说，"五岁读书，九岁属文"乃父亲岑植亲自督导。十一岁时，即开元十一年（723年），父亲卒于晋州刺史任，长兄岑况代任父职，教诲诸弟，颇为尽心，因而岑参云"荷仁兄之教导"乃感念兄长语。而"十五隐于嵩阳"，在他十五岁时，举家移居嵩山少室，从十五岁到开元末西入长安，在二室居住了十余年，有太室、少室（南溪别业）两处别业。嵩山雄峻巍峨，风景灵秀，气势延长，本就是儒释道三教名物古迹汇聚之所，少年岑参耽于山水，品味善终读书之乐，恬然自适，诗中常自有一种超然物外的意味，也时常以隐士自居。如"结宇依青嶂，开轩对翠畴。树交花两色，溪合水重流。竹径春来扫，兰樽夜不收。逍遥自得意，鼓腹醉中游"（《南溪别业》）。又如"偶得鱼鸟趣，复兹水木凉。远峰带雨色，落日摇川光。臼中西山药，袖里淮南方。唯爱隐几时，独游无何乡"（《林卧》）。一个阳光淳朴的少年，整日与水秀山明、层峦叠翠为伴，是何等惬意！少年岑参还常常与僧人共游、道士往还，参阅了不少道士修行炼丹书籍，无疑对他释道的思想建构产生了重要影响，因而我们从他早年诗作中也可见到"况本无宦情，誓将依道风""尚子不可见，蒋生难再逢"，诸如此类皈依道家的人生态度。

　　虽然岑参自幼便有振兴家族的远大理想，"能自砥砺"（杜确《岑嘉州诗集序》），但少年时代那份单纯的美好，深深扎根于他的脑海中，在往后颠簸的一生中，尤其是在晚年，那梦中的竹兰、山涧的小溪、僧道的偈语，都会时时跳出来，抚慰他因为不如意而疲惫的心。尽管此时眼中的那一方山水，在他眼中笔下早已失却了隐居少室时那份明丽与单纯。他在长安"出入两郡""十载干明王"受挫时，不由吟出"净理了可悟，胜因夙所宗，誓将挂冠去，觉道资无穷"（《与高适薛据同登慈恩寺浮图》），诗中的释家情怀，与他早年已然兼具的释道思想紧密相连。

在中年外任虢州时期，随着事功理想的没落，他的写景诗较之早年在山林读书期间写的一些山水风景诗，风味便有所改变了，丧失了早年山水诗中单纯、明丽的心灵抒写。他将苦闷、矛盾的心境并入景物的抒写中，面对良辰佳景，岑参自有他的解脱与愉悦，但亦有惆怅与遗憾。他在《郡斋闲坐》中写道："平生好疏旷，何事就羁束？"又以陶渊明的自适自由，对比自己被微官羁绊，不得解脱：

> 池上卧烦暑，不栉复不巾。有时清风来，自谓羲皇人。
> 天晴云归尽，雨洗月色新。公事常不闲，道书日生尘。
> 早年家王屋，五别青萝春。安得还旧山，东溪垂钓纶。

岑参在盛夏独卧在南池之上避暑，不栉不巾，披头散发，眼前月色如洗，清风徐来，一派良辰美景，但岑参并不仅仅求得这片刻的解脱，因为他常有琐碎繁杂的公事，这只是他偷得浮生半日闲而已，他不由得回想起少年时候的少室山，自家房屋垂下的青萝藤，东边溪中垂钓的快乐，那才是真正的"羲皇人"啊！

岑参晚年入蜀时，因着蜀中景色奇崛秀美，山川闻名遐迩，激发他写下了很多奇丽俊逸的景物诗。比之早期在嵩山少室景物诗的明媚纯净、中年在虢州所作的苦闷矛盾风格，此时的作品一方面表现了他最后又回到释、道中的人生轨迹，另一方面也体现了晚年的精神压抑。例如写剑门山势险峻："速驾畏岩倾，单行愁路窄。"（《入剑门作寄杜杨二郎中时二公并为杜元帅判官》）写峨眉的妩媚和江水的澄澈："峨眉烟翠新，昨夜秋雨洗。分明峰头树，倒插秋江底。"（《峨眉东脚临江听猿怀二室旧庐》）对蜀中名人的缅怀："相如琴台古，人去台亦空。台上寒萧瑟，至今多悲风。荒台汉时月，色与旧时同。"（《司马相如琴台》）还有对前途命运的难料："时命难自知，功业岂暂忘。"（《陪狄员外早秋登府西楼因呈院中诸公》）总之，岑参的蜀中山水诗，处处可以感受到他的炽烈而又压抑的诗心律动，可以看出他在诗中并非为写景而写景，而是在景物的描写中有情感的兴寄。

此时，岑参也惯用释、道情怀来对抗现实的绝望，"身同云虚无，心与溪清澄""久欲谢微禄，誓将归大乘"（《寄青城龙溪奂道人》），都是他努力崇尚道家空无、远离世禄的证据。在《上嘉州青衣山中峰题惠净上人幽居寄兵部杨郎中》中，又以"早知清净理，久乃机心忘。尚以名宦拘，聿来夷撩乡""君子满天朝，老夫忆沧浪"展露对佛门的向往。

岑参从至德二年（757年）脱离边塞东归，直至去世，封笔于边塞诗，取而代之的是大量的山水诗。这何尝不象征着这个曾经有着豪迈激情又浪漫飘逸的诗人，领悟到事功愿望的彻底泯灭，不得不在生命的最后，徒劳地抓住剩余的慰藉。"在心为志，发言为诗"，诗歌是诗人志趣的抒写，志趣是个性的投射，岑参在嘉州所作的奇异苍凉的景物诗，是他以释道挣脱尘网的心理宽慰，这是岑参性格中与高适尤为不同处，他有一种自然人格，有一种超越的人生态度和不受约束、遗世独立的生活方式。

二

政治性格：执拗功业和失望归隐

因为高适与岑参的初始性情不同，造成了二人政治性格各异：一个是大谈王霸，执拗于儒家功名的政治家；另一个是深怀释道情怀，又肩负家族使命的典型士大夫。高适在五十岁时始平步青云，而岑参在调离京师时，失望灰心地重新用释道来进行内修。他们的政治性格，也体现在相同逆境之下的不同选择，也预示了两重天的政治命运。

为达政治目的，高适从来都是不拘一格的。与其说他是一个文人，不如说更像一个政治家，他在通向最高官位的道路上，能屈能伸，深思远虑，这在岑参身上是完全看不到的。天宝八年（749 年），高适献李林甫诗，题曰《留上李右相》：

> 风俗登淳古，君臣挹大庭。深沉谋九德，密勿契千龄。
> ……
> 本枝连帝系，长策冠生灵。傅说明殷道，萧何律汉刑。
> 钧衡持国柄，柱石总贤经。隐轸江山藻，氤氲鼎鼐铭。
> 兴中皆白雪，身外即丹青。江海呼穷鸟，诗书问聚萤。
> 吹嘘成羽翼，提握动芳馨。倚伏悲还笑，栖迟醉复醒。
> 恩荣初就列，含育忝宵形……

此诗作于高适就任封丘县尉前夕。在这首诗中，他对李林甫极尽阿谀奉承之能事。以傅说、萧何相比李林甫，夸赞李学识渊博，有治国之才，又说李林甫是文雅儒士。其实李林甫的"口蜜腹剑"已是公认，且他还是一个满腹草莽的半文盲。不仅如此，高适对李林甫授予他封丘县尉一职感激涕零："恩荣初就列，含育忝宵形。"但他明明不喜欢这个县尉，不久后还挂印去官了。这件事让我们看到了高适对于功名的固执。他为了得到李林甫的信任，表现出附媚与依赖。天宝十一年（752 年）前后，杨国忠发起了征讨南诏的不义战争，高适写了《李云南征蛮诗》，对杨国忠阿谀奉承，颂扬征南诏之举。

这不能简单地视为求自保而写下违心的诗歌。实际上，我们可以换一种角度来理解，为何史书中"负气敢言，权幸惮之"的高适会如此的阿谀顺旨、言不由衷呢？这与一般意义上的谄媚小人是有区别的，他想用政治的手段维系与擅权者的关系，使他们不会成为进阶路上的绊脚石。因而，他可以隐忍地写言不由衷的阿谀之诗，也可以口是心非地面对李林甫和杨国忠。虽然鱼和熊掌（义和利）难以兼得，但高适仍希望凭借长袖善舞的做法在二者之间达到折中的平衡。

不光是朝中权贵，就连皇帝争斗，高适也会在最佳考量下，选队站边。安史之乱爆发后，潼关失守，哥舒翰兵败降贼，高适在此时对唐玄宗是深怀希冀的，他投靠了玄宗，并奔赴长安，向其献策，不料玄宗逃得太快，高适还为玄宗开脱，说"西幸蜀中，避其蛊毒，未足为耻也"（《旧唐书·高适传》）。把玄宗的逃跑掩饰为去蜀中避毒虫，这自然是帮助皇帝解决了一大心病。玄宗听后很高兴，迁侍御史。

到成都以后，玄宗提拔高适为谏议大夫。玄宗欲听从房琯的建议施行诸王分镇，高适力劝不可："所谓分镇之意，亦不过效西周初期封建诸侯藩屏周室之故伎，实则分镇之后，南北各拥重兵割据，必致对立。"但是为了与儿子肃宗争夺政权，病急乱投医的唐玄宗并没有采纳高适的建议，于是永王和李白都成为二帝政治争斗的牺牲者。这个时候，高适深远的政治眼光便显露出来，他眼看着唐玄宗的老态龙钟与当年的那个盛世天子早已判若两人，既然无力回天，为何不选择明主而侍之？于是，当肃宗向高适抛来橄榄枝时，他立刻投奔了唐肃宗阵营，尽心为肃宗出谋划策："适因陈江东利害，永王必败，上奇其对。"使得唐肃宗龙心大悦。当时以肃宗为中心的灵武政权和以玄宗为中心的西蜀政权是充满矛盾和斗争的，高适先后侍奉二帝，却能毫发无损地抽身，均得显贵，这本身就证明了他的政治才略。他说"永王必败"，显然是看透肃宗势必除去永王的迎合之论，不仅仅是曲意逢迎。他既能在玄宗逃跑之时，看透玄宗的心意，又能在肃宗决心灭李璘时看破肃宗的心意，这难道不是政治家才具有的眼光吗？可见高适是对安史之乱后的天下大局做足了功夫，以致后来加爵封侯，显达终身。

反观岑参呢？

岑参亦有着强烈的功名心，他对出仕做了很多努力，自幼砥砺读书，除去为了改变家族中衰，还有炽热的澄清天下的志向。二十岁时，便毅然丢开了曾经的渔樵生活，"献书阙下"，看似有些书生意气的举动，也反映了他的儒家意识，并非仅为重振家声。他在三十岁时以科举第二名的优异成绩进士及第，被授予人生中的首个官职。天宝八年（749年），高仙芝俘虏了背弃唐朝的小勃律王及吐蕃公主，一时朝野英雄气概高涨，岑参毅然赴安西节度使幕府，后又在天宝十三年（754年），跟随封常清赴北庭都护府，完成个人的抱负。

然而岑参与高适有何不同呢？在对于功名的态度层面，他是不进则退的。天宝三年（744年）初夏，当他得到任职授命时，挥笔写下了一首《初授官题高冠草堂》：

> 三十始一命，宦情都欲阑。自怜无旧业，不敢耻微官。
> 涧水吞樵路，山花醉药栏。只缘五斗米，孤负一渔竿。

此时岑参尚未出任，诗中已提早流露出诸多的感慨甚至厌倦，再也不是早年无忧无虑的境况了。出仕打破了他三十年的闲居生活，岑参自己也意识到，自此以后，平静、单纯、闲适将要远离，随之而来的是无尽的纷扰。他在第一次赴边塞时，看到高仙芝为了邀功请赏发动了很多不义之战，违背了边庭战事的本来意图，对此是异常厌恶的，他在《早发焉耆怀终南别业》中感叹："终日见征战，连年闻鼓鼙。"很难理解的是，他在安西边塞中很多诗歌却是以抒发思乡为主，多带有愁苦的语调，这恐怕是由于他对于政治功名的"不进则退"心态决定的。

岑参自幼浸染释道二家思想，在儒家入世受挫、并不如意时，他会自觉地以释道的"内圣"意识来进行补给。换言之，他是儒释道三家兼容的典型中国士大夫性格。例如在《银山碛西馆》中，岑参说"丈夫三十未富贵，安能终日守笔砚"，呐喊出了盛唐的最强音。但也同样是安西都护府高仙芝麾下，岑参也有"万里奉王事，一身无所求"，发现奔赴边塞不能得到他理想中的"富贵"，又发起牢骚。此时岑参已经三十六岁，还是一个供人差遣的小官，心中自然是不平的，这种不平直接导致了他动身回朝。由此可见，岑参的"不进则退"，除了有释道思想的影响，也有自身不能超越的历史局限。

高岑二人功名态度的不同，直接导致了他们政治结局的大相径庭。高适经历了少年的落拓、中年的困厄，也曾任职于封丘，甘于当一县尉。相传高适五十岁始为诗篇，却"每一篇已，好事者辄为传布"，这期间需要多少的心血与汗水。他仕途的得意，诗歌的流传，都是他坚韧不拔的性格所致。此外，高适善于把握机遇，他前半生几乎与岑参经历相同，但自从与哥舒翰相遇后，主臣二人彼此唱和，高适感激哥舒翰的知遇，他说："浅才登一命，孤剑通万里。岂不思故乡？从来感知己。"（《登陇》）因为遇到了知己，按照侠士精神便应该"士为知己者死"，于是高适也就没有田园皈依感，他找到了自己的人生定位，高唱"万里不惜死，一朝得成功。画图麒麟阁，入朝明光宫"（《塞下曲》），完全是一个建功扬名的勇臣形象。他在安史之乱潼关被攻破以后，拍马扬鞭赶上唐玄宗，得到了侍御史的职位，又在唐玄宗执意分镇，肃宗向他抛出橄榄枝后，投向了年轻的唐肃宗，得到了御史大夫、扬州大都督府长史的职位，只等剿灭永王而坐收无上的功勋。这一步一步，皆如棋局，落错一子，满盘皆输。高适步步为营，勉强迎合了李林甫、杨国忠；隐忍了李辅国的忌惮；躲避了李白的求救，最后功成名就。《旧唐书》赞其"有唐以来，诗人之达者，惟适而已"，评价是很高的了。

高适的人生是一场完美的逆袭，可是岑参呢？

岑参经历了数次的外调、出塞从军、京中任职，最后因为为官清廉，难讨权臣元载的欢心而被罢官，晚年尤为悲惨。岑参缺乏高适的政治眼光，不善于钻营，又没有权谋手段，最重要的是，他处于逆境时候的心态，是较为悲观的。乾元二年（759年）三月，岑参迁为起居舍人，但四月即被署为虢州长史。从官职上看，此番是从六品升迁为五品，然而岑参却十分失望，自以为与贬谪无异，乃是明升实贬。在赴任途中，他作诗说："谪宦忽东走，王程苦相仍。"（《出关经华岳寺访法华云公》）"黜官自西掖，待罪临下阳。"（《初至西虢官舍南池呈左右省及南宫诸故人》）此时岑参已经四十五岁，陷入嗟老叹卑也是难免的，但对比高适五十余岁方才显达，可见岑参面对逆境的心态内缩为释道情怀。其实杜甫在《寄高三十五使君适岑二十七长史参三十韵》中说："诸侯非弃置，半刺已翱翔。"在杜甫看来，岑参的虢州长史，已是高飞了，反观岑参自己不能想通。这样的嗟叹与潜藏在岑参意识中的世外之想、归隐之思结合起来，便起秋风鲈鱼之叹。

晚年在蜀中，岑参尖锐的思想矛盾更为突出，他厌倦官场，又不能绝裾离去，他不甘于"一官讵足道，欲去令人愁"，又对"从人觅颜色，自叹弱男儿"愤愤然。岑参最后任职嘉州，心情尤为低沉，早已没有北庭边塞诗中的昂扬基调，诗作如"见雁思乡信，闻猿积泪痕。孤舟万里夜，秋月不堪论"（《巴南舟中夜书事》），又如"穷巷草转深，闭门日将夕。桥西暮雨黑，篱外春江碧"（《西蜀旅舍春叹，寄朝中故人呈狄评事》），均以阴暗景物，表达黯然神伤。岑参本可以在晚年罢官后选择归隐，但是他不甘心，希冀于朝廷的起用，没料到在寂寞等待中度过了一年，朝廷也没有起用他。他凄怨欲绝又无计可施，吟出"三度为郎便白头，一从出守五经秋。莫言圣主长不用，其那苍生应未休"（《客舍悲秋，有怀两省旧游，呈幕中诸公》）的诗句。大历四年末（769年），五十五岁的岑参客死于成都。

岑参终生没有实现他的政治理想，更遑论他光耀门楣的初衷。

他的悲剧是他的个性、思想共同造就的。他既忠于王事，又要避世超尘，然而义和利不能得兼，遂成一个较为矛盾的困境。他归隐少室时，迫切有建立功勋的欲望，刚中科举还没出任，又写下羡慕陶渊明隐居田园的诗歌。他在《奉和中书贾至舍人早朝大明宫》中恭维贾至"独有凤凰池上客，《阳春》一曲和皆难"，在《寄左省杜拾遗》中又用"白发悲花落，青云羡鸟飞。圣朝无阙事，自觉谏书稀"来讽谏朝廷，还是对朝政颇有关怀意识，主观上也想出仕。然而与此同时，他又有"官拙自悲头白尽，不如岩下偃荆扉"（《西掖省即事》），"西掖诚可恋，南山思早回"（《春兴思南山旧庐招柳建正字》），刚刚升了官，又想着归隐了。

儒释道本是中国传统士大夫性格中通有的因素，然而一般情况下是得意之时具有儒家情怀，失意之时以释道获得内心的圆满，像岑参这样的性格却也不多见，造成了最后王道理想的落空。他不能像高适那样，应时而变，又过于书生气，总之，岑参的性格决定了他只能是一个诗人，当不了政治家，他对功名和避世，都是心向往之，一生却终不可得。

三

交友理念：自我保全与金兰契友

高适与岑参不同的政治结局，是性格与时代共同使然，我们还可通过侧面挖掘二人对于朋友与功名的态度，分析二人由于个性不同，导致人生选择的南辕北辙。

　　高适与岑参交往不多，却是旧识。天宝十一年（752 年）秋，八位诗人齐聚长安，同赋慈恩寺浮图诗，岑参所赋的一首就是《与高适薛据同登慈恩寺浮图》。他们二人也有共同的朋友，如王昌龄、杜甫等人。前文已经叙述，高适对于功名，有着异常炽热的执着，他有政治眼光，亦有政治谋略。当朋友情谊与政治前途两相冲突之时，高适的选择是干净利索的。这从他与李白之间的纠葛恩怨可见一斑。

　　天宝三年（744 年），李白、杜甫、高适相约同游梁宋，酣饮纵游，慷慨怀古，遂成"千古文章知己"。他们饮酒观妓，射猎论诗，相得甚欢。《新唐书·杜甫传》载："尝从白及高适过汴州，酒酣登吹台，慷慨怀古，人莫测也。"杜甫晚年在《遣怀》中言："昔我游宋中，惟梁孝王都……忆与高李辈，论交入酒垆。两公壮藻思，得我色敷腴……"都是对此次游梁盛事的追忆。在宋州，他们三人游梁园，登平台，凭吊梁孝王和众文人饮酒作赋的风流韵事，高适还"至单父，与李白、杜甫等琴台赏玩，且于孟诸泽纵猎"。杜甫《昔游》诗写道："昔者与高李（原注：高适、李白），晚登单父台。寒芜际碣石，万里风云来。桑柘叶如雨，飞藿去裴回。清霜大泽冻，禽兽有馀哀。"可见晚年杜甫对这段游历的无比怀念。李白也有诗《秋猎孟诸夜归置酒单父东楼观妓》。高适于是年秋末，便因事入楚，离开梁宋，李白和杜甫二人继续往鲁东游历。高适《宋中别周、梁、李三子》："李侯怀英雄，肮脏乃天资。方寸且无间，衣冠当在斯。俱为千里游，忽念两乡辞。"此为告别李白而作。高适在诗中称赞李白傲岸不群的性格，表达了对李白的欣赏，也反映了他们当时真挚的友谊。

　　高适对李白并非虚情假意，然而二人的友谊小船却翻覆于安史之乱的狂澜之下。李白投入永王幕府，任职江淮兵马都督从事一职。高适在唐肃宗麾下兼御史大夫、扬州大都督府长史、淮南节度使。至德二年（757

年），肃宗宣布永王为"叛逆"，派高适和韦陟加以镇压，永王李璘被杀。李白遂被判"从逆"，入浔阳狱。为了自救，李白希望深得唐肃宗信任并担任讨伐永王军统帅的高适，看在曾经的情谊上施以援手。个性傲岸、心比天高的李白此时不得不低下头来，作了《送张秀才谒高中丞并序》，求助于高适，诗前有序云：

余时系寻阳狱中，正读《留侯传》。秀才张孟熊，蕴灭胡之策，将之广陵谒高中丞。余喜子房之风，感激于斯人，因作是诗以送之。

诗歌以楚汉龙虎之斗，比喻自己身陷于永王和肃宗之间的皇权斗争：

秦帝沦玉镜，留侯降氛氲。感激黄石老，经过沧海君。
壮士挥金槌，报仇六国闻。智勇冠终古，萧、陈难与群。
两龙争斗时，天地动风云……
胡月入紫微，三光乱天文。高公镇淮海，谈笑却妖氛。
采尔幕中画，戡难光殊勋。我无燕霜感，玉石俱烧焚。
但洒一行泪，临歧竟何云。

"胡月入紫微"，王琦注曰："胡，禄山也。禄山死日，太白食月。《甘氏星经》：'紫微宫二十四星……主大帝座，天子常居。'""谈笑却妖氛"指高适谈笑间就将"妖氛"扫平。"燕霜"以邹衍之被谮含冤比喻自己含冤而无处申说，显然，是希望利用张孟熊前往刚进驻广陵的御史中丞兼扬州大都督府长史、淮南节度使高适幕下参军的机会，向高适求助。至德二载（757年）二月，高适"未度淮，移檄将校，绝永王，俾各自白，君子以为义而知变"（《新唐书·高适传》）。高适成了此仗功臣，李白却成了俘虏。然而，接到李白求助信号的高适似乎并没有对他施以援手，而是选择冷眼旁观。因为高适非常清楚，唐肃宗与永王势不两立，他在此时上疏求情，无疑没有任何作用，且容易惹火烧身。两相权衡，高适选择无视李白的求救。后来，李白被判流放夜郎，高适仍然保持了缄默。这样的结局使李白愤慨万千。此事高适没有留下任何文字加以说明，从他同年所作诗歌中，并未看出他对此事的悔悟，而是呈现出一番气定神闲的风貌，如《广陵别郑处士》云：

> 落日知分手，春风莫断肠。兴来无不惬，才在亦何伤！
> 溪水堪垂钓，江田耐插秧。人生只为此，亦足傲羲皇。

再如《登广陵栖灵寺塔》《同群公宿开善寺赠陈十六所居》等诗歌，都是作于李白系浔阳狱时，诗中大展青云之志的豪迈。《见人臂苍鹰》也说"寄言燕雀莫相啅，自有云霄万里高"，完全抒发的是一番自我感言，似乎丝毫没有受到李白事件的影响。但李白却终不能释怀，晚年赋《君马黄》，以"猛虎落陷阱，壮士时屈厄。相知在急难，独好亦何益"表达了对高适人品的质疑。高李绝交，不仅是皇权相争下，各为其主、翻脸若雠仇的必然，还清晰地折射出高适清醒的政治敏感。高适为了自己的政治前途，默然拒绝了李白的求救，也侧面彰显出在他眼中，一切让位于功名的执拗心理。

前文提到高适曾写诗赞美李林甫与杨国忠，虽然二人不算朋友，但也属于交际往来，岑参对李杨二人从未公然表达态度，没有发表过批评讽喻的言论，同样没有赞誉之词。但他不说，不代表他没有态度。在《送裴校书从大夫淄川郡觐省》中，对裴校书的父亲、原刑部尚书裴敦复被李林甫陷害而贬谪，表示了同情，这当然隐含了一种政治倾向。该事与岑参交友有何种联系呢？这说明了岑参对待朋友的情感，格外质朴而真诚，因此他与绝大部分好友都能心心相印，有始有终。

最为典型的是岑参同颜真卿的交往。颜真卿乃北齐颜之推的五世孙，为人正直，不附奸佞，受到当权者的排挤。杨国忠当国时厌恶他，权宦李辅国也对他恨之入骨，广德年间，颜真卿又得罪了权相元载，最后被多次远贬，惨死于权相卢杞的阴谋下。如若按照高适的政治敏感与全身远祸心态，定是如对李白一样，不敢亦不愿与颜真卿此类人结交的，然而岑参敬佩颜真卿的不屈风骨，与之交好，还曾以一曲基调高扬的《胡笳歌送颜真卿使赴河陇》，送别颜真卿出塞。

岑参的交友选择不分贫贱富贵。他与王昌龄、杜甫、高适相识于微时。杜甫是个很重感情的人，对朋友相交也绝非敷衍。杜甫对岑参的评价是："岑生多新诗，性亦嗜醇酎。"可见岑参是一个爱好美酒的诗人。侧面反映出岑参性格中的直率、天真。天宝十二年（753年），岑参约杜甫同游渼陂，二人的友谊得到升华，留下了很多唱和诗歌。此时岑参还结识了高适，但高岑二人的关系并不密切，这或许也与个性不侔有关。

岑参常在朋友身处困厄之时，真挚地对其加以勉励、宽慰。例如在安西时期相识的武将费子，岑参《送费子归武昌》叹道："曾随上将过祁连，离家十年恒在边。剑锋可惜虚用尽，马蹄无事今已穿。知君开馆常爱客，樗蒲百金每一掷。平生有钱将与人，江上故园空四壁。"他对这样一个失意者的遭遇是充满同情的，但又积极地鼓励他、劝慰他。还有在虢州时期交往的王季友，岑参写下了"失路情无适，离怀思不堪"的同情之语，其间杂了对王季友不得志的恻隐之心和自己外出为长史的抑郁，有同病相怜的悲慨。岑参还有《潼关使院怀王七季友》，有"终日劳梦想""思君罢心赏"语，可见二人感情是十分深厚的。

值得一提的还有岑参与王昌龄的交往。在遇王昌龄遭贬江宁时，岑参一首《送王大昌龄赴江宁》写到了他和王昌龄昔日大被同眠、舟中作诗的情谊，并安慰他鸿鹄迟早有一天能展翅高飞，只需暂且忍耐，叮嘱好友一定努力加餐饭。作为一个书生，他对王昌龄的贬谪抱有同情，虽没有出头呐喊，但他内心的指南针却有着正确的方向。岑参在朋友遭遇困境时，尽自己最大的努力去帮助、安慰，至于是否得罪权贵，是否影响到自己的政治前途，他是不留此心的。

　　从以上三方面来看，高适与岑参的前半生是相似的，但不同的个性造就了迥异的政治结局。高适有着崇高的王霸理想，战国的豪侠人格和坚韧不拔的个性，葛立方《韵语阳秋》说："意在退处者，虽饥寒而不辞；意在进为者，虽沓贪而不顾，皆一曲之士也。"高适便是为了进为而沓贪不顾的这类。尽管他自己表达过"吾谋适可用，天路岂寥廓！不然买山田，一身与耕凿"（《淇上酬薛三据，兼寄郭少府》）这样的志向，但我们从他一生的作为看出，买田归山并不是高适的真心话。他具有政治家的人格与城府，他显赫的地位，便是在权谋与智谋的博弈中悍然崛起的。至于岑参，存在于他思想中儒释道的因素成为一种矛盾而非兼容，造成他王道仁政的破灭，功名富贵的落空，避世超尘的难行。他缺少孔子"可仕则仕，可止则止"的大智慧，在进退之间，抉择两难。这是时代之于这个心无城府、抱诚守真的诗人的悲哀。

李　白：

天生造化谪仙人，太白心事有谁知

盛唐时的中国以十足的恢宏气魄屹立于世界民族之巅，俯视着天下四方。文化环境宽松自由，南北学风相互融合，儒释道思想不断碰撞，人们普遍呈现出一种昂扬乐观的精神状态，文化界自然也获得了井喷式的发展。后人道："文必秦汉，诗必盛唐。"在这样的社会环境和文化氛围里，无数文人才子像雨后春笋一样星星点点地出现在人们的视线中。有一朵奇葩显得格外耀眼，乃至在整个诗歌史中都是最为璀璨亮丽的风景，那就是"谪仙"诗人李白。其仙踪之飘逸，境界之高邈，是绝大多数人难以企及的。有人说："子美犹可学也，太白不可学也。"他天生自命不凡，常以太白金星自居，却也并非自吹自擂。司马承祯一睹器宇轩昂、资质不凡的李白后，也是赞不绝口。尤其读罢《大鹏赋》后，连连称赞其"有仙风道骨，可与神游八极之表"。贺知章读了《蜀道难》之后，直道其为"谪仙人"。对于我们来说，李白也早已不只是一个诗人的代名词，更是一种自由逍遥的精神指引。

一

天生我材必有用

李白出生于唐武后长安元年（701年），一般认为其祖籍陇西成纪，出生于西域碎叶，四岁时随父迁至剑南道绵州。他自幼饱读诗书，富有才气，其诗云："五岁诵六甲，十岁观百家。"又云："十五观奇书，作赋凌相如。"鲁迅说："赋莫若司马相如，文莫若司马迁。"而李白说自己十五岁就比得上司马相如了，其少年狂傲的性格可见一斑。

唐玄宗开元六年（718年），李白曾隐居于大匡山读书，进一步打下了扎实的基础。开元十二年（724年），二十四岁的诗人游至渝州。时任刺史的李邕素以养士著称，负有盛名，但胸襟不够大度，对李白的高谈阔论十分不悦。而李白也毫不客气，临别时回敬了这首《上李邕》：

> 大鹏一日同风起，扶摇直上九万里。
> 假令风歇时下来，犹能簸却沧溟水。
> 时人见我恒殊调，见余大言皆冷笑。
> 宣父犹能畏后生，丈夫未可轻年少。

诗题直接称呼李邕其名，可见诗人并未因身份地位的悬殊而摧眉折腰，反而大气磅礴地高屋建瓴，据理力争。前两联中，诗人直言不讳地将自己比作大鹏鸟，腾风而起便是九万里。假使没有风力的凭借，也足以力簸沧海。后两联说，凡夫俗子不知格调因而冷眼嘲笑，姑且作罢。但是你却像世人一般见识，当真是可取的吗？孔子都知道后生可畏，你难道比圣人还要高明吗？真正的大丈夫岂能随意轻视后进？句句有力，层层推进，既表现出了诗人的气度和胆识，也将自己纵横自若的才气于诗中一泻无余，令

对方无反驳之力。李白未达之时常常四处漫游，希望获得推荐和重用。看
似意气用事的我行我素，但并不无理取闹，而是有情有据，显现出初生牛
犊不怕虎的锐气，纯任一片才思的流溢。他在《读诸葛武侯传书怀赠长安
崔少府叔封昆季》诗中说：

> 汉道昔云季，群雄方战争。霸图各未立，割据资豪英。
> 赤伏起颓运，卧龙得孔明。当其南阳时，陇亩躬自耕。
> 鱼水三顾合，风云四海生。武侯立岷蜀，壮志吞咸京。
> 何人先见许，但有崔州平。余亦草间人，颇怀拯物情。
> 晚途值子玉，华发同衰荣。托意在经济，结交为弟兄。
> 无令管与鲍，千载独知名。

　　诗人自比孔明，希望崔叔封能像汉末的崔州平那样，把自己推荐到
当今的明主那里。李白虽然恃才傲物，品格高傲，但不是妄自尊大，而是
拥有常人所不及的才华和发自内心的理想抱负。龚自珍说得好："庄屈实
二，不可以并，并之以为心，自白始；儒仙侠实三，不可以合，合之以为
气，又自白始也。"李白平交王侯，有庄子哲学中"齐物"的理论为基础，
并不觉得自己比那些达官显贵有什么低下；有纵横家"待时而出扭转危
局"的自信为支撑，每从谪仙的视角俯视着现实中的芸芸众生，又从前世
许多大政治家的生动事迹中寻求激励。不畏权贵，又有孟子浩然正气的傲
岸。他在《流夜郎赠辛判官》诗中说道："昔在长安醉花柳，五侯七贵同
杯酒。气岸遥凌豪士前，风流肯落他人后。"这些因素的积累，形成了李
白的高度自信和自我期许，从而在干谒之作中，不管干求对象是谁，都表
现出昂首天外的气概。
　　孟子曾有言："我善养吾浩然之气"，又进一步说："其为气也，至

大至刚，以直养而无害，则塞于天地之间。其为气也，配义与道；无是，馁也。是集义所生者，非义袭而取之也。行有不慊于心，则馁矣。"如果说孟子刚正不阿的浩然之气是根植于仁义的内在修养，那么太白的自信之气就是得于以自由潇洒的性格和绝对高妙的文思为底蕴而涵养孕育出来的才气。在古代社会中，大部分人都是恪守礼训、循规蹈矩地生活，很少有人敢于大胆直露心迹，表达自我内心的真实感受。李白却能以行云流水的思绪，天马行空的诗句，吐露着多少人敢想却不敢言、敢言却难以言传的情愫。正如当代诗人余光中的《寻李白》所云："酒入豪肠，七分酿成了月光，余下的三分，啸成剑气，绣口一吐，就半个盛唐。"可以说，李白的横空出世，是诗歌史上绝无仅有的天才的存在。杜甫于《寄李太白二十韵》诗中赞曰：

昔年有狂客，号尔谪仙人。

笔落惊风雨，诗成泣鬼神。

声名从此大，汩没一朝伸。

文彩承殊渥，流传必绝伦。

诗人性格的形成与时代因素息息相关。盛唐之时，社会富裕，天下大安，李白也得以追求现世的享乐。早年的教育与经历、出川之后心胸的开阔、人情的历练、大好山河的浸润，各种条件和因素造就了一位伟大的诗人，加上一份天赋，就多了一份仙气，于是人间便多了一位谪仙人。

二

人生得意须尽欢

无论是为人，还是为文，李白毫无疑问是豪放的代言人。

作为一位家境殷实的富贵公子，李白的豪放洒脱首先体现在他花钱的习惯上，关于他花钱最广为流传的一句诗"千金散尽还复来"，甚至成为后来无数挥金如土之辈的理论武器。他在《将进酒》里将及时行乐、一掷千金的酒脱豪放展现得淋漓尽致：

> 人生得意须尽欢，莫使金樽空对月。天生我材必有用，千金散尽还复来。
>
> 烹羊宰牛且为乐，会须一饮三百杯。岑夫子，丹丘生，将进酒，杯莫停。
>
> 与君歌一曲，请君为我倾耳听。钟鼓馔玉不足贵，但愿长醉不复醒。
>
> 古来圣贤皆寂寞，惟有饮者留其名。陈王昔时宴平乐，斗酒十千恣欢谑。
>
> 主人何为言少钱，径须沽取对君酌。五花马，千金裘，呼儿将出换美酒，与尔同销万古愁。

大多数人认为这首诗是李白天宝年间离京后，漫游梁宋，与友人相聚时所作。无论多少忧愁烦恼，只要有美酒相伴，那么都能够一饮而尽。这种得意尽欢、及时行乐的生活态度，使李白和友人们在纵酒畅谈中，享受着生活带来的欢娱。诗人对得失的随性豁达，无疑是一种豪壮情怀的霸气体现。

如果说此时的一掷千金显得有些自我享乐的话，尚不足以称得上是真豪杰。那么，李白在《上安州裴长史书》中写道："东游维扬，不逾一年，散金三十馀万，有落魄公子，悉皆济之。"便可见李白实为乐善好施的仗义侠士。当初在扬州旅游的时候，不到一年的时间，就花去了三十余万钱。这是当时朝廷八品官员十年的俸禄，更是多少普通人辛苦几辈子也不敢想象的。但他绝不是单纯的挥霍，而是一种来去自如、不以金钱为累的性格使然。诗人仗义疏财、不拘小节的个性尽显无遗。

李白的豪放还表现在他对酒的态度上，豪放之人饮酒必曰豪饮。饮酒和作诗一样，都要酣畅淋漓，每饮必至大醉，每写必至尽情。他在《山中与幽人对酌》中写道：

两人对酌山花开，一杯一杯复一杯。

我醉欲眠卿且去，明朝有意抱琴来。

俗语云："酒逢知己千杯少"，李白和好友在山中对酌，面对着无边美景，自然是诗酒俱下。"一杯一杯复一杯"，是对喝酒节奏最为直接生动的描写，料想李白应该是划拳又输掉了吧。最后，在似醉非醉、似醒非醒之时，诗人突然反客为主，以主人的身份吩咐起朋友来了。在友人面前毫不掩饰，而又惹人喜爱的率直豪爽的形象，也正是真性情的李白。诗人常常凭酒为诗，因酒而仙，兴致正浓之际许多流传千古的名句也随之创作出来。比如《南陵别儿童入京》：

白酒新熟山中归，黄鸡啄黍秋正肥。

呼童烹鸡酌白酒，儿女嬉笑牵人衣。

高歌取醉欲自慰，起舞落日争光辉。

游说万乘苦不早，著鞭跨马涉远道。

会稽愚妇轻买臣，余亦辞家西入秦。

仰天大笑出门去，我辈岂是蓬蒿人！

白酒刚刚酿熟，黄鸡在秋天长得正肥。李白趁着被皇帝宣召的高兴劲儿，又是一通大醉。喝完了酒，仰天大笑，自信满满地对着曾经嘲笑他的人就是高呼一句："我辈岂是蓬蒿人！"

李白的豪放还体现在对权贵的蔑视，虽然一生追求仕途，但从来不会因为这一点就降低品格而阿谀奉承。其中最有代表性的就是发生在唐玄宗天宝三载（744 年）的"赐金放还"事件。当初在玉真公主等人的推荐下，李白被召入宫中，受赐供奉翰林。一日玄宗宴饮，命人将醉酒中的李白抬入官殿，为贵妃作诗，紧接着玄宗七宝床赐食、高力士脱靴、杨贵妃磨砚等故事传为美谈。但高力士对自己受辱怀恨在心，向贵妃进言李白的坏话，加之诗人本身长期以来就不拘礼数等诸多行为，最终被玄宗认为实在不适宜留在宫中，便将其遣还离京。后来，李白写下了著名的《行路难》：

金樽清酒斗十千，玉盘珍馐值万钱。

停杯投箸不能食，拔剑四顾心茫然。

欲渡黄河冰塞川，将登太行雪满山。

闲来垂钓碧溪上，忽复乘舟梦日边。

行路难，行路难，多歧路，今安在？

长风破浪会有时，直挂云帆济沧海。

人生在世，虽然一度茫然不知所措，诗人也毫不畏惧，相信自己总有一天会乘千里长风，破万里海浪！元好问有诗感叹很多人格与文格大相径庭的现象："心画心声总失真，文章宁复见为人。"但李白其诗风，便是其人；其人的气质，便是其诗的艺术。诗人无论经历过多少挫败，依旧是那个"天子呼来不上船"的李白，是那个"笔落惊风雨，诗成泣鬼神"的李白，更是那个狂放洒脱、桀骜不羁的李白！

三

纵死侠骨香

太白的诗歌、裴旻的剑术和张旭的草书，人称大唐三绝。李白凭借自己飘逸雄奇的诗歌占得一绝。但不只如此，他还曾直接拜在将军门下学习剑术。因为李白从小就习武尚义，渴望成为一个仗剑天涯、求仙得道的恣意狂人。他在《上安州裴长史书》中说，大丈夫应该志在四方，所以自己"仗剑去国，辞亲远游"。《与韩荆州书》中也提到自己"十五好剑术"，可见诗人十五岁就已经擅长舞刀弄剑了。年轻的李白裘马轻狂，豪爽用事，曾经写下《赠从兄襄阳少府皓》，描述自己侠义热肠、英雄气概：

> 结发未识事，所交尽豪雄。
> 却秦不受赏，击晋宁为功。
> 托身白刃里，杀人红尘中。
> 当朝揖高义，举世钦英风。

说的是诗人在未历经世事的时候，就和豪雄的江湖好汉们结交，大家都不为钱财而助人为乐。在红尘滚滚处，斩杀不义歹徒，替天行道，成了官方民间共同认证的大英雄。诗人大块吃肉、大碗喝酒的豪爽性格和任侠使气、纵横江湖的个性，与《水浒传》中的梁山好汉颇为相似。然而又有不同，一为世中诗侠，一为草莽英雄。李白崇尚剑道，想成为侠客绝不是为了喝酒闹事，影响治安，而是在他年轻的心中，大丈夫应当行侠仗义，扬名立万。被唐玄宗放还之后离开长安，就直奔大梁城而去。大梁就是现在的开封，是古代出侠士的地方。李白在此写下了著名的《侠客行》：

赵客缦胡缨，吴钩霜雪明。银鞍照白马，飒沓如流星。

十步杀一人，千里不留行。事了拂衣去，深藏身与名。

闲过信陵饮，脱剑膝前横。将炙啖朱亥，持觞劝侯嬴。

三杯吐然诺，五岳倒为轻。眼花耳热后，意气素霓生。

救赵挥金槌，邯郸先震惊。千秋二壮士，烜赫大梁城。

纵死侠骨香，不惭世上英。谁能书阁下，白首《太玄经》。

这首诗写出了诗人心目中完美的侠客形象。上半部分描写了一个鲜衣怒马的大侠，腰间的宝刀闪着寒光，银鞍白马，千里驰驱，如流星一般。武艺高强，孤身杀入敌阵，风驰电掣，十步之内，挡者必死，横行千里，所向无敌。报仇之后，掸掸衣服上的尘土，扬长而去，从此隐姓埋名。后半部分讲了屠夫朱亥一锤子把名将晋鄙的脑袋砸得粉碎的故事，朱亥帮信陵君拿到兵权，解了邯郸之围，做了大丈夫应该做的事，诗人对此心向往之。当代小说家金庸先生创作出《侠客行》的灵感就是源于此。

饮酒舞剑是李白最喜欢的两件事，喝酒让他的才气和酒气一起喷发，写下了无数伟大的诗篇，而三尺长剑让他保持着一剑天涯的热血与梦想，还有那任侠尚义的天真与正气。李白不仅是一个挎剑好酒、胆色过人的侠客，一个路见不平、拔刀相助的义士，更是一个义气纵横的大丈夫。李白除了有一个著名的剑客师父，还有一个杀手徒弟武谔。而他拜李白为师，是要学武艺，而不是学诗文。可见李白的武功应该是相当不错的。而李白本就是性情中人，不问出身，十分欣赏这个前来拜师学武的人，还专门为他写了一首诗《赠武十七谔》：

> 马如一匹练，明日过吴门。乃是要离客，西来欲报恩。
>
> 笑开燕匕首，拂拭竟无言。狄犬吠清洛，天津成塞垣。
>
> 爱子隔东鲁，空悲断肠猿。林回弃白璧，千里阻同奔。
>
> 君为我致之，轻赍涉淮源。精诚合天道，不愧远游魂。

诗人描写自己的徒弟武谔不善言谈，沉稳凶悍，却十分义气，就像先秦有名的刺客要离，可以说世间少有。听说安史之乱爆发了，就来拜我为师，准备为国效力。不幸的是，我的爱子远在山东，却没有办法去看他。可是徒弟武谔说他有本事把我儿子救出来，实在是好兄弟！在这首诗里我们可以看到徒弟对李白的忠心耿耿，好似《三国演义》中长坂坡上的赵子龙一样，忠心耿耿，为救幼主视死如归，这也从侧面表现出太白独有的个人魅力。

李白的侠客生涯是身体力行的。他武艺高强、热肠果敢，但又是个不同寻常的好汉，因为他终究还是一个流浪着的诗人。

四

永结无情游

李白的孤独在于追求绝对的自我满足。但求索的终极真的是仕途显达吗？是扬名立万吗？是仗剑天涯吗？是金陵歌姬吗？对于李白而言，这些东西或多或少看似都得到了，但他的孤独在于，曾经追寻的东西并没有真正填满自己的内心。酒、剑、月，其实都是诗化的太白形象的具体象征。在他的笔下，酒、剑、月都是完美的，但是诗人的理想始终没有实现，因为人生本就是阴晴圆缺的。太白属于天上，却流浪在人间。

徐增评价说："诗总不离乎才也，有天才，有地才，有人才。吾于天才得李太白。"但真正的天才大部分都是孤独的，李白表现自己孤独的一首经典之作是《月下独酌》其一：

> 花间一壶酒，独酌无相亲。举杯邀明月，对影成三人。
> 月既不解饮，影徒随我身。暂伴月将影，行乐须及春。
> 我歌月徘徊，我舞影零乱。醒时同交欢，醉后各分散。
> 永结无情游，相期邈云汉。

此诗充分表达了诗人独与天地往来的胸襟和气度。诗首四句，写花、酒、人、月，似乎是花好月圆，良辰美景。然而，"月既不解饮，影徒随我身"，这一切不过是镜中花，水中月。因此，诗人选择及时行乐，如果月亮于我也只是一时的陪伴，那我就尽情享受这一时。可最终，"醒时同交欢，醉后各分散"。就算心里明知道终将会失去，但是当结果终于发生的时候，还是难以释然。最终，诗人毅然选择了"永结无情游，相期邈云汉"。到那邈邈无垠的天上去寻找自己的逍遥，这是一种怎样的无力感和孤独感啊！尽管也许只是诗人茫然无力中快刀斩乱麻的无奈之举，但却唤醒了无数流浪的人儿。

如果孤独仅仅是纯粹个人的怀抱，还是不足以成为一流的诗人。虽然太白云"永结无情游"，但其实诗人绝不是无情之人。《寄东鲁二稚子》诗，流露出了一个完全不一样的李白。在这里，没有什么高谈阔论的家国大道，也没有什么呼朋引伴的狂歌纵酒，只是一个爱护儿女的父亲道不尽的款款思念。

此树我所种，别来向三年。桃今与楼齐，我行尚未旋。

娇女字平阳，折花倚桃边。折花不见我，泪下如流泉。

小儿名伯禽，与姐亦齐肩。双行桃树下，抚背复谁怜。

念此失次第，肝肠日忧煎。裂素写远意，因之汶阳川。

其实，李白很少直接写自己是多么孤独的诗句。一方面，他的浪漫情怀和赤子之心常使一个人的独处也显得颇有趣致，他可以"举杯邀明月，对影成三人"，也可以"相看两不厌，唯有敬亭山"；另一方面，他也从来不乏朋友和崇拜者，他会说"吾爱孟夫子，风流天下闻"，也有"桃花潭水深千尺，不及汪伦送我情"。但是，当周遭的一切都沉静下来的时候，当一个人的内心也不再起波澜的时候，这种猛然落寞的失意，诗人也只能是"停杯投箸不能食，拔剑四顾心茫然"。《寻阳紫极宫感秋作》云："四十九年非，一往不可复。"其《拟古》云："生者为过客，死者为归人。天地一逆旅，同悲万古尘。"一种巨大的失落感，一种天地同悲的孤独感，油然而生。叶嘉莹先生说杜甫的《赠李白》是真正把握了李白特点的一首诗。此诗寥寥数语却为这位不羁的天才勾画了一幅生动传神的小像。结合李白一生的境遇细细品味这首诗，让人不禁落泪：

秋来相顾尚飘蓬，未就丹砂愧葛洪。

痛饮狂歌空度日，飞扬跋扈为谁雄？

诗中，首句写李白"求仕"的失败，玉堂金马翰林放归，并不是李白追求的那种像谢安一样为天下苍生建功立业，然后像鲁仲连一样飘然而去的理想，他的理想注定在现实中无法实现。其次，写李白求仙访道，排遣内心失落，失望于世而不能弃世，对神仙向往又明白求仙之虚妄，只能是徒劳的挣扎。再次，写李白借沉醉来暂时遗忘人生理想落空的悲哀与痛苦，但这样的做法还是白白度日。最后一句，可谓是石破天惊之语。杜甫看出了李白狂傲的外表下不过是虚掩内心的孤独，进一步写出了天才的李白在这个世俗世界不被理解、无人相知的巨大失落。

刘熙载《艺概·诗概》云："太白与少陵同一志在经世，而太白诗中多出世语者，有为言之也。屈子《远游》曰：'悲时俗之迫阨兮，愿轻举而远游。'使疑太白诚欲出世，亦将疑屈子诚欲轻举耶？"这个观点，打破了时人对于李白热衷于求仙访道的误解。虽然李白的诗中常有出世之语，但这不过是性格的浪漫使然。正如爱国诗人屈原一样，尽管充满了奇幻清丽的话语，实则是对有志于国家理想的虚拟化的艺术表达。李白喜欢以大鹏鸟自比，经过岁月的锤炼和打磨，这早已不仅是年轻时代天才的放纵与自信，更是寄托着对国家繁荣昌盛的美好愿望，以及事与愿违的痛苦和悲愤。孔子悲获麟后不久，就去世了，而李白也在临终前写下了自己的绝命诗《临路歌》，诗云：

> 大鹏飞兮振八裔，中天摧兮力不济。
>
> 馀风激兮万世，游扶桑兮挂左袂。
>
> 后人得之传此，仲尼亡兮谁为出涕？

唐代宗宝应元年（762年），李白于族叔当涂县令李阳冰家中不幸病逝，一代诗仙就这样寂寞地陨落了。有人说他是因为喝酒过度造成的疾病而死，有人说是喝酒直接导致的猝死，也有人说是醉酒误入江中捉月而溺死。无论如何，尘世中终究没有大鹏所期待的天风海涛，也没有可以与之相伴的"稀有之鸟"，只有那无知窃笑的"斥鷃"和"燕雀"。太白理想的高处其实是寂寞的，后世对其出尘绝俗的逸致，在"高山安可仰，徒此揖清芬"的同时，又不禁为他内心孤寂的一生喟然长叹。

杜　甫：
我亦狂人亦真人，任侠耿介不绝尘

明末清初时期，金圣叹曾在其《〈三国志演义〉序》中云："余尝集才子书者六。其目曰《庄》也，《骚》也，马之《史记》也，杜之律诗也，《水浒》也，《西厢》也。谬加评订，海内君子皆许余，以为知言。"这也就是后人常说的六大才子书。其中谈到的诗人杜甫，可以说是中国古典诗歌史上的一颗巨星。每每说起诗歌，必然首推大唐盛世；言及唐诗，则定当以杜甫为先。但是，杜甫在有唐一代并不出名，唐人选唐诗中几乎没选杜诗，直到宋代，才受到诸多诗家的重视。《庄子·逍遥游》中有云："至人无己，神人无功，圣人无名。"意思是说，修养高尚的至人达到了忘我之境，超脱物外的神人不意于事业之功，道德完美的圣人无心于毁誉之名。归结杜甫的一生，布施仁爱之道而屡屡不顾己身，追求事业但不计名利，忧国忧民而不图回报。倘若说庄子是以超越人世的宇宙观念，来表达自己内心之理想，那么杜甫则是以植根于人世的悲悯情怀，用诗歌的纯粹和坦然，直抒胸臆以至于动人肺腑，难以忘怀。

杜甫在《宗武生日》一诗中曾写道："诗是吾家事，人传世上情。熟精文选理，休觅彩衣轻。"可以看出诗人对儿子未来学业的殷切期望以及对家族作诗传统的重视。而诗歌在唐代本就是一种文化教养与身份地位的象征，杜甫更是把诗歌创作当作自己终生奋斗的事业。由此可见，杜甫与其他诗人的一个最大不同之处在于，他是真的爱写诗，乃至以诗为本，以诗为生命的传承，写诗风无形中已经成为老杜的家风。现存的一千四百余首诗中，他不仅写物我，还写家国；不仅以诗写情，还以诗写史，为我们展现了一颗坦荡赤诚的心，还有那个波澜起伏的时代。王国维在《人间词话》中写道："诗人对宇宙人生，须入乎其内，又须出乎其外。入乎其内，故能写之；出乎其外，故能观之。入乎其内，故有生气；出乎其外，故有高致。"杜甫正是置于宇宙人生当中，入乎其内，又出乎其外，写之观之，终成古代诗歌史上绝无仅有的一位集大成者。

一

放荡齐赵间，裘马颇清狂

杜甫，字子美，世称"杜工部""杜少陵"等，河南府巩县（今河南省巩义市）人。《新唐书·杜甫传》说："甫旷放不自检，好论天下大事，高而不切。"意思是说杜甫豪放旷达但不自我检点约束，喜好议论天下大事但只是调子高而不切实际。尽管这个评价有失偏颇，但任何人都必然会经历一个成长的过程，可能在正襟危坐的史官眼中，青年杜甫多多少少确实有些轻狂放荡。杜甫常称自己为"杜陵布衣"，也时不时地调侃自己为"少陵野老"，这个调侃未免带点儿人生际遇的无奈之意。然而一语成谶，杜甫后来确实仕途坎坷，过着无异于布衣的生活，晚年更是成了一个四处流浪的孤苦老人，最后境遇凄凉而终老孤舟。大多数人眼中的杜甫其实只是中老年的杜甫，一个忧国忧民、满腹惆怅的诗人，但少年时代的杜甫也曾是一个意气风发的翩翩公子。

行卷与漫游，是唐代文人中非常普遍的事情。

一方面，文人读书写诗的目的就是求得仕进，能够做官，而成功进入仕途的一个重要前提就是在社会上和诗歌圈里要有一定的知名度，名人效应更能让他们身上增添一些耀眼的光环，而为自己进入仕途提供便利的条件，所以行卷之风盛行。杜甫自然没有陈子昂摔琴那样任性胆大，自视甚高的他在考前并未做什么行卷的准备，也可能是因为杜甫的风格不够符合当时的审美，难以被时人所普遍认可。结果，二十四岁的杜甫在唐玄宗开元二十四年（736 年）的科考中不幸落第。

另一方面，从杜甫整个的漫游经历中，可以看出这位潇洒的青年其实并不特别在意这次失败。相反，遍览祖国大好河山、增长生活阅历的游访生涯，可以说是杜甫一生中最为得意和自豪的事情。早年的杜甫一共有五次漫游：十九岁时的郇瑕之游、二十岁时的吴越之游、二十五岁的齐赵之游、三十三岁时的梁宋之游和三十四岁时的再游齐鲁。而这几次果敢的漫游，也成为杜甫晚年落魄时的美好回忆。他在《壮游》一诗中写道：

往昔十四五，出游翰墨场。斯文崔魏徒，以我似班扬。
七龄思即壮，开口咏凤皇。九龄书大字，有作成一囊。
性豪业嗜酒，嫉恶怀刚肠。脱略小时辈，结交皆老苍。
饮酣视八极，俗物都茫茫。东下姑苏台，已具浮海航。
……
忤下考功第，独辞京尹堂。放荡齐赵间，裘马颇清狂。
春歌丛台上，冬猎青丘旁。呼鹰皂枥林，逐兽云雪冈。

这些诗句主要涉及的是诗人的吴越、齐赵之游，可见才高气盛的诗人还是颇为心胸开阔的，不仅有着积极有为的少年情怀，还有着奋发向上的风云气概，其中性豪嗜酒、嫉恶刚肠的性格和李白十分相似。王嗣奭评价说："此乃公自为传，其行径大都似李太白。然李一味豪放，公却豪中有细。"意思是李杜二人有着颇为相似的壮游经历，但是太白想落天外，一味豪放，子美却在放荡之外，别存一种精致。如此说来，也难怪李杜二人结下了流传千古的友谊。杜甫身上的这种潇洒、狂傲的精神和江湖武林中的豪杰略有几分相似之处，都不愿将自己拘束在一块小天地中。老杜虽狂，却是清狂，是为真性情。吴越和齐赵的文化环境让杜甫完全沉浸在了一种积极浪漫、乐观放旷的情调之中，更加唤醒了他内心的清狂之气。其中闻名天下的《望岳》，就作于诗人漫游齐赵之时，诗中这样写道：

岱宗夫如何？齐鲁青未了。

造化钟神秀，阴阳割昏晓。

荡胸生曾云，决眦入归鸟。

会当凌绝顶，一览众山小。

诗题"望"字起笔，而全诗没有一"望"字，却又处处写诗人之所望，笔法浑融大气，挥斥方遒。泰山的雄伟壮丽，也与杜甫的豪情壮志相得益彰，正所谓做有为之人，立飞鸿之志。读罢此诗，眼前不觉清晰地浮现出这样一幅图景：一个意气风发的青年，站在五岳之首的泰山之巅，纵情高声地吟诵着"会当凌绝顶，一览众山小"的诗句……

仇兆鳌评价说："少陵狂而简。"那么，杜甫狂简的性格是从何而来呢？除了诗人本身的性情，家族和时代的影响也是两个重要的原因。

唐代长安的杜氏家族虽然称不上名门望族，却也不容忽视。杜甫出生在一个"奉儒守官，未坠素业"的家族。其十三世祖是晋代赫赫有名的文武兼备的儒将杜预，他在《祭远祖当阳君文》中说："庶刻丰石，树此大道。"可以看出对远祖杜预功勋声望的自豪之情。杜甫祖父杜审言是初唐时名震诗坛的诗人。他在《赠蜀僧闾丘师兄》中说："吾祖诗冠古。"可以看出对祖父的敬佩以及对家族的引以为傲。因此，少年时期的杜甫之所以形成了开朗豪迈、清狂放荡的性格，也是与他的家族环境有着密不可分的联系的。

另外，杜甫果敢浪漫与清狂不羁的个性，也根植于当时大唐盛世的繁荣气象中。杜甫出生于公元712年，恰好是唐玄宗刚刚即位的先天元年，他的降生与一个富庶强大的帝国时代的到来同步。因此，杜甫积极进取、昂扬高朗的心理风貌与时代精神的注入也有密切的关系。他在《忆昔二首·其二》中回忆当年国力强盛的状况：

> 忆昔开元全盛日，小邑犹藏万家室。
>
> 稻米流脂粟米白，公私仓廪俱丰实。
>
> 九州道路无豺虎，远行不劳吉日出。
>
> 齐纨鲁缟车班班，男耕女桑不相失。

国富民丰的生活情景在老杜的笔下得到了形象鲜明的展现。而且，杜甫的父亲杜闲任当时的兖州司马，所以生活还算富足。

当年少轻狂的杜甫挥笔立下了人生的目标时，"会当凌绝顶，一览众山小"的理想抱负想要真正实现却是十分艰难的，也是后来屡遭挫折的杜甫所始料未及的。二十三岁那年，他前往洛阳参加进士考试，落榜而归，但还有诗和远方，而结束漫游生涯后的杜甫已经而立之年，不得不为前途命运慎重考虑了。于是，天宝五年（746年），杜甫自齐鲁返归长安，步入了下一个人生阶段。

二

致君尧舜上，再使风俗淳

欧阳修在《梅圣俞诗集序》一文中说："世所传诗者，多出于古穷人之辞也"，而且"愈穷则愈工"，提出了"诗穷而后工"的说法。对于杜甫而言，不幸的是他并不知道，漫游之后等待自己的竟是长达十年的困居长安生活。幸运的是，性格坚韧的他潜气内转而呕出了一首又一首不朽的诗作。

天宝六年（747年），玄宗诏令天下有能者到长安应试，这本是选贤举能的好事，却被口蜜腹剑的李林甫搞成了一场政治闹剧。他以"野无遗贤"为理由对唐玄宗大加歌功颂德，最终致使参加考试的士子无一人中选。为了实现自己的政治理想，杜甫不得不奔走各家权贵，但始终都没有什么结果。他在《奉赠韦左丞丈二十二韵》诗中写道：

> 纨绔不饿死，儒冠多误身。丈人试静听，贱子请具陈。
> 甫昔少年日，早充观国宾。读书破万卷，下笔如有神。
> 赋料扬雄敌，诗看子建亲。李邕求识面，王翰愿卜邻。
> 自谓颇挺出，立登要路津。致君尧舜上，再使风俗淳。
> 此意竟萧条，行歌非隐沦。骑驴三十载，旅食京华春。
> 朝扣富儿门，暮随肥马尘。残杯与冷炙，到处潜悲辛。

诗人回顾了自己少年时代的风采和学识，坚定地表明了内心的远大志向："致君尧舜上，再使风俗淳。"然而，满腹才华却无法施展，只能靠乞讨求食来勉强度日。悲苦和辛酸的惨淡，以至于诗人开篇就感慨说："儒冠多误身。"曹雪芹在《红楼梦》第六回开头有这样一首题诗，名为《朝扣富儿门》："朝扣富儿门，富儿犹未足。虽无千金酬，嗟彼胜骨肉。"正是源于杜甫的诗句。

天宝十四年（755年），杜甫至长安已经十年有余。同年十月、十一月间，他自京城回奉先县归家探望妻儿，将自己寄居长安十年的所见所感写于《自京赴奉先县咏怀五百字》一诗中。诗作将个人、家庭的命运与国家、社会的动荡结合在一起，交织了各种错综复杂的感情，既有爱国之情，又有忧国之恨；既有为民之愁，又有思家之感；既有失子之苦，又有恨己之痛。诗人首先表明了自己的志向：

> 非无江海志，潇洒送日月。生逢尧舜君，不忍便永诀。
>
> 当今廊庙具，构厦岂云缺？葵藿倾太阳，物性固莫夺。
>
> 顾惟蝼蚁辈，但自求其穴。胡为慕大鲸，辄拟偃溟渤。

杜甫并非不懂出仕之道，也不是没有归隐之心。但是生活在这样一个曾经繁华过的时代，拥有一个曾经治理出盛世的君主，怎么忍心割舍呢？现在国家面临危难，自己又怎么能够弃之不顾呢？所以，诗人依旧矢志不渝，自己的忠君爱国之志，就像葵藿向着太阳生长的物性一样，是难以改变的。杜甫绝不愿与那些只顾明哲保身而抛弃国家的蝼蚁之徒为伍。就在诗人回家探亲的同时，唐明皇正带着杨贵妃前往骊山避寒，享受着安史之乱前的最后一丝欢乐。诗中继续写道：

> 赐浴皆长缨，与宴非短褐。彤庭所分帛，本自寒女出。
>
> 鞭挞其夫家，聚敛贡城阙。圣人筐篚恩，实欲邦国活。

......

　　煖客貂鼠裘，悲管逐清瑟。劝客驼蹄羹，霜橙压香橘。

　　朱门酒肉臭，路有冻死骨。荣枯咫尺异，惆怅难再述。

　　当君臣过着奢侈糜烂的生活时，孰知这一切都是建立在对百姓剥削和压榨的基础之上的。一面是纵情狂欢、歌舞升平，一面是鞭笞掠夺、冻死街头。一荣一枯的强烈对比，不仅是诗人对人民的同情，更是对荒淫无道的统治者的辛辣嘲讽。当诗人终于走到家时，迎来的不是短暂的温馨，而是更大的痛苦。

　　行旅相攀援，川广不可越。老妻既异县，十口隔风雪。

　　谁能久不顾？庶往共饥渴。入门闻号咷，幼子饥已卒。

　　吾宁舍一哀，里巷亦呜咽。所愧为人父，无食致夭折。

　　一路的颠簸，除了对国运衰落的担忧和对百姓的关怀，就是对妻儿的思念了。当诗人打开家门的时候，看到了妻子的哭泣和幼子的夭折。诗人强压内心的悲苦，结尾不是哭天喊地地怨天尤人，而是由一人之小家而想到天下之大家。

　　生常免租税，名不隶征伐。抚迹犹酸辛，平人固骚屑。

　　默思失业徒，因念远戍卒。忧端齐终南，澒洞不可掇！

　　杜甫想到自己虽然只是落魄的小官，但至少不用交赋税，不必服兵役。而那些平民百姓又该如何度日呢？境遇又该是怎样的凄凉呢？诗人就这样以推己及人的仁爱之心，以如椽大笔写就了这首荡气回肠的长篇诗史。

其实，敏锐的杜甫已经在诗中写出了国家即将到来的厄运。就在同年十一月，安史之乱爆发了。杜甫把家人安置到鄜州羌村避难后，于第二年八月北上，准备赴灵武投奔肃宗，结果不幸被俘。看到往日的盛世长安变成了如今的断壁残垣，杜甫沉痛地写下了著名的《哀江头》一诗：

少陵野老吞声哭，春日潜行曲江曲。

江头宫殿锁千门，细柳新蒲为谁绿？

……

人生有情泪沾臆，江水江花岂终极？

黄昏胡骑尘满城，欲往城南忘城北！

唐肃宗至德二年（757 年），杜甫利用草木茂盛得以隐蔽的机会逃离长安，投奔朝廷所在的凤翔，肃宗任命他为右拾遗。但任侠耿直的杜甫终究是不适合官场的，命运多舛的他只因为自己的仗义执言而无辜被贬。时任宰相的房琯因受到门客董廷兰的牵连，被罢免了职务。杜甫上疏直言："罪细，不宜免大臣。"谁料因此触怒了肃宗，最终被贬为华州司功参军。所谓一朝天子一朝臣，肃宗即位并非完全顺理成章，为了树立自己的威信，也绝不会重用玄宗时的旧臣，过于刚正的杜甫不懂得此种官场之道，或者明知如此却依旧要仗义执言，同样是他耿直任侠性格的体现。

乾元二年（759 年），唐军与叛军的邺城之战爆发，结果唐军惨遭大败。正如元代散曲家张养浩所云："伤心秦汉经行处，宫阙万间都做了土。兴，百姓苦；亡，百姓苦。"杜甫目睹了战争给百姓带来的深重苦难，生离死别的场景比比皆是，整个国家和社会陷入一片混乱。在此期间，杜甫作为这场动乱的见证者，正直悲悯的他饱含热泪，奋笔写下了著名的"三吏"（《新安吏》《石壕吏》《潼关吏》）、"三别"（《新婚别》《垂老别》《无家别》），成为不朽的诗史丰碑。同年秋天，杜甫毅然辞掉了官职，离开了污浊不堪的官场，多番辗转之后来到了西南地区。在这里，杜甫在严武等朋友的帮助下，修建了一处草堂，过了几年较为安定的生活，颇有闲适之意，《江村》一诗就作于这个时候。

清江一曲抱村流，长夏江村事事幽。

自去自来堂上燕，相亲相近水中鸥。

老妻画纸为棋局，稚子敲针作钓钩。

多病所须唯药物，微躯此外更何求。

清江细水环绕的江村，显得格外幽静。梁上的燕子自由自在地飞翔，水中的鸥鸟也在一起相互亲近，诗人和妻儿做着各自的事情，呈现出一幅自然祥和的画面。

唐代宗广德三年（765 年），严武去世，杜甫也离开了成都，于大历元年（766 年）抵达夔州。在此期间，杜甫的创作达到了高峰，写下了四百多首诗作，几乎占据了他一生诗作总量的三分之一。我们所熟知的《登高》即作于此时，可以说是杜律的扛鼎之作，曾被胡应麟大赞为"古今七言律第一"。

大历三年（768 年），杜甫乘舟出峡，辗转至岳阳，因生计困顿而漂泊三湘。后来，又逢兵乱水灾，无奈只得往返于潭州、衡州之间。最终贫病交加，于大历五年（770 年）冬，不幸逝世于江舟。

三

何时一樽酒，重与细论文

回顾杜甫的一生，于大我而言，就是苦苦追寻的"尧舜风俗"；于小我而言，就是难以割舍的"太白理想"。因为，杜甫的性格耿介孤傲，但心中的愁结又难以排遣；仁民爱物，却因无法施展抱负而困厄不已。相比于李白，尽管二人同样郁郁不得志，但纵看青莲居士的一生却显得天马行空，得意时可有玄宗御手调羹，贵妃倒酒，力士脱靴；不悦时也能十分自信地"仰天大笑出门去"；愤怒时也敢直言下笔："安能摧眉折腰事权贵，使我不得开心颜。"中国诗歌史上的双子星，他们互补的性格和深厚的友谊，给我们留下无数的思考。

天宝三年（744 年），二人在洛阳第一次相遇。此时，李白因难以融入官场而被赐金放还。困居的杜甫激动伤苦之情呼之欲出，惺惺相惜之感油然而生，挥笔写下了这首《赠李白》：

> 二年客东都，所历厌机巧。
>
> 野人对膻腥，蔬食常不饱。
>
> 岂无青精饭，使我颜色好。
>
> 苦乏大药资，山林迹如扫。
>
> 李侯金闺彦，脱身事幽讨。
>
> 亦有梁宋游，方期拾瑶草。

诗人将自己客居洛阳所遭遇的不公倾吐出来，此时的他早已经把李白当成自己的挚友了。后来，看到李白放荡自由的生活，自己曾经浪迹远方、追求自由的热情再次被激发，甚至还一度跟随李白求仙访道。他们一道同行，遇到了高适，开始了梁宋之游。三大诗人的遇合，可以说是才情的火花，也是理想的碰撞。他们登高饮酒、谈诗论文、骑射宴饮、讥评时政，结下了深厚的友谊。已届中年的杜甫对结交这两个名气很大且性情相投的朋友感到非常满足。他后来在《昔游》中回忆与李、高二人当年畅快的旅游生活时说道：

> 昔者与高李，晚登单父台。
>
> 寒芜际碣石，万里风云来。
>
> 桑柘叶如雨，飞藿共徘徊。
>
> 清霜大泽冻，禽兽有馀哀。

此时的杜甫，唯有和挚友一起，才能让自己久已困顿的心灵得以复苏，回到当初清狂放荡的青年时代。拜别之后，李白前往江东，而杜甫则回到了长安。他在《春日忆李白》中回忆李白的风采以及表达了对友人重聚的期盼：

> 白也诗无敌，飘然思不群。
>
> 清新庾开府，俊逸鲍参军。
>
> 渭北春天树，江东日暮云。
>
> 何时一樽酒，重与细论文。

可以说，杜甫"真"的性情无处不在，无论是对友人的感情，还是对国家命运的关切；无论是对苦难百姓的同情，还是对家人的呵护，都体现得淋漓尽致。有感情就诉诸笔端，有不满就自然倾吐，看见不公就要出手相助，诗人的一片赤诚让无数后人倍加感动。从年龄来说，李白年长杜甫十一岁，面对诗坛前辈，没有任何虚与委蛇的惺惺作态，而是直露冰心。诗人丝毫不掩饰内心的崇敬之情，也不避讳希望可以与李白细细论文的愿望，诗句的结尾，坦言道："何时一樽酒，重与细论文。"瞬间，李杜二人推杯换盏、品诗论文的情景浮现于眼前。

李杜二人亦师亦友、亦友亦兄的关系，令无数人羡慕不已。从前面上疏救房琯的事件中就可以看出来，他们之所以能够结下深厚的友谊，也与杜甫本身具有的侠义勇敢、古道热肠的性格有很大关系。而李白也同样有着"侠"的性格，并且更加大胆，其《侠客行》诗云："十步杀一人，千里不留行"，就是他快意恩仇生动的体现。王维《少年行》也有诗云："孰知不向边庭苦，纵死犹闻侠骨香。"可见，诗中大者之圣、仙、佛，无不有着侠义之心。闻一多先生曾在《唐诗杂论》中这样感叹李杜的伟大邂逅："四千年的历史里，除了孔子见老子，没有比着这两个人的会面，更重大、更神圣、更可纪念的。我们再逼紧我们的想象，比如说，晴天里太阳和月亮碰了头。那么，尘世上不知要焚起多少香案，不知有多少人要望天遥拜，说是皇天的祥瑞。"可以说，他们的遇合是文学史上浓墨重彩的一笔。后来，杜甫又数次表达对李白的思念之情。乾元二年（759 年），杜甫流寓秦州之际，闻得李白被流放夜郎的消息而十分忧虑，不禁因思成梦而写下了《梦李白二首》。诗人这样写道：

> 死别已吞声，生别常恻恻。
>
> 江南瘴疬地，逐客无消息。
>
> 故人入我梦，明我长相忆。

此时距离山东一别已经过去了十四年之久，偶然得知李白的消息却是他遭到了流放，怎能不思念重重呢？

三夜频梦君，情亲见君意。

告归常局促，苦道来不易。

江湖多风波，舟楫恐失坠。

出门搔白首，若负平生志。

诗人再也按捺不住悲痛，终于发出了"冠盖满京华，斯人独憔悴"的慨叹。《诗论》有语："真朋友必无假性情，通性情者诗也，诗至《梦李白》二首，真极矣，非子美不能作，非太白亦不能当也。"一语道出了杜甫的真性情。现存杜诗中专门写给或者提及李白的作品达十五首，即《赠李白》前后二首、《与李十二白同寻范十隐居》、《冬日有怀李白》、《春日忆李白》、《梦李白二首》、《天末怀李白》、《寄李十二白二十韵》、《不见》、《送孔巢父谢病归游江东兼呈李白》、《饮中八仙歌》、《苏端薛复筵简薛华醉歌》、《昔游》、《遣怀》。

有人怀疑，李杜友情只是杜甫单方面的一厢情愿罢了。其实不然，李白有三首毫无争议的诗是写给杜甫的，《鲁郡东石门送杜二甫》云："何时石门路，重有金樽开。"杜甫后来的"何时一樽酒，重与细论文"恰与李白此句呼应。《沙丘城下寄杜甫》中的"思君若汶水，浩荡寄南征"，则是直接表达了对杜甫的思念之情。《戏赠杜甫》诗云："饭颗山头逢杜甫，顶戴笠子日卓午。借问别来太瘦生，总为从前作诗苦。"从中可以看出二人的亲密关系，虽然是笑语，但到底见出真情。

杜甫，从清狂放荡的青年，终于成长为忧国忧民的伟大诗人，正所谓"我亦狂人亦真人，任侠耿介不绝尘"。对于君主，尽忠职守；对于百姓，热情真诚；对于家人，爱护有加；对于友人，有情有义。他于盛世中留下了优美，于乱世中谱就了壮歌，以一颗纯粹诚挚的仁者之心，满怀着兼济天下之情，关爱着无数普通人的灵魂。尽管自己鲜有安稳舒适的生活，但他仍旧用大笔和真情书写着时代的悲剧和平凡人所背负的苦难，耗尽心血去嘶哑地歌唱，这歌声里有甜有苦，有辛有辣。终于，带着各种病痛的折磨，带着理想抱负的破灭，杜甫于大历五年（770年）走完了自己五十九年的人生，却给后人留下了取之不尽的精神财富。

李　益：
任他寒风惊戍旅

如果说盛唐诗歌之高扬明朗是一种蓬勃般少年情怀的话，那么中唐诗歌之低沉冷寂则步入了淡然的中年心境。在盛唐与中唐之间，有一个转折时期，它以大历为中心，上承天宝末，下启贞元初，诗人李益就处于这样的时代。一方面，得盛唐骨力的余响，李益诗歌仍有雄豪之势；另一方面，受时代衰颓气息的浸染，其诗歌亦渐露悲壮风调。清人张澍曾评："君虞以爽飒之气，写征戍之情，览关塞之胜，极辛苦之状。当朔风驱雁，荒月拜狐，抗声读之，恍见士卒踏冰而皲瘃，介马停秣而悲鸣，讵非才之所独至耶？"（《二酉堂丛书·李尚书诗集·序》）诚然，与"大历十才子"孤清纤弱的吟唱相比，李益的诗风颇显独树一帜。作为唐代中期重要的边塞诗人，他凭气凌云汉的刚健笔力，不仅将边塞诗之铿然风骨发挥尽致，也以回澜之势振奋了"气骨顿衰"的中唐诗坛。

一

豪气与潇洒：腰悬锦带佩吴钩

李益，字君虞，约生于天宝七年（748年），卒于大和三年（829年），祖籍陇西姑臧（今甘肃武威）。他出身较为显赫的官宦世族，据有关史料记载，汉飞将军李广为其二十七世祖，凉武昭王李暠为其十二世祖，而堂伯父李揆则是唐肃宗时的宰相。"关西将家子"的出身天然赋予了李益一种潇洒的豪气，他渴望早日建功立业，报效国家。为此他发奋读书，并卓有才名。诗人韦应物在《送李侍御益赴幽州幕》中评价他："二十挥篇翰，三十穷典坟。辟书五府至，名为四海闻。"这里，虽然不免有夸张的成分，但仍可大致窥见李益早期的名气。

与常人一样，李益首先选择通过求取仕进来实现自己的抱负。大历四年（769年），博闻强识的李益一举登进士第，这一年他才二十二岁。在"三十老明经，五十少进士"的唐代，李益称得上是一名年轻有为的举子了。越二年，李益被授华州郑县尉，不久后升迁主簿。而后，也曾担任河南府考试官。较为顺意的仕途，让同时代久久不登第的诗人们颇为羡慕。一般而言，出身比较尊贵又年少成名的诗人，通常会有些许骄傲与任性。但是，诗人李益却不然，年少成名的他从不恃才傲物，性格极其沉稳持重。崔郾就评价李益为人"直清而和，简易而厚，不恃才以傲物，不矫时以干进"（《唐故银青光禄大夫守礼部尚书致仕上轻车都尉安城县开国伯食邑七百户赠太子少师陇西李府君墓志铭并序》）。然而，即使沉稳持重如李益，也有放旷洒脱之时。这份恣意的个性，亦使他后来遭到奸佞小人的弹劾，一度顺意的仕途就此中断，李益被迫远离官场。

建中初年（780年），朔方节度使早慕李益诗名，请他入幕府。仕途失意又生性潇洒的李益毅然踏上了投身边塞的旅途，选择以另一种方式实现他的雄心壮志。从此，开启了他漫长的戎马倥偬的军旅生涯。正如他在《从军诗序》中写道："出身二十年，三受末秩；从事十八载，五在兵间。故其为文，咸多军旅之思。自建中初，故府司空巡行朔野。逮贞元初，又忝今尚书之命，从此出上郡、五原四五年，荏苒从役。其中虽流落南北，亦多在军戎……"李益一生的大半时光都在边塞度过，他满身的潇洒豪气也在凛冽寒风中荡漾、回旋。因投笔从戎，不惧飒飒寒风惊戍旅的边塞经历，使他的边塞诗充满爽飒之气。他览遍了关山的壮美风景，也写尽了军旅的辛苦生活。在边塞生活的十几年中，他的诗歌创作艺术成就卓越，而长期的边塞生活经历更是让他成为一个"伏波惟愿裹尸还，定远何需生入关。莫遣只轮归海窟，仍留一箭定天山"（《塞下曲》）般豪迈任达的边塞诗人。明代学者杨慎在《升庵诗话》中所谓"不坠盛唐风格"当是对李益雄豪诗风的准确评价。

中唐国力比不上盛唐，对邻国没有了以往的震慑，在这样艰难险阻的环境中，诗人李益舍弃轻松恬淡的生活，阔别亲友去边塞苦寒的地方戍守，他豪迈的气概和爱国的热忱着实令人敬佩。当然，李益也有属于自己的情结，即他将门虎子的情结。边塞诗《送辽阳使还军》中的"平生报国愤，日夜角弓鸣"让我们知道他不仅是文人墨客，更是一个慷慨激愤的军旅之人。马革裹尸，立功边塞，这是他的人生理想，更符合他"大气磅礴"的性情。面对吐蕃、回纥等少数民族年年入境侵犯的现实，李益心中时时翻腾起抵御外敌、为国立功的豪情，以他的如椽大笔，书写着曲曲豪气之歌。"身承汉飞将，束发即言兵。侠少何相问，从来事不平。"（《赴邠宁留别》）"结发逐鸣鼙，连兵追谷蠡。山川搜伏虏，铠甲被重犀。故府旌旗在，新军羽校齐。报恩身未死，识路马还嘶。"（《再赴渭北使府留别》）等诗篇均洋溢着驰骋疆场、驱虏安邦的英雄气概。李益极力歌颂军营将士的英勇威武、浴血奋战，与此同时，强烈的民族自豪感亦充斥着他的襟怀，豪迈的爱国激情喷薄而出，如《边思》：

> 腰悬锦带佩吴钩，走马曾防玉塞秋。
>
> 莫笑关西将家子，只将诗思入凉州。

这是一首反映诗人真实军旅生活的诗歌。前两句勾勒出诗人横刀跃马、驰骋沙场的飒爽英姿。诗人首先描摹自己的装束，腰间垂着锦带，那必然配着十分华美的服饰，即为吴钩。杜诗有"少年别有赠，含笑看吴钩"，李贺有诗"男儿何不带吴钩，收取关山五十州"，可见，佩带吴钩在唐代是一种显示少年英武风姿的时髦装束。这种吴地产的弯刀，彰显的是一种保家卫国的内在精神品质。华丽的服装，配上寓意深刻的吴钩，流露出的满是英俊神武的风姿。虽然装束华美精致，但在战场上也绝不是花把式。"走马曾防玉塞秋"，即简单准确地说明了诗人曾经参加过玉门关防秋战斗的经历。后两句则抒发了诗人慷慨从戎以期建功立业的雄心壮志。诗人没有采取直抒胸臆的手法，而是用"莫笑""只将"等简单的字眼，以诙谐、畅快的语调，刻画自己身为"关西将家子"走马秋塞、赋诗寄兴的威武将军形象。豪气之外，又张扬着潇洒、磊落之意。整首诗歌生动地展现了李益为国从戎的自豪感和在边关建功的乐观、自信心态。

二

悲壮与傲骨：天山雪后海风寒

唐代边塞诗绝对不缺少气势雄浑的作品，岑参《走马川行奉送封大夫出师西征》之奇伟壮丽就是鲜明的盛唐风骨。即使"悲壮"如高适（主要指其前期诗歌），也充溢着激越昂扬。时过境迁，与高适不同的是，诗人李益面对的已不再是欣欣向荣、蓬勃发展的盛唐景象，而是无情战争造成的满目疮痍。于是，除了盛唐遗音的慷慨激越，李益的诗歌又蕴含着时代败落的凄凉忧伤。换言之，高适诗风的"悲壮"多因边塞景象与个人境遇触发，盛唐时代的高亢又使他的诗歌虽有悲慨之词，却不至沉郁，其诗风特质偏于"壮"。而李益诗风的"悲壮"，虽然也有因边塞广袤之景而注定了其诗歌悲凉中深藏着壮美的成分，但更多的是有感中唐国力衰微而产生的"气结不能言"的悲凉。时代的颓废之势使其诗歌虽有壮阔风思，却是悲伤居上。其诗风特质总体上偏重于"悲"。清人管世铭说："李庶子绝句，出手即有羽歌激楚之音，非古伤心人不能及此"，即有力揭示了李益诗歌"悲"的一面。

边塞苍凉的景况使李益适时敛去豪气与潇洒，性格中沉稳持重的一面逐渐彰显。他常以冷峻的眼光审视着恶劣的自然环境，而目之所及的荒寂更给他带来哀伤之感。此时，诗人的哀伤在边塞严寒风貌中逐渐延展，因悲而壮，因壮愈悲。李益诗歌的悲壮，首先体现在他对边塞恶劣环境的真实描绘上。"边地多阴风，草木自凄凉。断绝海云去，出没胡沙长。"（《从军有苦乐行》）"眼见风来沙旋移，经年不省草生时。莫言塞北无春到，纵有春来何处知。"（《度破讷沙二首》）在漫天黄沙、寸草不生的荒凉边塞，丝毫让人察觉不到春天应有的生机，这样艰苦的环境自然容易勾起诗人的断肠哀思。此时，若是再传来一曲横笛凄凉的《梁州曲》，别说是戍边将士，就是南飞而来的大雁也不忍卒听，转头回去，"鸿雁新从北地来，闻声一半却飞回"（《夜上西城听梁州曲二首》）。除此之外，李益的诗歌还真实再现了戍卒们对长期戍守边关的无奈之感。"仍闻旧兵老，尚在乌兰戍。笳箫汉思繁，旌旗边色故。寝兴倦弓甲，勤役伤风露。来远赏不行，锋交勋乃茂。未知朔方道，何年罢兵赋。"（《五城道中》）反映出边塞将士的悲凉思绪，给边塞诗染上了略为晦暗的色调。在

《军次阳城烽舍北流泉》中，诗人写道："何地可潸然，阳城烽树边。今朝望乡客，不饮北流泉。"这里渴望南归的将士们，更是矢志不饮北流的泉水，在表达对家乡无限思念的同时，也从侧面反映了征人对周而复始戍边生活的厌恶之情。

最能反映李益悲壮诗风的当属被清人施补华认为七绝四佳作之一的《从军北征》：

> 天山雪后海风寒，横笛偏吹行路难。
> 碛里征人三十万，一时回首月中看。

诗里描绘的是一个壮阔而又悲凉的行军场景。如果把整个行军场景看作一幅画，那么首句"天山雪后海风寒"，便是这幅画的背景。雪后月夜，寒风凛冽，朔气逼人，仅寥寥数语，恶劣的天气、艰难的行军环境就跃然纸上。如此，就算是接下来没有直接描述行军的艰苦，一句"横笛偏吹行路难"早就反映出征人此刻的心情。毕竟《行路难》实在是一首让人哀伤的歌。"偏吹"两字，更把读者带进一个悲壮的境界中。而诗人呢，虽然他没有直接说，但是我们也知道他就在"碛里征人三十万"之中。这几句感染力特别强，因一曲《行路难》而触发深切思乡之情的将士们，不由得齐齐回首望月，"一时回首月中看"表达了他们对家乡和亲人的思念，而那凄凉的笛声更让军中的将士产生了共鸣。这支军队在大雪过后天山下逼人的寒风里、冷峻哀怨的笛声中，加倍地感受到了荒凉和悲怆。这首诗由笛声引发出动人的情思，通过描写艰苦的环境和征人回首望月的举动，营造了一种辽阔广远、苍凉悲壮的意境，景于诗内而情在诗外，意态绝健，音节高亮，不失为一篇边塞名作。

再看《听晓角》：

边霜昨夜堕关榆，吹角当城汉月孤。

无限塞鸿飞不度，秋风卷入小单于。

　　前面提到的《从军北征》一诗是从笛声写到听笛的人，进而表现出因此触发的情思。这首《听晓角》，虽然也是从边声立意，却自有其妙。李益是长期生活在边塞的诗人，对边塞的角声十分熟悉。苍茫的边塞中，几缕笛声、角声尤其能够拨动将士们的心弦，引发他们的情思。初读前两句，以为诗人会按照惯用的结构摹写，但才华横溢的李益别出心裁，写下后两句："无限塞鸿飞不度，秋风卷入小单于。"原来诗人看到的却是在无边无际的天空中盘桓的鸿雁啊。这鸿雁恐怕也是听出了晓角声的清冷凄凉，所以才一直盘旋不远走吧。这首诗虽然没有一个字描写边塞将士们的哀愁，但是在凄凉的晓角声中，在飞不度的鸿雁身影中仍然可以清晰地感受到这些悲苦情思，所谓"不着一字，尽得风流"，其意境之深沉、感情之悲凉，让人频生怅惘，郁积之气实难释怀。

　　需要强调的是，李益面对荒凉寒冷的边塞，并不是一味悲伤哀叹，性格沉稳持重的他，也有一副坚毅的傲骨。他从不向恶劣的自然环境屈服，无畏严寒与困苦，勇敢地参加各种战斗。不仅如此，他还以严肃的写实态度，对中唐朝廷的腐败进行了大胆的揭露与批判，如《赴渭北宿石泉驿南望黄堆烽》：

边城已在虏尘中，烽火南飞入汉宫。

汉庭议事先黄老，麟阁何人定战功。

　　这首诗约写于贞元初李益去鄜坊节度使幕的路上。贞元二年（786

114

年）、三年，吐蕃频繁入侵唐西北边境，给边境人民生活带来极大的灾难。吴山、华亭一带，一万多民众在惨遭轵虏抢掠后，数百人恸哭气绝而亡，更有一千人选择愤怒投崖，情景十分悲惨。而此时的唐王朝对广大民众的苦难却持淡漠态度，仍纵容侵略者的肆意妄为，企图以谋求会盟订约换来暂时的安宁。面对朝廷软弱的姿态，李益借诗歌抒发了强烈的不满。诗歌前两句陈述了强虏侵犯边城的事实，在朝廷的苟且观望下，吐蕃继续烧杀抢掠，战火甚至一度逼近京师长安。后两句，诗人借汉廷"黄老之术"的盛行讽刺了唐王朝的无所作为，又借"麒麟阁"之典故，暗寓朝廷内外无人能去平定边境战事。满腔愤慨之情，顿显悲壮婉转。

除边塞诗外，李益还有一部分诗歌也直接揭露了统治阶级内部的矛盾。这些矛盾具体而言，在地方上，是叛镇蜂起，兵连祸结；在中央朝廷，是宦官专权，朋党争斗。对于整个大唐王朝摇摇欲坠、行将崩溃的政治局面，一身傲骨的李益没有作任何的粉饰太平之语，而是饱含悲愤，写下了众多沉郁诗篇。"黄昏鼓角似边州，三十年前上此楼。今日山川对垂泪，伤心不独为悲秋。"（《上汝州郡楼》）由于藩镇叛乱，一向鲜识干戈的中原城镇亦鼓角连天，这三十年来，乱离漂荡、战火纷飞，山川依如故，风景已昨非。此情此景下，诗人李益抚今追昔，为岁月的更迭而慨叹，为国运的衰颓而悲怆，对藩镇割据的混乱局面深恶痛绝。所有复杂的情感交错在一起，无从发泄，只能凝聚成"伤心不独为悲秋"，此一句调苦而格高，伤心堕泪处，尤见诗人傲骨凛硬似刀。"百马饮一泉，一马争上游。一马喷成泥，百马饮浊流。上有沧浪客，对之空叹息。自顾缨上尘，徘徊终日夕。为问泉上翁，何时见沙石？"（《饮马歌》）则是借百马饮浊流影射争权夺利、结党营私的奸臣们，曲折抨击了朝廷纲纪的腐朽废弛。面对倾轧成风的党争，诗人李益没有畏葸不前，而是以字挟风霜的雄健笔胆，记录了社会现实，与同时代诗人相比，这正是李益的可贵之处。

三

温情与哀愁：一夜征人尽望乡

李益的边塞诗于雄豪悲壮中还别有一丝温情，他的诗很能表现将士们的思乡情怀。那种情怀之所以动人，是因为诗人有一颗温暖的心。如《夜上受降城闻笛》：

> 回乐烽前沙似雪，受降城外月如霜。
>
> 不知何处吹芦管，一夜征人尽望乡。

这是一首抒写戍边将士们思乡之情的诗作，浓烈的乡思和满心的哀愁之情几乎让人潸然泪下。回乐峰在唐代灵州地区回乐县，即今宁夏灵武县西南一带。观照地理因素，再结合时代背景，不难想见诗人深入了何等苍凉之所。诗歌的前两句也正是描写了一幅苍凉边塞月夜的独特景色。诗人极目远眺，在月光的映衬下，回乐峰一带延绵的沙漠仿佛被白雪覆盖，他登上受降城瞬间就感受到了寒霜袭人，月光随之也清冷了很多。"沙似雪""月如霜"，阵阵辽阔寒苦之意勾起了征人无尽的思乡之情。正当这种浓郁的思乡情绪久久涌动心中而不能排遣时，突然"不知何处吹芦管"，哀怨袅袅的芦笛声就像打开诗人思乡之情的一把钥匙。席慕蓉的《故乡》说："故乡的歌是一支清远的笛，总在有月色的晚上响起。"古往今来，清冷的月色和辽远的笛声一样，都触动着人们思乡的心弦。绵绵大漠是那样广袤无垠，而亲切的故乡也远在千里之外，诗人李益在那一刻，不只想到自己的境遇情思，更是推己及人。远离故乡的边塞将士们难道不也是在思念故乡？于是乎，"一夜征人尽望乡"自然流动而出，"尽望"两字道尽征人望乡之情的深重和急切。这首诗节奏平缓，情景交融，写出了将士们的眼前之景，心中之情，感人至深。李益同僚李肇在《唐国史补》中记载当时此诗"天下亦唱为歌曲"，明代胡应麟在《诗薮》中更是对此诗极为推崇，认定它是中唐七绝之冠。这首诗为什么能够如此拨动人们的情思，难道不是因为善良温情的诗人以脉脉诗语将思乡之感传递延续而温暖了读者吗？是啊，这就是李益性格中充满温情的一面。

张为在《诗人主客图》中，以李益为"清奇雅正主"。我们也能于他的生平和诗风中，见其"清奇雅正"之处。李益的边塞诗既有慨然从军的气概，也有表现将士思乡的温暖气度。然在"慷慨"与"温情"之上，他的诗歌总是散发着清劲奇壮、雅正和谐的气息，即使是挥之不去的哀愁，也因之显得怨而不愠。

看过了辽远苍茫的边塞，李益也曾南游扬州等地，写了一些描绘江南风光的佳作。作为一位颇具温情的诗人，李益除了在边塞诗中流动出暖人的情思，为边塞将士代言之外，他还敢于为幽怨的女性发声。他关注底层女性的生活现状，给予极大的同情与怜悯，以柔缓笔调书写着她们的不平。不得不说，这样的诗人温暖如春。而他的纤纤温情也借着那缕缕哀怨展衍出来，有诗《江南曲》为证：

嫁得瞿塘贾，朝朝误妾期。早知潮有信，嫁与弄潮儿。

这是一首闺怨诗。诗人通过对商妇心理活动的描写，反映出她望夫不归的怨恨。唐代商业经济极为繁荣，许多商人长年在外经商，久久不归家。因而商妇面对寂寞枯清的生活，不免心生怨意。诗歌前两句以一位商妇的口吻诉说因丈夫屡屡失信而产生的埋怨与忧伤，语言平淡、朴实，这种毫不掩饰的表达十分动人。后两句笔调一转，以潮水之有"信"联想到"弄潮儿"之有"信"，反衬出"瞿塘贾"之"无信"。两相对比下，商妇自然由爱生怨，由怨生悔，甚至大胆发出恨不"嫁与弄潮儿"的喟叹。诗中女主人公思夫的感情是热烈的，但感情的深切交织着失望的痛苦，最后的怨恨却又是强烈的爱的折射。诗人以洞察心灵的笔触，深刻地表达了商妇盼夫归来的急切心情，全诗明丽雅致，凄婉动人，也给虚度韶华的商妇们送去丝丝慰藉。

除了闺怨诗，他还敢为宫闱中的弱者说话。比如《宫怨》：

> 露湿晴花春殿香，月明歌吹在昭阳。
> 似将海水添宫漏，共滴长门一夜长。

众所周知，昭阳殿是汉成帝皇后赵飞燕的居处，长门宫是汉武帝时陈皇后失宠后的居处。前两句渲染勾勒的是春暖花开、姹紫嫣红之景。春风散入，香气弥漫。昭阳宫中明月在天，歌舞升平，好像这里的月亮比别处的更皎洁明亮。后两句笔调急折，良辰美景不再，取而代之的是没有花香、没有欢歌、没有月明的另一种景象，在这四无人声的漫漫长夜里只有滴不完的漏声。诗人通过对两种截然不同宫廷生活画面的描绘，既表达了他对帝王薄幸的强烈谴责，也抒发了他对宫妇忧苦的极大同情。至此，豪气潇洒的李益居然也能体贴入微地为宫中怨妇发声，其性格中温情的一面由隐而显。

诗人李益，年少成名，"关西将家子"的他与生俱来就有一种傲视飒飒寒风的豪气和潇洒。他多次奔赴边塞，是在边塞生活最久的诗人，他用满腔的激越之情让我们领略了边塞风光。他不仅靠着一身坚毅精神和铮铮傲骨敢于对抗恶劣环境和苦闷生活，更以悲壮的风调勇敢揭示腐朽的社会现实。他在边塞苍凉之地，以温情的诗句吟唱出广大将士的思乡之感。他也在江南踌躇，以敏锐的眼光捕捉底层女性的生活实景，在浅浅哀怨里为女性送去慰藉之意。他就是那个"任他寒风惊戍旅"，集豪气与潇洒、悲壮与傲骨于一身，又温情如许的边塞诗人。

韩　愈：

物有不平何其鸣，只为楚狂有此生

无论是诗，抑或是人，极尽雕琢与繁华之后，往往尽数归于平淡，北宋黄庭坚在《与王观复书第二首》中评杜甫夔州后古律诗成就，说："平淡而山高水深。"此论用在韩愈身上也颇为适用。元袁桷曾言："诗至于中唐，变之始也。"清冯班以为："诗至贞元、长庆，古今一大变。"清叶燮更明言："此中也者，乃古今百代之中，而非有唐一代之所独得而称中者也。"当持续八年的安史之乱结束后，唐朝已经不复往日的辉煌，由此进入了我们常说的中唐。从社会心理来看，人们一方面仍残留着动乱遗留下来的时代阴影，普遍呈现出一种迷茫忧虑的心态；另一方面面对着凋敝的政治文化环境，士人也非常渴望建功立业，早日实现大唐的中兴。有一位诗人，就处于这样一个时代，他性格执着，始终胸怀远志而刻苦读书；又以其不顾流俗的自信，在诗文上大胆创新；更以其坚定和正义的品格，面对时世的种种不平奋力呐喊；当然还有幽默和淳朴的性情，化为晚年洗尽铅华、笑对春风的素美和平淡——他就是韩愈。

一

多歧路处多自争

韩愈（768年—824年），字退之，河南河阳（今河南孟州）人，世称"昌黎先生"。唐人裴度称："昌黎韩愈，仆知之旧矣，其人信美材也。近或闻诸侪类云：'恃其绝足，往往奔放，不以文立制，而以文为戏。'"宋人苏轼称其"文起八代之衰，道济天下之溺"，明人茅坤尊其为"唐宋八大家"之首，清人张鹏翮将其与柳宗元、欧阳修和苏轼合称"千古文章四大家"，可见韩愈在当时以及对后世影响之大。

韩愈出身官宦世家，其高祖、曾祖、祖父、父亲都做过官；兄弟三人，大哥韩会，二哥韩介。韩介早逝，等韩愈三岁时，父亲也去世了，韩愈跟随大哥韩会生活。后来，韩会也离开了人世，韩愈就由寡嫂抚养成人。父兄的接连去世，对韩愈幼小的心灵造成了很大打击。悲惨的童年经历使韩愈骨子里带有一种孤高和执拗，他不愿依靠别人而是尽可能地凭借自己的才能一步步走向成功，因而诗人从小就立志高远，刻苦读书。其名"愈"，正是取积极进取、奋发向上之意。而他也一直这样践行着自己的人生理想，其《与凤翔邢尚书书》云："生七岁而读书，十三而能文。"虽然韩愈是在困苦与颠沛中度过了自己的童年时代，但他始终不忘读书学习，这不仅是个人的理想，也寄托着家族重振的希望。

尽管韩愈出身于官宦世家，奈何父兄早逝，家势衰微，朝中更是无人可依。十九岁时，刚到长安的韩愈有着初生牛犊不怕虎的气势，在京城举目无亲的情况下，大胆在街上拦住了北平王马燧的马车，反复高声自荐。按唐朝的礼仪，小民遇官应当回避，如无故擅拦王爷马头，不是死罪，也难逃牢狱之灾。不过韩愈十分幸运，北平王马燧并未因此发难于他，反倒欣赏他的胆识。可以说，这次自荐给了韩愈很大的信心，由此唐德宗贞元三年（787年）秋，韩愈取得乡贡的资格，但奈何千里马常有而伯乐不常有，其后两年，韩愈曾三次在京师应举求官，均以落第告终。但不屈不挠的他并未因此放弃。

贞元八年（792年），二十五岁的韩愈终于在第四次应举中登进士第，千里马总算崭露了头角。然而，想要得到具体任职，还得考过吏部的博学宏词科，结果在贞元九年、十年、十一年连续三年的考试中他始终未能成功。贞元十一年（795年），他曾三次上书宰相，以表心志。正月二十七日，他投下了《上宰相书》，直言培育人才的重要性，而宰相正有着提拔后进的职责，希望一直以来刻苦读书的自己可以得到重用。文中还直言批判了当时呆板的科举制度，"试之以绣绘雕琢之文，考之以声势之逆顺，章句之短长，中其程式者，然后得从下士之列"，结果这封信如泥牛入海。半个多月后，他再次向宰相自荐，上《后十九日复上宰相书》，还是杳无音信。三月十六日，韩愈向宰相上第三封信《后廿九日复上宰相书》，依旧是石沉大海。诗人屡战屡败又屡败屡战的顽强意志，可以说是他执着拼搏精神的生动体现。

韩愈诗集中存有《马厌谷》一诗，主要表达了自己失意不得志的嗟叹和落寞，正好符合此时诗人的心境，诗云：

> 马厌谷兮，士不厌糠籺。土被文绣兮，士无短褐。
> 彼其得志兮，不我虞，一朝失志兮，其何如？
> 已焉哉，嗟嗟乎鄙夫！

这首杂言体古诗，记录了诗人无法抑制的悲愤和凄苦。然而，尽管韩愈在科举的路上处处碰壁，最终带着满腔的愤慨与失望离开了长安，但他并未因此而一蹶不振，或者寻找什么终南捷径，这是因为韩愈并非汲汲于富贵之人，而是一直心存着远大的抱负。此外，这也和他不幸的童年生活有着很大关系，自尊心极强，他希望有人是因才华而赏识自己。

贞元十二年（796 年），可谓苦心人天不负，韩愈得到了宣武节度使董晋的推荐，得试秘书省校书郎，出任宣武军节度使观察推官，虽然官职很小，但这可以说是韩愈仕途生涯的一个开始。

贞元十八年（802 年），已经通过铨选的韩愈被任命为四门博士。次年三月，天降大雪。当时的朝堂上，德宗十分倚重偏信裴延龄、王绍、李实等人，导致宰相形同虚设。正所谓兼听则明，偏信则暗，诗人面对朝野内外的苦寒景象，以及自己如同苦寒夜行的艰难处境，就像自己童年时代那样，始终是一个人在战斗，感到无比的孤独，这也是他时常"横空盘硬语"的一个原因。在这种情况下，孤耿的韩愈触景生情，写下了《苦寒》一诗，其中有云：

隆寒夺春序，颛顼固不廉。太昊弛维纲，畏避但守谦。
遂令黄泉下，萌牙天勾尖。草木不复抽，百味失苦甜。
凶飙搅宇宙，铓刃甚割砭。

至少在被贬岭南之前，韩愈的性格一直是刚正不阿、十分硬气的，敢说敢做又敢为敢当。这首诗已经透露出诗人对朝纲松弛的不满，以及对奸邪小人的愤恨，当他回顾自身现状，因人微言轻而无能为力，不由得发出了"而我当此时，恩光何由沾"的感叹，我们可以感受到诗人此时的无助与落寞。韩愈接着写道：

气寒鼻莫嗅，血冻指不拈。浊醪沸入喉，口角如衔箝。
将持匕箸食，触指如排签。侵炉不觉暖，炽炭屡已添。

探汤无所益，何况纩与缣。虎豹僵穴中，蛟螭死幽潜。

荧惑丧躔次，六龙冰脱髯。芒砀大包内，生类恐尽歼。

韩愈将这种郁结于胸的苦涩注入诗中怪奇的意象之中，使内心抽象化的不平之气变得具象化。"肌肤生鳞甲，衣被如刀镰"，当阵阵春寒之风袭来时，刺骨之痛怎能不令人心如刀割呢？诗人好用险怪的意象写诗，抒发内心的痛苦，其实和他的孤僻和孤傲有一定关系，当这两种性格特质进入诗歌意象中，即成为他个性的一个侧面反映。因而，当读者细细品咂个中滋味的时候，面对着光怪陆离的景象，诗人心中的悲苦也变得具象生动，正是：

啾啾窗间雀，不知已微纤。举头仰天鸣，所愿晷刻淹。

不如弹射死，却得亲炰燖，鸾皇苟不存，尔固不在占。

其余蠢动俦，俱死谁恩嫌。伊我称最灵，不能女覆苫。

此时，诗人再也压抑不住肺腑中的悲哀，直抒胸臆，淋漓尽致地发出了心中的呐喊，同时也将自己极度失落的酸涩描写得入木三分。"悲哀激愤叹，五藏难安恬。中宵倚墙立，淫泪何渐渐。"至此，诗人以"天乎苟其能，吾死意亦厌"作结，表示如果万物复苏，形势好转，就算我一人身死，也心满意足了。

通过这首诗，我们可以深刻体会到韩愈诗风中的生硬狂怪和他性格中的正直率真有着一定的关系，当遇到不平之事时，他不愿意沉默不语而任人宰割，而是勇敢地发出呐喊，在诗中呼唤那久已被同朝的官僚们遗忘的正义，但也正是这一点造成了他不善于处理世务，以致在仕途中常常碰壁。正如《旧唐书·韩愈传》所云："愈发言真率，无所畏避，操行坚正，拙于世务。"造化弄人，好景不长，似乎正应验了孟子所言："故天将降大任于斯人也，必先苦其心志，劳其筋骨，饿其体肤，空乏其身，行拂乱其所为。"未来还有更大的困难等待着他。

后关中大旱，灾民流离失所，饿殍遍地。时任监察御史的韩愈岂能坐视不理？一向坚正的他切实察访民情后，却发现京兆尹李实封锁灾情消息，甚至还假称百姓安居乐业，收成大好。韩愈忍无可忍，向皇帝上疏《论天旱人饥状》，最后反遭李实等小人的谗言。同年，宫中宦官到民市中强行买卖，面对这样的情况，韩愈很是忧心，于是又呈递了数千言的奏章想劝劝皇上，结果德宗一怒之下将韩愈贬为连州阳山县令，这是他政治生涯中第一次被贬。

二

怒佛爱佛两不疑

韩愈的第二次被贬，是在唐宪宗元和十四年（819 年）春，当时宪宗想迎佛骨入宫中供养，一时轰动了长安城。迎佛骨，不仅耗费巨额的钱财，还恶化了社会风气，不少百姓"老少奔波，弃其业次"，"焚顶烧指，不惜性命"。对于这种情况，韩愈作为排佛的政治家，无论如何也不能无动于衷，傲骨嶙嶙的他再次发出声音，决然上疏《论佛骨表》劝谏皇上，痛斥迎佛骨的种种弊端，并提出要将佛骨"投诸水火，永绝根本"。特别是文章开篇即论说未供奉佛的皇帝皆得长寿，借用"汉明帝时，始有佛法，明帝在位，才十八年耳。其后乱亡相继，运祚不长"的事件，论说信奉佛教的皇帝大都不长命，从这里足以看出韩愈的胆大和执拗。在他上书之前，应该可以想到如此胆大妄为的举动，必然会给自己带来灭顶之灾，但性格的纯正使然，让他不得不挺身而出。唐宪宗果然大发雷霆，几乎要将韩愈处以极刑。幸而诸多皇亲国戚和王公大臣极力劝说，韩愈才得以幸免于难，但终究活罪难逃，被贬谪到了远在岭南的潮州。途中，韩愈写下了著名的《左迁至蓝关示侄孙湘》，诗云：

> 一封朝奏九重天，夕贬潮州路八千。
>
> 欲为圣明除弊事，肯将衰朽惜残年。
>
> 云横秦岭家何在，雪拥蓝关马不前。
>
> 知汝远来应有意，好收吾骨瘴江边。

清代的汪森评价说："情极凄感，不长忠爱，此种诗何减《风》《骚》遗意？"这时的韩愈已是衰朽残年，穷途险境，可他还是把皇帝大张旗鼓迎奉佛骨的"盛事"称为"弊事"，可谓立场坚定，斗志顽强，他已经在心里做好了向死的准备。

然而，任何一个伟大的诗人，无不具有一种海纳百川的胸怀和气度，他们在大事上时常据理力争，不以个人的好恶为转移，在日常的学习和交往中却也不会因为曾经的龃龉而故步自封。韩愈正是如此，他自幼学儒，曾大力发起古文运动，致力于道统的复归。终其一生，排斥佛教，可谓不遗余力，但这并不是他在思想上的狭隘偏执，而是因为当时的唐朝，上至皇帝大臣，下至贩夫走卒，一片诵梵之声，以至于朝政懈怠、经济松弛。从长远来看，这对于社会进步是一种极大的阻碍；从当前来看，也严重污染了社会风气，以至于家不家，国不国。可是韩愈真的厌恶佛学吗？答案是否定的。这正是韩愈性格中通达的一面，他在政治和伦理上排佛，却在艺术上近佛，二者并不矛盾。

近人卞孝萱等合著的《韩愈评传》中有言："韩愈以辟佛抑老为己任，以建立道统、传道以治国为旨归。"此语略有偏颇，因为韩愈只是在治国思想上"辟佛抑老"。从其文学创作来看，他有数篇诗文都借用了庄子的典故，如《赠刘师服》云：

> 忆昔太公仕进初，口含两齿无赢馀。
> 虞翻十三比岂少，遂自惋恨形于书。
> 丈夫命存百无害，谁能检点形骸外。
> 巨缗东钓倘可期，与子共饱鲸鱼脍。

最后一句，便是化用了《庄子·外物》中任公子钓鱼的典故。韩愈在《送孟东野序》中说道："大凡物不得其平则鸣"，又云："庄周以其荒唐之辞鸣"，而韩愈本身也有大量意象恢诡怪奇的诗篇，可见他是受庄子影响很大的。值得注意的是，"庄骚"并举的文学说法，也是从韩愈开始的，对后世可谓影响深远。

从其生平交游来看，韩愈和很多佛教中人关系密切，存有诸多为僧人所作的诗，而且他交往的对象多是高僧。贞元十六年（800年），韩愈住在洛阳，当时临淮太守招僧澄观，此僧与韩愈交友，临别时，韩愈撰《送僧澄观》赠之。贞元二十年（804年），于阳山，韩愈又作《送惠师》《送灵师》。此外，韩愈还有六首与僧人交往的诗分别是：《别盈上人》《送文畅师北游》《嘲酲睡二首》《送无本师归范阳》和《题秀禅师房》。在《送惠师》中韩愈这样写道：

> 惠师浮屠者，乃是不羁人。十五爱山水，超然谢朋亲。
> 脱冠剪头发，飞步遗踪尘。发迹入四明，梯空上秋旻。

韩愈与惠师以不羁相和，他大为夸赞其疏旷的性格，认为出家是一种符合其性情的超然之举。在《论佛骨表》中，韩愈十分排斥的是迷信出家而导致“老少奔波，弃其业次”甚至“焚顶烧指，不惜性命”这种近乎疯狂的行为，对于真正领悟到佛教义理的人他是十分欣赏的。诗人在结尾处表明了自己的心迹，他说：

吾言子当去，子道非吾遵。江鱼不池活，野鸟难笼驯。
吾非西方教，怜子狂且醇。吾嫉惰游者，怜子愚且谆。
去矣各异趣，何为浪沾巾？

可见，韩愈对待佛教的态度是非常明显的，尽管自己与惠师道不同不相为谋，但是他敬服佛教中狂放真淳的释子，人格魅力与艺术品格上是有所暗合的。因此，韩愈并不是全面否定佛教，他在政治、经济、伦理上辟佛的同时，在心境与艺术上又对佛教有所包容。韩愈排的是“檀施供养”之佛，容的是“明心见性”之佛。李白有诗云：“我本楚狂人，凤歌笑孔丘。”韩愈亦有诗云：“一尊春酒甘若饴，丈人此乐无人知。花前醉倒歌者谁，楚狂小子韩退之。”直称自己为楚狂人，其性格中的狂放可见一斑。他在《送灵师》中写道：

饮酒尽百盏，嘲谐思逾鲜。有时醉花月，高唱清且绵。
四座咸寂默，杳如奏湘弦。寻胜不惮险，黔江屡洄沿。
瞿塘五六月，惊电让归船。怒水忽中裂，千寻堕幽泉。
环回势益急，仰见团团天。投身岂得计，性命甘徒捐。
浪沫蹙翻涌，漂浮再生全。同行二十人，魂骨俱坑填。

这位灵师亦是性格疏狂之人，不仅“饮酒尽百盏”，而且其语虽多嘲谑却想落天外，其高唱清润绵长有如湘弦之奏，给听者留下了无尽奇险的想象。而韩愈本身在诗歌创作中就喜好怪奇之语，他在《调张籍》中有云："我愿生两翅，捕逐出八荒。精诚忽交通，百怪入我肠。"因而，我们可以非常真切地感受到灵师狂放不羁、特立独行的个性与韩愈雄杰横肆、喜怪好奇的艺术性格产生的碰撞。

再如韩愈的《听颖师弹琴》，诗中的音乐描写不禁令人拍案叫绝，其中"浮云柳絮无根蒂，天地阔远随飞扬"更成为千古名句。它与白居易《琵琶行》、李贺《李凭箜篌引》被推许为"摹写声音至文"。且看：

> 昵昵儿女语，恩怨相尔汝。
>
> 划然变轩昂，勇士赴敌场。
>
> 浮云柳絮无根蒂，天地阔远随飞扬。
>
> 喧啾百鸟群，忽见孤凤凰。
>
> 跻攀分寸不可上，失势一落千丈强。
>
> 嗟余有两耳，未省听丝篁。
>
> 自闻颖师弹，起坐在一旁。
>
> 推手遽止之，湿衣泪滂滂。
>
> 颖乎尔诚能，无以冰炭置我肠。

此篇作于元和十一年（816年），颖师正是一位从印度远道而来的僧人，如果韩愈是完全厌恶佛教的话，听一个和尚弹琴并为其写下诗篇，是让人难以理解的。韩愈不仅欣赏佛门中旷达之人，也能欣赏佛教中的艺术，特别是壁画，曾多次慨叹这种艺术的精妙。《山石》句云："僧言古壁佛画好，以火来照所见稀。"《谒衡岳庙》句云："粉墙丹柱动光彩，鬼物图画填青红。"《纳凉联句》句云："大壁旷凝净，古画奇驳荦。"都是他寻观佛教古壁佛画的真切所得。

总之，韩愈在治国大道上始终信奉的是儒学，这锻造了他坚正守直的政治性格，而在文学艺术和生活情趣上的兼容并蓄和不拘一格则成为他个人的精神向往。

三

未尝一食不对客

韩愈为人耿直纯正，性格外放中有一种狂傲，内敛中又带有一股子倔强，但是他并不封闭自己，也不孤高自诩，其诗集留存了大量的赠友之诗，从这里我们可以看到韩愈日常生活中亲和的一面，他对待自己的朋友往往是推心置腹，以心交之。皇甫湜颇有感于此，在《韩文公神道碑》中甚至说他"未尝一食不对客"。可见，对于韩愈而言，与朋友交往，谈经论诗，饮宴出游，着实是人生乐事。

说到韩愈的交友，孟郊自然是第一人。两人的诗歌主张和风格比较接近，而且交往较多，情谊深厚。孟郊比韩愈大十七岁，彼此相交二十二年，关系一直非常亲密。贞元八年（792 年），韩愈和孟郊第一次相遇，当时二人同考进士，韩愈榜上有名，孟郊却名落孙山。落榜后的孟郊心情压抑愤懑，韩愈便去看望他，还写下了《长安交游者赠孟郊》勉励他说：

> 长安交游者，贫富各有徒。亲朋相过时，亦各有以娱。
> 陋室有文史，高门有笙竽。何能辨荣悴，且欲分贤愚。

韩愈虽然自己登第，但他深切理解孟郊在落第后的复杂心情，安慰孟郊十分情真意切，他们的结交，大概就从此时开始了。后孟郊离长安东归，韩愈又写《孟生诗》举荐他，希望能被别人录用。此后两三年，彼此都忙于考试，无暇相聚交游。直到贞元十四年（798年），孟郊客游汴州，与韩愈相遇。离别时，韩愈再次为孟郊作诗《醉留东野》：

> 昔年因读李白杜甫诗，长恨二人不相从。
>
> 吾与东野生并世，如何复蹑二子踪？
>
> 东野不得官，白首夸龙钟。
>
> 韩子稍奸黠，自惭青蒿倚长松。
>
> 低头拜东野，愿得终始如驲蛩。
>
> 东野不回头，有如寸莛撞巨钟。
>
> 我愿身为云，东野变为龙。
>
> 四方上下逐东野，虽有离别无由逢。

韩愈生平自负，轻易不赞许别人，但韩愈对孟郊却是敬服备至，自比二人为李杜。结尾处，韩愈又以云、龙再次作比，表达了友谊长存的美好愿望。清代赵翼在《瓯北诗话》中慨叹道："其心折东野，可谓至矣。盖昌黎本好为奇崛奚皇，而东野盘空硬语，趣尚略同，才力又相等，一旦相遇，遂不觉胶之投漆，相得无间，宜其倾倒之至也。"事实的确如此，后来二人的境遇起起伏伏，但时常不忘相互作诗联句，彼此劝勉。元和九年（814年），孟郊已和韩愈阔别多年，作《赠韩郎中愈》以表达思念之情，诗云：

> 何以定交契，赠君高山石。
>
> 何以保贞坚，赠君青松色。
>
> 贫居过此外，无可相彩饰。

......

众人上肥华，志士多饥羸。

愿君保此节，天意当察微。

前日远别离，今日生白发。

欲知万里情，晓卧半床月。

常恐百虫秋，使我芳草歇。

孟郊希望韩愈可以始终保持坚贞的品格，虽然彼此相隔万里，但一轮明月足以见证这份友谊。韩愈读后非常感动，也饱含着对孟郊的挂念，回赠了这首《江汉答孟郊》，诗云：

江汉虽云广，乘舟渡无艰。

流沙信难行，马足常往还。

凄风结冲波，狐裘能御寒。

终宵处幽室，华烛光烂烂。

苟能行忠信，可以居夷蛮。

嗟余与夫子，此义每所敦。

何为复见赠，缱绻在不谖。

刘勰曾在《文心雕龙·知音》篇中写道："音实难知，知实难逢，逢其知音，千载其一乎！"透过这组赠答诗，可以深切地感受到诗人之间惺惺相惜的情谊，堪称知音。也许他们自己也未曾料到，这是彼此赠答唱和的最后两首诗。同年，孟郊不幸去世，韩愈为其作墓志铭。

韩愈伟大的人格魅力不仅体现在为国为民的直言敢谏，还体现在他对待朋友的情深义重，纵观韩孟交往史，虽偶有得意之时的应和，但更多的是他们失意时的劝勉，困惑时的帮协，窘迫时的慰藉，以及处在人生最低谷时的陪伴与扶持。继孟郊之后，最令韩愈钦佩的朋友，大概就是贾岛了吧！他曾写下《赠贾岛》一诗，慨叹孟郊辞世后，上天为恐文章从此断绝，所以才生出了贾岛留在人间：

> 孟郊死葬北邙山，从此风云暂得闲。
>
> 天恐文章浑断绝，更生贾岛著人间。

说到韩愈与贾岛的交往，不得不提的就是"推敲"的典故了。时贾岛初次参加科考，一日于路上过于沉浸对诗句"鸟宿池边树，僧敲月下门"的思考，而误进了韩愈出巡的仪仗队，被侍从带到了韩愈面前。但韩愈并未责怪于他，而是帮助贾岛解决了炼字的难题。韩愈不计细谨，以学为先，提携后进的个性可见一斑。

唐穆宗长庆二年（822 年）九月，韩愈因说服镇州（今河北正定）藩镇的叛乱而升任吏部侍郎。次年春，他心情十分愉悦，写下了晚年这组流传甚广的小诗《早春呈水部张十八员外》：

其一

天街小雨润如酥，草色遥看近却无。

最是一年春好处，绝胜烟柳满皇都。

其二

莫道官忙身老大，即无年少逐春心。

凭君先到江头看，柳色如今深未深？

此诗是赠给张籍的一组诗,大概是想要相约张籍一同游春。第一首小诗十分清新可人,清人黄叔灿说:"草色遥看近却无,写照甚工。正如画家设色,在有意无意之间。"诗人不着一字而将早春的景色尽收笔端,简朴平淡如水墨画般而诗意盎然,可见晚年韩愈诗风已归醇正。第二首则是自道性情,让人感受到韩愈性格的真淳。曾经体味了无数坎坷的诗人,如今忙里偷闲趁着春色正好出游赏玩,还带有几分未泯的童心,也是令人感慨万千。

长庆三年(823年)六月,韩愈升任京兆尹兼御史大夫,但傲骨未改的诗人又因不参谒宦官而被御史中丞李绅弹劾,韩愈自是不服,称此举经穆宗恩准。二人都固执不让,你往我来,争辩不止。后朝廷决定派李绅出任浙西观察使,韩愈也被罢免京兆尹,授职兵部侍郎。李绅向穆宗告辞赴镇任职时,流泪陈说,穆宗怜惜他,便追发诏书授李绅为兵部侍郎,又将韩愈改任吏部侍郎。

长庆四年(824年)六月,韩愈生了一场大病,告假百日,在长安城南一所庄园里养病,张籍伴随左右。十二月初二早晨,韩愈不慌不忙地叮嘱张籍要保重身体,然后挣扎着坐起来,亲自动笔写下遗书,要张籍也在遗书后面签名做证,遗书没有写完,韩愈便溘然长逝了,终年五十七岁。

韩愈一生为政以文,而此生浮沉却深掩于诗中。那里有他的狂傲,他的潇洒,他的风趣,他的坚贞,他的守正,他的执着,他的不平,他的亲情,他的友情。文章是留给天下的,诗情却留给了自己。

柳宗元：

孤舟蓑笠翁

文学史上，大多沿用元代杨士弘"四唐"分期法，把唐代划分为初唐、盛唐、中唐、晚唐四个时期。天宝十四年（755年）安禄山、史思明乘势作乱，将唐王朝搞了个天翻地覆，从根本上损伤了唐朝的元气。据葛晓音《中唐文学的变迁》，时至中唐——代宗大历元年（766年）到文宗大和九年（835年）——唐代最为鼎盛的时代已经过去了。即使在安史之乱平定之后，唐王朝也更加国是日非，矛盾丛生，藩镇割据愈演愈烈，无论李唐王朝的统治者如何努力地维护自己的权威，都已经不可能再从根本上挽救这个身患恶疾的国家机器了。

然而，"国家不幸诗家幸"，这时的政治环境虽然已经在走下坡路，却催生出了唐代思想、文化史上一个新的高潮，给百事俱衰的李唐王朝增添了一抹亮色。一代诗坛名宿柳宗元，就是这个文学时期一颗难抑光芒的明星。柳宗元是文学史上有鲜明个性的诗人，苦涩似贾岛，但才情境界胜之；写山水与王、韦并称，但孤郁寄托之意过之；沉郁之风与杜甫有几分相似，但与外向地反映唐王朝社会史的杜诗不同，柳诗更偏于内向地反映他本人的心灵史。

柳宗元（773年—819年），字子厚，河东人（今山西运城永济一带），世称"柳河东""河东先生"，唐代文学家、哲学家、散文家和思想家，唐宋八大家之一。与韩愈并称"韩柳"，与刘禹锡并称"刘柳"。和古代大多数知识分子一样，年轻时的柳宗元有着远大的志趣和理想，并且不断为了心中的目标奋斗。然而天不遂人愿，无情的现实一再打击这个书生意气的年轻人。柳宗元的人生就像大起大落的过山车，得意时鲜衣怒马，风光无限；失意时落魄不堪，颠沛暗淡。这般跌宕起伏的遭遇促成了柳宗元的成长、蜕变。性格决定命运，也决定了柳宗元的诗歌。命中注定的劫数似乎一开始就埋伏在他的自信、刚直、真诚、孤独和沉郁里。

一

自信：壮志少年，风华正茂

骨子里透着的自信和骄傲是柳宗元性格中不容忽视的一点，他的自信和骄傲源于几个方面：从家世上讲，柳宗元可谓门阀贵族出身。在他老家河东有裴、柳、薛三大家族，而河东柳氏就是柳宗元家族。柳宗元的前辈先祖中不乏朝中重臣——唐朝柳氏家族最兴盛的时期，同时在尚书省当职的就有二十余人，而且他们家是权贵兼外戚，好不显赫。时至柳宗元这一代，家族已经近于衰落，但他的祖父辈、父辈仍然活跃在官场上，柳宗元算得上是货真价实的官宦之后，因此有着与生俱来的优越感。这种自豪感带给他的是不同于庶民的自信，更是以修身律己、建功立业为己任的自我激励。柳宗元在《送澥序》中叙述自己的家世时说道："人咸言吾宗宜硕大，有积德焉。在高宗时并居尚书省二十二人。"

柳宗元自信的原因不只源于他显赫的家世，更多的是自己的内在实力。和柳家贤达的祖祖辈辈一样，柳宗元从小就显露出了聪颖的特质。他的母亲出身范阳卢氏，祖上同样名人辈出，且从小就对柳宗元进行深入培养和熏陶，让他长期沉浸在书卷里。柳宗元四岁就能背诵古赋十四首，才气初现；十三岁时作《为崔中丞贺平李怀光表》，被皇帝和满朝文武赞赏，有人评论他"以童子有奇名于贞元初"。幼年时得到的肯定更加笃定了柳宗元的自信，在《答贡士元公谨论仕进书》中，柳宗元回忆道："始仆之志学，甚自尊大，颇慕古之大有为者。"古人自称"甚自尊大"的并不多，可见柳宗元回忆起青春往事的时候，也曾为当年的盛气自傲莞尔。

柳宗元的自信还来源于早期一帆风顺的仕途。贞元九年（793年），年仅二十岁的柳宗元以第四名的成绩进士及第；二十四岁任秘书省校书郎；二十六岁参加博学宏词科考试中榜，授集贤殿书院正字；二十九岁任蓝田尉；三十一岁调回长安任监察御史里行。当很多人还在寒窗苦读疲于科举的时候，柳宗元已经完成了科举及第、基层锻炼、调回朝中任职等一系列过程。如此平步青云让柳宗元更加坚定了自己的人生选择，他的性格里已经开始有意无意地透露出对自己学识的自信。他说当时的自己希望："交诚明，达德行，延孔子之光烛于后来。"这里柳宗元以圣贤自许，敢于自我担当。这时的柳宗元，正可谓少年得志，风华正茂，意气风发。

二

刚直：清白可鉴，终不媚私

柳宗元的自信表现在政治场上，是为一种激浊扬清的刚直。他相信自己能够清白入仕，相信自己能在当时黑暗的官场中做到"清白可鉴，终不媚私"。柳宗元的时代正值社会矛盾剧烈的时期，朝廷中各种政治势力斗争激烈，尔虞我诈，加上藩镇割据愈演愈烈，整个唐朝社会黑暗混浊，而柳宗元却是混浊中难得的一股清流。柳宗元曾陪父亲柳镇到夏口做官，目睹了藩镇割据给百姓带来的疾苦与灾难，加上在长安游学期间见识了官场腐败、专权妄为的肮脏勾当，这让他感到痛心疾首。他在一首《韦道安》中，洋洋洒洒地写下了自己的愤怒与决心：

> 举头自引刃，顾义谁顾形。烈士不妄死，所死在忠贞。
>
> 咄嗟徇权子，翕习犹趋荣。我歌非悼死，所悼时世情。

柳宗元有着肃清政坛的宏愿，身居官位的他铁面无私且处事公道，做人办事从来不讲究官场上的"套路"。他做京官时，不少人想投靠到他的门下，每天来登门拜访的人络绎不绝，排门塞户。其中自然不乏取巧之辈妄图在柳宗元手里混个一官半职，可是刚直的柳宗元丝毫不讲情面，坚决"唯道是从"，来他这里做权钱交易的人"百不得一"。柳宗元在诗作《瓶赋》中写道：

> 谁主斯罪？鸱夷之为。不如为瓶，居井之眉。
>
> 钩深挹洁，淡泊是师。和齐五味，宁除渴饥。
>
> 不甘不坏，久而莫遗。清白可鉴，终不媚私。
>
> 利泽广大，孰能去之？绠绝身破，何足怨咨。
>
> 功成事遂，复于土泥。归根反初，无虑无思。
>
> 何必巧曲，徼觊一时。子无我愚，我智如斯。

柳宗元宁可做洁净的瓶子，他自信自己是清白可鉴的。他不愿做昏庸的酒囊饭袋以愚弄世人，做官为人全都"终不媚私"。

为官做人干净清明给了柳宗元在政坛行走的自信，也给了他同权势佞臣对抗的底气。有次谏议大夫阳城向德宗皇帝弹劾奸臣裴延龄,反遭德宗贬谪,太学生们立刻表示抗议,纷纷请愿挽留阳城。此时朝堂文武众臣无不噤声,唯独柳宗元支持太学生们抗议裴延龄迫害直言敢谏的阳城,称赞"阳公之在于朝,四方闻风,仰而尊之"。他写文章力挺太学生们,说太学生们的行为"非独为己也,于国体实为宜"。在大是大非面前,柳宗元旗帜鲜明地发表自己的看法,他相信邪不压正,也笃信自己发出的是于国于君的正义之言,他丝毫不怕与朝廷对抗而祸及自身。

柳宗元还加入了王叔文的革新团队,进行了轰轰烈烈的"永贞革新"。面对日益严重的宦官专权和不断加剧的政治积弊以及朋党之争,等待多时的王叔文和柳宗元、刘禹锡等人拥太子上位、罢官市五坊小儿、打击贪官和宦官、抑制藩镇,进行了一系列的改革措施。然而在宦官和藩镇势力的联合绞杀之下,永贞革新很快就失败了。顺宗被迫退位后于次年驾崩,朝中旧势力马上抓住机会做出了反击。

无情的现实给刚直的柳宗元以沉重的打击,柳宗元参与的永贞革新只历时一百八十余天就宣告失败了。唐王朝的弊病已经积重难返,政治中兴的车轮不是靠几个热血青年就能推动的。朝廷的贬职诏书一刻也不容柳宗元在京城回顾与反思,马上就把他调到邵州做刺史,又在赴任途中改贬到了偏远的永州。前一秒还信心满满,风生水起,后一秒就被打入蛮荒,永不叙用,落得"斥窜南荒,名列罪囚"的下场,但纵观柳宗元早年在朝中的行政理念和做官原则,其熠熠生辉的刚直正气值得后人称赞。

三

真诚:忠兮为衣,信兮为裳

柳宗元和刘禹锡是一对十分要好的朋友,他们的命运也出奇的同步:

二人年龄只相差一岁；同一年进士及第，登博学宏词科；同时在朝中做官，又同属八司马之列，志趣相投；一起进行永贞革新，失败后又一起被贬，可以称得上是命运同步的好朋友。但面对相同的命运，二人却表现出不同的心态，好比同是一粒种子被埋在土中，刘禹锡顶着石头也要破土而出，柳宗元却是向着土壤内部生长。二人对命运的体验和应对方式迥然不同，有着各自的性格特点和独特魅力。

柳宗元和刘禹锡等人永贞革新失败被贬，苦等十年之后被召回长安，按说应该偃旗息鼓、收敛锋芒，毕竟朝中的局面已经不是当年他们革新之时的样子。但是柳宗元的老朋友刘禹锡偏偏不能甘于沉闷，他作诗一首，讥讽那些通过排挤自己得到提拔的朝臣们："紫陌红尘拂面来，无人不道看花回。玄都观里桃千树，尽是刘郎去后栽。"（《元和十年，自朗州承召至京，戏赠看花诸君子》）被讥讽的朝臣们立刻愤怒了，联合起来弹劾刘柳等人，再加上宪宗本来就不满柳宗元、刘禹锡这群人，于是二人这次被召回没多久，很快又被贬蛮荒。

面对新一轮的大起大落，柳宗元非但没有责怪刘禹锡，反而顾念刘禹锡带着年逾八旬的老母亲同行十分凄苦，主动请求和刘对调贬所，自己去更远更偏僻的播州。"吾未尝为佞且伪"，对待朋友忠信真诚，是柳宗元性格中重要的一点。柳宗元对刘禹锡的坦诚相待，还表现在对学术问题的看法上。刘禹锡读了柳宗元的《天说》之后，觉得观点片面，没有阐述清楚天人之间的关系，于是写了《天论》，提出"人能胜乎天"的思想。然而柳宗元对此观点并不认同，马上给刘禹锡写信反驳，他认为自然有自身的规律，人不必执着于战胜它，还提出了要按自然规律办事的论调。柳宗元并不会因为友情这层关系而对谁随声附和，坦诚地指出朋友的观点中自己认为不对的地方，这正是君子之交的体现。

柳宗元的另一位好朋友是韩愈，他非常敬重这位朋友，经常与之进行思想的交锋。他们共同提倡古文运动，并肩战斗，结下了深厚友谊。当韩愈写了《毛颖传》这篇奇文后，谤言蜂起，连韩愈的老友裴度都说他："不以文立制，而以文为戏，可矣乎！可矣乎！"提醒大家不要误入歧途。柳宗元却力排众议，公开支持："若捕龙蛇，急与之角而力，不敢暇，信韩子之怪于文也……韩子穷古书，好斯文，嘉颖之能其意，故奋而为之传，以发其郁积，而学者得以励，其有益于世欤。"充分肯定韩愈的创新精神。同时，他在答友人韦珩的信中高度赞扬韩愈的才能："若退之之才，过仆数等"，"引仆以自励，亦以佐退之励足下"。

思想的交锋不只有赞赏，他还认为韩愈提出的历史上的史官"不有人祸，则有天刑"的观点与历史事实不符，坦诚提出"凡居其位，思直其道，苟道直，虽死不可回也"进行反驳。韩愈欣然接受了他的批评，觉得柳宗元的批评"诚中吾病"，由此更加深了他俩的友谊。柳宗元去世后，韩愈连写了三篇悼念柳宗元的墓志、碑记、祭文，对柳宗元做出了高度的评价，可见柳宗元忠信真诚的人格力量。

四

孤独：孤舟笠翁，独钓江雪

柳宗元的孤独来自他戏剧般的人生经历，这里面有亲人不断逝去的生离死别，有仕途失意"永不叙用"的悲痛，有多病缠身、生活窘迫的辛酸。贯穿柳宗元大半生的孤独感，包含着一种无力挣脱的绝望。这是踌躇满志却被阉割理想的无可奈何，也是看见希望又被扑灭的心灰意懒，在柳宗元的人生剧本里，光明似乎只是短暂的，而苦难却绵延不断。

柳宗元遭受的巨大打击首先是父亲的离世，当时他刚刚进士及第不久，就收到了这个噩耗。作为家中独子，父亲的离世让柳宗元必须在一夜之间承担起整个家庭的重担。他孤独地负担着整个家庭，亦孤独地坚持着自己成就一番事业的决心。祸不单行，失去父亲的悲痛还未解脱，一路高歌猛进的"永贞革新"也被冷水扑灭。面对这样的打击，无力感和凄凉感如潮水般涌上柳宗元的心头，冲击着他的骄傲和自信。昔日的意气风发变成了如今的寂寥和无奈，柳宗元在《入黄溪闻猿》里这样哭诉：

溪路千里曲，哀猿何处鸣？

孤臣泪已尽，虚作断肠声。

人们常说"大悲无泪"，在倾注了自己心血的理想被彻底毁灭之后，或许再坚强的心也会被冲击得支离破碎。此时听到声声凄哀的猿鸣，虽是万分痛楚，却难受得一滴眼泪都流不出来，泪尽泣血，此时柳宗元只能虚作断肠声，独自悲痛！

然而命运的悲剧并没有就此结束，柳宗元的妻子在他被贬之后难产而死。老天非但没有眷顾柳宗元，反而给他重重打击，使他的处境越发艰难。身为家中独子，需要承续香火。此时的他是多么渴望一个与自己血脉相连的后继者来继承自己匡扶大义的理想。巨大的打击让柳宗元万念俱灰。他灰心于自己的无能为力，不能拯救自己呕心沥血的新政，不能拯救自己心爱的妻儿。精神上的折磨让柳宗元陷入了无限的自责、无奈、愧疚、懊悔、愤怒之中，而这些情绪也让他变得些许颓废、沧桑、彷徨。他在《笼鹰词》里写道"草中狸鼠足为患，一夕十顾惊且伤"。此时的柳宗元就像一只受惊的鹰，任何风吹草动都能惊得他心悸四顾。

孟子说"天将降大任于斯人也，必先苦其心志，劳其筋骨，饿其体肤"，柳宗元这样的人才受到的颠簸尤甚。永州在零陵，地处湖南、广东交界，是一片乌烟瘴气、榛莽荒芜之地。柳宗元带着一家老小初到永州的时候，甚至都没有个落脚之地，只能借住在龙兴寺里。柳宗元贤淑的母亲卢氏忍住失去儿媳和孙子的悲痛，安慰柳宗元："明者不悼往事，吾未尝有戚戚也。"卢氏是书香门第出身，有着良好的教养，对柳宗元的事业十分理解。柳宗元被贬谪之后，年老体衰的卢氏跟着儿子千里迢迢来到湖南永州，居无定所，家无子妇。但是她依然能够控制自己哀伤的情绪，积极地开导失意的儿子。到永州不到半年，由于水土不服，医护不周，卢氏不幸亡殁。至此，亲人尽数离去，柳宗元陷入了彻底的孤独。柳宗元在《先太夫人河东县太君归祔志》里写道："天地有穷，此怨无穷……苍天苍天，有如是耶？有如是耶？……穷天下之声，无以舒其哀也；尽天下之辞，无以传其酷矣。"柳宗元对母亲的死是"穷天下之声，无以舒其哀"。哀莫大于心死，此时此刻，再坚强的人，恐怕也会开始怀疑人生了。望着周遭破败的居所，孑然一身，柳宗元绝望了。

身处绝望之境，柳宗元将心中的孤寂凄苦化为一首首诗，通过象征，借着身外之物来抒写胸中之苦。遍观柳宗元的诗作，其中影响最为深远、流传最为广泛的一首非《江雪》莫属：

千山鸟飞绝，万径人踪灭。

孤舟蓑笠翁，独钓寒江雪。

绵延不断的千里雪山笼罩在无边无际的银白色中，天地极寒，万物俱寂，一切都被包裹在白雪里。极目远视，没有一只飞鸟，没有一行足迹，整个冰雪构成的世界仿佛处在另一个维度、另一个宇宙里。而这个绝对寂寥的宇宙正中，却端坐着一位垂钓的渔翁，戴着蓑笠，手中把着鱼竿，一动不动地定格在天地之间。

不必追问，这位孤独的垂钓者就是柳宗元的化身。"千山""万径"

与"绝""灭"互相冲突、对撞，形成强烈的对比，对撞出了一个至寂至静的环境。端坐在这样的环境里，柳宗元似乎已经超脱出世，超脱了人间烟火。这种超脱是天下独一份的柳宗元式的孤独，是少年怀才却频频受挫的遭遇，是丧父、丧妻、丧子、丧母的哀痛，是"不得量移"的绝望。孤身一人、形影相吊的柳宗元，身在闹市和身在冰川又有什么不一样呢？

柳宗元还有一首化身渔翁的诗，名字就叫《渔翁》：

> 渔翁夜傍西岩宿，晓汲清湘然楚竹。
> 烟销日出不见人，欸乃一声山水绿。
> 回看天际下中流，岩上无心云相逐。

这首诗里，柳宗元用一个"绿"字把整个意境都点活了，然而这个"活了的"意境里，却"不见人"，唯有渔翁在夜里傍在西岩石边整夜无眠。而这个无眠的渔翁，正是柳宗元自己。

柳宗元被贬永州的时候，受到的不只是精神上的打击，同时还有身体上的折磨。《酬韶州裴曹长使君寄道州吕八大使，因以见示》一诗中，柳宗元这样描述自己的处境："在亡均寂寞，零落间惸鳏。凤志随忧尽，残肌触瘴痟。月光摇浅濑，风韵碎枯菅。"瘦弱的柳宗元在漫长的煎熬里百病缠身，就像枯草一样在风中摇摆。他当时年仅三十出头，正是年富力强的年纪，可是在永州过了三四年，就已经"百病所集，痞结伏积，不食自饱。或时寒热，水火互至，内消肌骨"了。他的精神状况也不是很理想，"每闻人大言，则辟气震怖，抚心按胆，不能自止"，"神志荒耗，前后遗忘"，甚至一度连基本的生活都有困难。

元和十年（815年），柳宗元奉诏回京。苦闷的柳宗元迎来了自己的柳暗花明，这时的他对自己重新被任用充满了信心，在返京途中写下了

《汨罗遇风》：

> 南来不作楚臣悲，重入修门自有期。
>
> 为报春风汨罗道，莫将波浪枉明时。

然而好景不长，回京后等待他的是再次被贬。柳宗元再次被贬赴柳州时的心情不同于第一次被贬，他已经再也等不起下一份诏书了。他彻底地丧失了信心，几乎可以确定自己无法再见故乡与亲朋。无助感和孤独感再次包围着柳宗元，这时的孤独全然体现在他对故乡和亲人的思念之中。而这一题材的诗歌，也恰是柳宗元生命最后四年诗歌创作的主要题材。

柳宗元到达柳州后写下了《登柳州城楼寄漳汀封连四州》：

> 城上高楼接大荒，海天愁思正茫茫。
>
> 惊风乱飐芙蓉水，密雨斜侵薜荔墙。
>
> 岭树重遮千里目，江流曲似九回肠。
>
> 共来百越文身地，犹自音书滞一乡。

诗人深感自己和友人的飘摇命运，登高远望，愁绪更甚，互相思念而音书不通、不得相见的愁苦和孤独感绵延不绝。再贬柳州，柳宗元彻底陷入了心力交瘁的孤独状态。

五

沉郁：简淡清峭，低抑凄思

永贞革新失败后，柳宗元政治上受挫，被贬到蛮荒僻远的永州。由于气候炎热潮湿，生活习惯差异大，语言又有隔阂，与他同行来永州的老母不久就病殁，这对柳宗元打击巨大，他的心情抑郁，身体一天不如一天，再加上"贬黜其薄，不能塞众人之怒，谤语转移，嚣嚣嗷嗷……万罪横生，不知其端"的精神摧残，这些悲惨的遭遇让柳宗元的操守受到了冲击，甚至产生了动摇，此时他的诗文中也无不显露出沉郁和落魄。

《旧唐书》说柳宗元"蹈道不谨，昵比小人，自致流离，遂堕素业"。这里面固然有统治阶级的偏见和官订史书的局限性，但是柳宗元一些真实的做法体现出来的性格变化我们也不必为贤者讳。

他为了重返长安，开始向别人写求助信，甚至说了很多"自责"的话："某天罪深重，余息苟存，沉舋俟罪，朝不图夕，伏谒无路。""不任荒恋之诚。"甚至开始在求助信里阿谀奉承，大力献媚对方。他吹捧赵宗儒尚书说："伏以尚书德量弘纳，义风远扬，收抚之恩，始于枯朽，敢以余喘，上累深仁。"他还向革新集团的敌人武元衡写信，说对方"以含弘光之德，广博渊泉之量，不遗垢汗，先赐荣示。"柳宗元为了摆脱困苦的泥潭，极尽了"摇尾之状，似不胜屈"。

或许是巨大的不幸不断地降临让柳宗元已经麻木，或者是执着的本性让他并不继续抑郁沉积，柳宗元在流离落魄的日子里仍然时常显露出一丝豁达，他在《溪居》里写道：

久为簪组累，幸此南夷谪。闲依农圃邻，偶似山林客。
晓耕翻露草，夜榜响溪石。来往不逢人，长歌楚天碧。

柳宗元被贬永州时，寓居溪畔，全诗似乎在写自己谪居佳境、苟得自由的安逸，透露出一种独往独来、偷安自幸的情绪。但细心分析不难发现，这首诗的背后不是"采菊东篱下"的闲适，而是一种自我安慰。沈德潜曾评价这首诗："愚溪诸咏，处连蹇困厄之境，发清夷淡泊之音，不怨而怨，怨而不怨，行间言外，时或遇之。"结合柳宗元当时"永不叙用"的处境来看，在这首诗表面的豁达之下，压抑着迫切需要自我排解的沉郁之感。靠花石草木来逃避悲苦，靠农圃山林来自我安慰，柳宗元的心里郁结着何样的愁苦！钟嵘《诗品序》讲到诗歌的功能时说："使穷贱易安，幽居靡闷，莫尚于诗矣。"柳宗元的诗正是他泄导内心积郁的一种方式，无论是山水诗，还是田园诗，表面写景，实则宣情，只不过比较含蓄蕴藉，因此他的沉郁更显得如骨鲠在喉，读起来觉得沉重。

柳宗元在后来的《长沙驿前南楼感旧》中写道：

> 海鹤一为别，存亡三十秋。今来数行泪，独上驿南楼。

"存亡三十秋"中包含着对过去经历的无限感伤。世道艰难，人生坎坷，如今孑然一身独上高楼，眼中"数行泪"既是哭当下，也是哭过去，哭自己功业未成，哭自己身家寂寥。前望无途，感慨诸多。《万首唐人绝句选》评价这首诗："有俯仰身世之感。"这种身世无常之感是源于柳宗元此时性格中的沉郁，悄无声息地融入了他的诗文中。

在柳宗元晚年最为凄凉的日子里，酒是他最贴心的挚友，他需要麻痹自己的神经，转移自己的心绪。柳宗元的《饮酒》这样写道：

> 今旦少愉乐，起坐开清樽。举觞酹先酒，遗我驱忧烦。
> 须臾心自殊，顿觉天地暄。连山变幽晦，绿水函晏温。
> 蔼蔼南郭门，树木一何繁。清阴可自庇，竟夕闻佳言。
> 尽醉无复辞，偃卧有芳荪。彼哉晋楚富，此道未必存。

诗的一开头便说出了自己此时的心情和状态非常低落，十分自然地打开酒坛，拿出酒杯。心中十分感谢杜康发明了这杯中的解忧良药。柳宗元也试图在诗中表达陶渊明饮酒时"心远地自偏"的心境，然而这种心境却与他此时的状态完全不符，于是我们一眼就能看穿诗人只是想借酒转移自己的视线。少年得志，平步青云，让柳宗元不可能在惨遭贬谪之后接受现状而安于山野，他的山水诗，他的饮酒诗，读来不是陶渊明或谢灵运那样的空灵自然，而是遮也遮不住、处处郁结着的低沉悲哀。

柳宗元被贬柳州之后，诗歌的创作进入了新的高峰，其中大都郁结着沉郁哀楚的情思，《柳州二月榕叶落尽偶题》一诗是很典型的体现：

宦情羁思共凄凄，春半如秋意转迷。
山城过雨百花尽，榕叶满庭莺乱啼。

再次被贬的羁绊之感，对亲友的思念以及不知归期的绝望时时刻刻萦绕在诗人心里。"凄凄"一词写尽了凄凉。一切景语皆情语。即便是生机盎然的春天，在柳宗元眼里也似萧条肃杀的秋天。让人读来，沉郁哀楚之感油然而生。

谈及"沉郁"诗风，难免提到唐朝另一位伟大的诗人——杜甫。以"沉郁"论及二人，有相同亦有迥异。从身份上看，杜甫偏文人，有理想化的精神境界，尚可进行思想的超越。柳宗元更适合归为政治家，政治不成，失去寄托，乃至万念俱灰。但杜甫终究不是纯粹的文人，柳宗元也不是单一的政治家，他们都具有忧国忧民之思。杜诗如同投石入水，层层荡漾，往往由一己之情生发，再推己及他人、家国、社会，故而忧愤深广，其情感特质是向外的。而柳宗元更多是由家国、社会、政治再落回到自己，进而主要抒写他郁郁不得志的苦闷。因对济世理想的执念无法超脱，最终观照自我，沉沦于自身，其情感特质是向内的。柳宗元一生跌宕起伏的遭遇，他的失意，他的孤独，他所经历的一切决定了他的性格，也最终促成了他沉郁清冷、简淡幽峭的诗风。

柳宗元诗风之沉郁，有其复杂的原因。革新失败，他贬官南荒，谤罪交织，亲友离丧，处境艰难，百病缠身，集孤独、苦闷、消沉于一身，这些经历足以击垮和改变一个心智正常的人。然而柳宗元诗歌之沉郁忧闷多是他心灵情感的艺术表现，并非他实际人生的全部。在仕途失意之余，柳宗元也锐意作为。他曾在柳州任上修孔庙，兴教化，种植橘林，发展医学，颇有政绩。韩愈《柳子厚墓志铭》中特意叙述了柳宗元在柳州时的惠政，以及对衡湘以南学子的教诲，可见他虽然被贬南荒，但在事功上仍有建树，并未灰心丧气。

观其一生，柳宗元虽然理想和抱负最终未能实现，却收获了文章传于后世的盛名，这就是时代造就的真实的一代诗人形象，每一位诗人的性格都是饱满丰富的，恰如他们一行行、一篇篇诗作，每个字句都饱蘸着不同的感情和颜色，在纸上点染出各色人生。

元和十四年（819年），柳宗元的人生剧本终于停止了它的波澜。他经历了显赫家世的书香遗韵，也经历了家道衰落的尴尬无力；他经历了少年显达的高歌猛进，也经历了永贞一败后的暗无天日；他经历了对一纸还朝诏书的十年苦等，也经历了再贬荒蛮的彻底绝望。好似造物主成心捉弄一般的起起落落，像潮水一样把柳宗元一次次推向风口浪尖，而又在转眼间悄然退去，让他陷入孤立悲哀的境地。终归在满目凄凉中无助地离世。

人生如梦，所有的幸与不幸都随着这位诗坛名宿的谢幕，在弹指一挥的四十七年间烟消云散，留下的只有他那脍炙人口的诗文名篇，以及凝结在文字中挣扎苦楚的心路历程。

元　稹：

身遇与心遇的两难

陈寅恪先生曾评论一位唐代诗人曰："巧宦固不待言，而巧婚尤为可恶也。岂其多情哉，实多诈而已矣。"看到这个评语，估计谁都会痛斥这是一个无耻之徒吧！中国古代文学批评常用的一个方法是"知人论世"，这个人也因此被贴上了有才无德的标签。然而，这却是元稹，一个在唐代诗歌史上虽然算不得顶尖大家，却实在是无法忽略的人。

一

青衫憔悴宦名卑

元稹（779年—831年），字微之，别字威明，祖籍洛阳。按白居易为其所写的墓志铭来看，元稹先祖家世显赫，盖因元氏出自鲜卑族拓跋部，算起来元稹应系北魏昭成皇帝第十四代孙，然而元稹家族这一支却逐渐中落。自其六世祖元岩由周入隋后，历代先祖在官场并不得意，职位呈现出递降的走向。但这样的家世，尤其是父祖辈的仕宦经历，却很能够给予元稹以熏陶和影响，由读书至仕进的道路和儒家"以天下为己任"的思想，可以说是元稹的必然选择。

元稹八岁时，人生中的第一次打击来临，父亲元宽去世了。而当时正是安史之乱结束后的动荡时期，社会变动，战事不断，关中饥馑，家庭生活一下子陷入了困窘，所谓"家贫无业，母兄乞丐以供资养，衣不布体，食不充肠"，穷困至此！也因为家贫请不起塾师，元稹的读书启蒙是由母亲来完成的。感念这来之不易的学习机会，感激"慈母哀臣，亲为教授"，元稹"涕咽发愤"，"苦心为文，夙夜强学"，这对他的性格形成产生了巨大的影响。

对于元稹来说，先祖的荣耀和家世的衰败指向了重振家风的自我期望，因而他有着对功名热切追求的一面，直言"谋道不择时"（《酬别致用》）；童年穷苦困顿的生活向他展示了社会的黑暗和底层劳动人民的苦难，因而他有着"有意盖覆天下穷"（《酬郑从事四年九月宴望海亭次用旧韵》）的志向；早期的辛苦勤学又将儒家积极入世的思想融进血脉成为人生准则，因而他写道"达则济亿兆，穷亦济毫厘。济人无大小，誓不空济私"（《酬别致用》），明确表达希望通过自身力量匡扶社稷、济世惠民的政治态度和自我要求。可以说，元稹在其后的政治生涯中所表现出来的积极态度，正是源于其家世和教育背景所赋予他的性格特征。《旧唐书》载曰："稹性锋锐，见事风生。既居谏垣，不欲碌碌自滞，事无不言，即日上疏论谏职。"正是突出了元稹的这种性格特点，是一种建立在极强功利心之上的为国为民思想的混合。

由于天资聪慧又刻苦勤奋，元稹"年十有五，得明经出身"，从此开始踏上了仕途。然而在其后的近三十年间，元稹一共"五受诬陷五遭贬谪"，他的仕宦之路走得并不顺利。最开始，元稹的政治主张是积极有为的，他不畏权贵、敢说敢做、积极干预，有《论谏职表》《论教本书》和《论西戎表》等数十疏，用实际行动表达了自己强烈的社会责任感。白居易赞许他说："元稹为御史，以直立其身。其心如肺石，动必达穷民。东川八十家，冤愤一言伸。"（《赠樊著作》）

元和五年（810年），发生了敷水驿争厅事件，这对元稹来说是一次导致他此后人生转折的重大事件。事情的经过很简单，后到敷水驿的宦官为了争厅打伤了先到的元稹，是非曲直虽然一目了然，但元稹仍以"少年后辈，务作威福"（《旧唐书》）为由被贬江陵为士曹参军。事实上，这次事件并非偶然，而是来自被元稹的直言极谏触犯到利益的宦官和藩镇甚至包括最高统治者唐宪宗的打击报复。此后，元稹的人生发生了巨大的改变，对他的史评也由正道直行变为巧宦渎货。细探导致其后期政治行为变化的心理原因，被宦官"败面"的耻辱给元稹带来的震动可谓非常之大，他见识到了宦官势力的强大，也动摇了他坚定无畏的心。

在被贬江陵期间，元稹的情绪经历了由委屈激愤到淡化平静再到怀疑动摇的过程。在他刚开始踏上贬途时所写的长诗《思归乐》中，虽托言山鸟，但一韵到底的七十二句以及不停地表明"我虽失乡去，我无失乡情""惨舒在方寸，宠辱将何惊""身安即形乐，岂独乐咸京""安问远与近，何言殇与彭"，怎么看都透着一种忍着怒气说反话的味道。继续讽刺抨击恶势力如《箭镞》《古社》《春蝉》等诗，歌颂高洁的人格如《松树》《芳树》等诗，从正反两方面表露他心中那急需宣泄的愤怒和焦躁。然而随着时间的变化，元稹的心态慢慢发生了变化，冷酷的现实逼迫他开始平静下来审视自己所处的环境，并思考如何才有东山再起的可能。他曾经坚持的原则慢慢动摇了，在《和乐天感鹤》一诗中他写道：

我有所爱鹤，毛羽霜雪妍。秋望一滴露，声洞林外天。

自随卫侯去，遂入大夫轩。云貌久已隔，玉音无复传。

吟君《感鹤操》，不觉心惕然。无乃予所爱，误为微物迁。

因兹谕直质，未免柔细牵。君看孤松树，左右萝茑缠。

既可习为鲍，亦可薰为荃。期君常善救，勿令终弃捐。

　　鹤在古代文人心里本是清雅高洁的形象，然而误入"大夫轩"之后，却丢失了本性，变为奴颜承欢的宠物。所谓"心惕然"，其实是元稹意识到了自己的处境和现实可能给他曾经坚守的道德理念和德行操守带来冲击，于是他开始反思并渐渐动摇。尤其是他看到孤松上所缠的萝茑却得出"既可习为鲍，亦可薰为荃"的结论时，很显然他在努力说服自己，但终究还是放不下一直秉持的正道观念，最后的"常善救"、勿"弃捐"之句则清晰地展示了元稹那挣扎的内心。

　　自被贬江陵开始长达十年的贬谪生涯，应该说是元稹心态和思想转变的重要阶段。虽有元和十年的短暂回京，但旋即再次被贬通州给元稹带来了更为沉重的打击。在巨大的心理落差以及伤病、环境等因素的影响下，元稹陷入了无限的悲戚苦闷之中，这种苦闷伴随着失落、迷茫和恐惧，在元稹的心里留下了重重的痕迹。可以说，恰是这段遭遇导致的心态变化，为他后来备受诟病的"巧宦"行为埋下了伏笔。元稹曾在《解秋十首》中写道："勿言时不至，但恐岁蹉跎"，这说明他是一个功名事业心很强的人。曾经的屈辱在时光中慢慢淡化，功名之心渐渐占了上风，他后来与当时的江陵府主严绶关系缓和并在诗作中主动示好，甚至与宦官崔潭峻结伴同游，思想动摇已然变成了实际行动。他重新开始思考人生，反思曾经的处世原则，寻求与掌权者的和解，正充分展示了这一时期元稹的心路历程。

　　元和十四年，元稹遇大赦回京，随后官运亨通，深受唐穆宗赏识，一路升迁直至宰相之位。正史言元稹乃假宦官之力云云，如《旧唐书·裴度传》载裴度上疏曰："时翰林学士元稹，交结内官，求为宰相，与知枢密魏弘简为刎颈之交。稹虽与度无憾，然颇忌前达，加于己上。度方用兵山东，每处置军事，有所论奏，多为稹辈所持。天下皆言稹持宠荧惑上听。"直指元稹与宦官私相勾结，而这也成为后来者给予元稹"巧宦"批评的证据之一。

然而宦官专权、政治黑暗的现实让元稹再一次倒在了政治斗争的倾轧中。元稹于唐穆宗长庆二年（822 年）被外放为同州刺史，唐文宗大和三年（829 年）短暂入朝任尚书左丞，大和四年（830 年）再贬武昌，次年即暴病死于武昌军节度使任上，年五十三岁。

元稹曾有诗自述其为国忠直之心："为国谋羊舌，从来不为身。此心长自保，终不学张陈。自笑心何劣，区区辨所冤。伯仁虽到死，终不向人言。"（《感事三首》）然而后世给予他的评价却如此不堪，是非曲直已经被历史笼罩上了迷离的烟雾，也许白居易为元稹所写的墓志铭还能说明一些问题：

> 予尝悲公始以直躬律人，勤而行之，则坎壈而不偶。谪瘴乡凡十年，鬓斑白而归来。次以权道济世，变而通之，又龃龉而不安。居相位仅三月，席不暖而罢去。通介进退，卒不获心。是以法理之用，止于举一职，不布于庶官；仁义之泽，止于惠一方，不周于四海。故公之心不足也。逢时与不逢时同，得位与不得位同，贵富与浮云同。何者？时行而道未行，身遇而心不遇也。挚友居易，独知其心，以泣濡翰，书铭于墓。

身为挚友的白居易才是真正了解元稹的人！

二

诗到元和体变新

从希望"达则济亿兆"的政治理想就可以看出，元稹是一个具有高度社会责任感的人，而他在创作中重视诗歌的讽喻作用也就毫不意外了。汉乐府"感于哀乐，缘事而发"的精神，表现出极高的现实主义精神，而这正是如元稹、白居易等关心国计民生的人所需要的。在政事上力图匡救积弊，在诗歌创作中也要表达同样的追求，新题乐府诗成为他们针砭时弊、关注民瘼的武器，以元白为主要代表人物的新乐府运动，成为中唐诗坛重要的文学现象。所谓元和体，就唐代普遍认识和目前学界的研究来看，虽然还包括"杯酒光景间"所作之"小碎篇章"以及"驱驾文字""穷极声韵"之长篇排律，但其实"感物寓意""词直气粗"之讽喻诗才是其中最受人瞩目的部分，而元稹及其友人所作的大量新乐府诗，正是体现元和体精髓的重要内容。

袁行霈《中国文学史》中说："元稹生性激烈，少柔多刚，参政意识和功名欲望甚强。"这个总结并非空穴来风。元稹的许多诗文作品都表现出他这种刚直不阿、疾恶如仇的性格。他在被贬官江陵后写道："若见中丞忽相问，为言腰折气冲天。"（《送友封二首》）他表达与奸佞小人斗争到底的决心："我用亦不凡，终身保明义。誓以鞭奸顽，不以鞭蹇踬。"（《野节鞭》）他表示决不妥协的誓言："佞存真妾妇，谏死是男儿。"（《酬翰林白学士代书诗一百韵》）可以说，乐府诗这一诗体样式，其中写实、美刺的传统与元稹的刚直性格一拍即合，元稹为国为民的政治热情在乐府诗中找到了宣泄的渠道，而自身较高的才力又使他能够将这种宣泄与传统很好地结合起来，在一群志同道合的朋友推动下，元稹积极地投身到新乐府运动中。

元稹的乐府诗，不仅是他诗歌要为政治服务的文学观念的集中体现，还恰好是他刚直性格的最好证明。元和四年（809年），元稹在读到友人李绅创作的《新题乐府》二十首之后，深有所感，和诗十二首并作序曰："予友李公垂贶予《乐府新题》二十首，雅有所谓，不虚为文。予取其病时之尤急者，列而和之，盖十二而已。"（《和李校书新题乐府十二首》）这段话可以说道出了元稹关于新乐府运动的核心理念：要"雅有所谓，不虚为文"，要"病时之尤急者"。这些要求事实上都直接指向的是知民苦、忧黎庶的政治诉求，而这正是如元稹辈具有要为苍生社稷谋福利的刚正性格的人才能提出来的。显然，这样的性格很容易被那些具有同样品格的前辈诗人所吸引，陈子昂、杜甫等提倡和实践过的现实主义诗风，在元稹这里得到了深刻的认同。元稹在《叙诗寄乐天书》中说："适有人以陈子昂《感遇》诗相示，吟玩激烈，即日为《寄思玄子》诗二十首……又久之，得杜甫诗数百首，爱其浩荡津涯，处处臻到，始病沈宋之不存寄兴，而讶子昂之未暇旁备。"元稹对陈子昂和杜甫诗歌的钟情，一个是源于相似的内忧外患社会现实所给予诗人的心灵震动，另一个是源于儒家忧怀天下思想的熏陶与影响。因此，与其说元稹选择了乐府诗这种"即事"纪实的诗歌样式，不如说是元稹那不畏权贵的刚直性格在他与乐府诗之间搭上了连通的桥梁，促使他毫不犹豫地走向了现实主义的阵营。

当然，元稹并不是一味沿袭古乐府的诗题和内容，他能够清醒地认识到古乐府的问题，指出今人模拟之作的弊病，提出自己独到的见解，在继承的基础上又有所发扬和创新。元稹在《乐府古题序》中表示："况自《风》《雅》，至于乐流，莫非讽兴当时之事，以贻后代之人，沿袭古题，唱和重复，于文或有短长，于义咸为赘剩，尚不如寓意古题，刺美见事，犹有诗人引古以讽之义焉。曹、刘、沈、鲍之徒时得如此，亦复稀少。近代唯诗人杜甫《悲陈陶》《哀江头》《兵车》《丽人》等，凡所歌行，率皆即事名篇，无复倚傍。"所谓"讽兴当时之事"，是对古乐府感事而作的现实精神的肯定，但同时元稹也对后代之人"唱和重复"的弊病给予批评，反对那些陈陈相因、毫无新意的模拟之作，在高度评价杜诗艺术成就的同时，为自己的诗歌创作树立了学习的目标。因而在元稹自己的乐府诗创作中，他更加注重诗歌"刺美见事"的政治功用，只要能够切中时弊，他并不拘泥于题目或体制的新旧，而是通过积极的创作来表达自己的政治理想。另外，元稹所要求的"即事名篇"，是要能够指斥时事，反映现实，哪怕"无复倚傍"，也要自创新题来达到反映社会问题、干预国家政治的目的。元稹的乐府诗也确实很好地体现了他的文学理念，比如《织妇词》：

　　织妇何太忙，蚕经三卧行欲老。蚕神女圣早成丝，今年丝税抽征早。

　　早征非是官人恶，去岁官家事戎索。征人战苦束刀疮，主将勋高换罗幕。

　　缫丝织帛犹努力，变缉撩机苦难织。东家头白双女儿，为解挑纹嫁不得。

　　檐前褭褭游丝上，上有蜘蛛巧来往。羡他虫豸解缘天，能向虚空织罗网。

　　这首诗描写了劳动人民在横征暴敛之下的悲惨生活，诗作最后对"虫豸"的羡慕更是加深了读者对这种人不如虫的凄惨遭遇的感受。元稹在"东家头白双女儿，为解挑纹嫁不得"一句下有自注曰："予掾荆时，目击贡绫户有终老不嫁之女。"由此可见，诗中所写为真实的社会现实，元稹在其乐府诗中表现出来的现实主义精神是非常突出的。还有，比如《西凉伎》讽刺边将的不思进取和耽于荒淫，《胡旋女》讥讽那些惑主的奸佞之臣，《蛮子朝》嘲讽那些庸碌无能却携外族自重的地方长官，《阴山道》讥讽那些贪官污吏，《上阳白发人》《华原磬》《五弦弹》《驯犀》《立部伎》《骠国乐》《望云骓马歌》等诗作甚至将谴责的矛头指向了统治者，以皇帝为首的统治阶级不仅用人失误，还不断扰民，对外却软弱无能，只知道粉饰太平，将国家的根基一再削弱。性格刚直且热心政治的元稹，将他的心急如焚和痛心疾首在这些诗作里表现得淋漓尽致。值得一提的是元稹的《连昌宫词》，虽表面是写唐明皇与杨贵妃之情事，但实为讽刺唐宪宗的好色荒淫并劝谏他不要沉醉于女色而忘了国家大业。这首诗的成就非常高，从宋代开始就有人将之与白居易的《长恨歌》来做比较，并给出了优于白诗的评价。比如洪迈《容斋随笔》卷十五已发此意，曰："元微之、白乐天，在唐元和、长庆间齐名。其赋咏天宝时事，《连昌宫词》《长恨歌》皆脍炙人口，使读之者情性荡摇，如身生其时，亲见其事，殆未易以优劣论也。然《长恨歌》不过述明皇追怆贵妃始末，无他激扬，不若《连昌词》有监戒规讽之意。"后世如明代胡震亨等人的评论也大多持元胜于白的观点，但仔细看来，他们的理论依据更多的是注重诗歌的美刺功能，至于两首诗的文学特征则显然被忽略了。

那么，换个角度来看新乐府运动。元稹在《和李校书新题乐府十二首》序中说："昔三代之盛也，士议而庶人谤。又曰：世理则词直，世忌则词隐。予遭理世而君盛圣，故直其词以示后，使夫后之人，谓今日为不忌之时焉。"他提出词直不忌的原因，很显然是在给当权者戴高帽子，以他们的乐府诗可以成为后人判断当代是否政治清明的载体来表达自己希望新乐府运动不要遭到禁毁的强烈愿望。这个时候的诗歌，文学价值的一面已经后退，而政治需要则被凸显出来。白居易表达得更直接："为君、为臣、为民、为物、为事而作，不为文而作。"（《新乐府序》）也可以说，积极参与新乐府运动的诸人，首先重视的是自己士大夫的社会角色而不是创作诗歌的文学家形象。这也足以让人意识到，所谓的新乐府运动，不仅仅是一场单纯的文学运动，或许将其看作一场带有文学色彩的"政治运动"更加合适，也许这样的判断会更符合元白的本意吧。

三

响必应之与同声

元稹与白居易的友谊，是唐代诗坛的一段佳话。《唐才子传》载曰："微之与白乐天最密，虽骨肉未至，爱慕之情，可欺金石，千里神交，若合符契，唱和之多，毋逾二公者。"两个人无论是失意还是得意，无论是相隔千里还是同朝为官，都始终心系对方，往来唱和不绝。这样的友谊，甚至在后人的传诵中带上了许多传奇性。比如，元稹离开长安往东川赴任，路经梁州时梦见自己与白居易同游曲江，醒来后写下了《梁州梦》："梦君同绕曲江头，也向慈恩院院游。"而巧的是那天白居易真的在游曲江，想起元稹就写了首《同李十一醉忆元九》："忽忆故人天际去，计程今日到梁州。"这种神一样的默契在今天看来简直匪夷所思。

算起来，元白的友谊持续了三十年之久，两人的诗歌唱和也就持续了三十年。白居易《代书诗一百韵寄微之》中写道："忆在贞元岁，初登典校司。身名同日授，心事一言知。"其自注云："贞元中，与微之同登科第，俱授秘书省校书郎，始相识也。"白居易所写的"贞元中"，指的是唐德宗贞元十八年（802年），此年元白二人同时入京参加吏部铨选，于是相识订交，自此开始了两个人终生不渝的友谊。大约就在那一年，白居易作《秋雨中赠元九》诗，元稹亦作《酬乐天秋兴见赠》以和，这是目前二人诗集中所见最早的唱和之作。

白居易《祭元微之文》云："贞元季年，始定交分，行止通塞，靡所不同；金石胶漆，未足为喻。死生契阔者三十载，歌诗唱和者九百章，播于人间，今不复叙。"所谓"九百章"者，足见二人往来唱和之频繁，然而今存完整者仅一百零七首，实为憾事。这些唱和往还的诗作中充满了丰盈深厚的情谊，由此也可以看出在元稹"锋锐"的性格之外还有温暖真挚的一面。

当白居易在仕途上有所进展时，元稹由衷地为他高兴："闻君得所请，感我欲沾巾。"（《和乐天初授户曹喜而言志》）当白居易被贬江州司马时，元稹作《闻乐天授江州司马》诗，"垂死病中惊坐起"之句写尽了心中的担忧和挂念。寄丝布给好友做衣，在白居易回以诗作表示"贫友远劳君寄附"但却"欲著却休知不称"的时候，元稹有《酬乐天得稹所寄纻丝白轻庸制成衣服以诗报之》来给予安慰："浥城万里隔巴庸，纻薄绨轻共一封。腰带定知今瘦小，衣衫难作远裁缝。唯愁书到炎凉变，忽见诗来意绪浓。春草绿茸云色白，想君骑马好仪容。"思念之情溢于言表。元稹在江陵病重而得白居易寄来的药品，感动至极表示："唯有思君治不得，膏销雪尽意还生。"（《予病瘴乐天寄通中散碧腴垂云膏仍题四韵以慰远怀开拆之间因有酬答》）白居易为友人的冤屈愤愤不平地写道："孔生死洛阳，元九谪荆门。可怜南北路，高盖者何人！"（《登乐游园望》）元稹又作《酬乐天登乐游园见忆》云"四顾皆豁达，我眉今日伸"，以乐观的态度反过来安慰白居易。

元白二人的经历多有相似，在多次的贬谪打击中，友人的诗作给彼此的生活带来了许多暖色，也暂时缓解了那些政治斗争带来的愤懑不平和远离京师身处蛮荒的惆怅悲凉。感叹时光易老，怀念友人远去，为友人的遭遇鸣不平，勉励对方不向权贵低头，为对方摆脱窘境由衷高兴等，生活中的悲喜哀乐都可以写给对方，因为他们深信，无论是地域相隔还是穷通舛顺，都有那么一个人在心灵深处坚定地注视和支持着自己。

两个人有时候还作诗相互戏谑游戏，让人惊讶在元稹端方刚正的性格中居然还有些俏皮，不过估计也只有在老友白居易面前才能表现出来吧。比如元稹作《以州宅夸于乐天》一诗来显摆越州之美，白居易则以《答微之夸越州州宅》诗中末句"知君暗数江南郡，除却余杭尽不如"相戏谑。元稹再作《重夸州宅旦暮景色兼酬前篇末句》继续夸耀并戏问白居易可受得了那猛烈打向杭州西寺附近的潮头，白居易再回之以《微之重夸州居其落句有西州罗刹之谑因嘲兹石聊以寄怀》诗，读到这里的人估计都会嘴角含笑地被文字间那份深厚的友谊所吸引得欲罢不能吧！完全可以想象得出两个好朋友说说笑笑相互戏谑的样子，不是感情坚固的好友是很难做到这样的。与之类似的白居易有《酬微之夸镜湖》《元微之除浙东观察使喜得杭越邻州先赠长句》等诗作，元稹则有《戏赠乐天复言》《重酬乐天》《再酬复言》《酬乐天喜邻郡》《再酬復言和前篇》等诗作。一个是兴致勃勃地出招，另一个是兴趣盎然地应和，两个人你来我往孩子气般的玩笑，却留下了史笔之外真实的样貌。白居易《与元九书》中云："故自八九年来，与足下小通则以诗相戒，小穷则以诗相勉，索居则以诗相慰，同处则以诗相娱。"所谓"相戒""相勉""相慰""相娱"八个字，可以说是二人唱和诗作的总结。

白居易在《和微之诗二十三首并序》中写道："况曩者唱酬，近来因继，已十六卷，凡千余首矣。其为敌也，当今不见；其为多也，从古未闻。所谓天下英雄，唯使君与操耳。"这是对二人友谊的深刻认同，而这种认同是建立在思想的一致和才力的相当上。首先，所谓"物以类聚，人以群分"，元稹和白居易同在贞元十九年（803 年）通过吏部书判拔萃之试并同授秘书省校书郎，可谓既有同年之谊又有同事之情，两人的相识有着良好的基础。而元稹和白居易在政治主张上的相同才是他们能成为挚友的关键原因。元稹的"达则济亿兆，穷则济毫厘。济人无大小，誓不空济私"（《酬别致用》）与白居易的"故仆志在兼济，行在独善"（《与元九书》），表明了他们都是有用世之志的人，关心政治，关心社会现实，具有极强的社会责任感。在具体的政治观点上，如以农为本、消除战乱、任贤举能等方面也都非常一致。这是两人相交甚深的基础之一。

除此之外，两人的诗歌主张也相似。由于对国事民生的关注，两人都十分推崇杜甫诗歌中所表现出来的现实主义精神，主张诗歌要为政治服务。元稹在《乐府古题序》中充分肯定了这种主张："况自《风》《雅》，至于乐流，莫非讽兴当时之事，以贻后代之人，沿袭古题，刺美见事，犹有诗人引古以讽之义焉。"这正是白居易"文章合为时而著，歌诗合为事而作"（《与元九书》）之语的最好注脚。最重要的一点是，元稹虽然在后世名气没有白居易大，但是他的才力绝不输于白居易。棋逢对手，交往起来才有意思，这种在以诗相挑的过程中意识到对方是同道中人的喜悦和由此而生的惺惺相惜，是促使元白友谊愈加牢固的强化剂。元白唱和诗真实地展现了二人以诗争胜的情形，而事实上，元稹并不落于白居易之后，有时候他甚至还故意为难白居易，"往往戏排旧韵，别创新词，名为次韵相酬，盖欲以难相挑耳"（《上令狐相公诗启》）。白居易《和微之诗二十三首并序》曾云："微之又以近作四十三首寄来，命仆继和。其见瘀絮四百字，车斜二十篇者流，皆韵剧辞殚，瑰奇怪谲……意欲定霸取威，置仆于穷地耳。"正是这样的势均力敌，才使得二人的友谊久而弥笃。

元稹的人生有了白居易这位挚友的陪伴，实乃一大幸事！而元白唱和诗中所流露出的拳拳之心，为元稹刚直的性格添加了人情味，这才是真实的元稹。元白唱和诗，在当时就引起了轰动，《旧唐书》载曰："（元稹）既以俊爽不容于朝，流放荆蛮者仅十年。俄而白居易亦贬江州司马，稹量移通州司马。虽通、江悬邈，而二人来往赠答。凡所为诗，有自三十、五十韵乃至百韵者。江南人士，传道讽诵，流闻阙下，里巷相传，为之纸贵。"诗作的广为传播乃至流传千古见证了元白唱和诗中的情意，这样的盛况，方不负二人友谊长存。

四

道是无情却有情

元稹的另一个骂名是"巧婚"，陈寅恪《元白诗笺证稿》有云："微之自编诗集……其艳诗则多为其少日之情人所谓崔莺莺者而作。"崔莺莺是元稹所作传奇《莺莺传》中的女主角，虽然《莺莺传》在中国文学史尤其是小说史上有着不可忽视的地位，但文中男主角张生为攀附权贵而始乱终弃的行为，却违背了普世的道德要求，当陈寅恪等学者考证坐实张生即是元稹本人后，元稹的德行有亏就又被添加进了一项内容。但后世有学者陆续否定了元稹即张生的说法，他们认为《莺莺传》张崔二人的恋爱故事并不能完全等同于元稹的爱恋经历，虽然其中可能有部分与元稹的行迹重合，但文学创作毕竟不是写实，张生是不是元稹很可以打上一个问号。只是元稹在《莺莺传》中借张生之口说了一段话："大凡天之所命尤物也，不妖其身，必妖于人。使崔氏子遇合富贵，乘娇宠，不为云为雨，则为蛟为螭，吾不知其变化矣。昔殷之辛，周之幽，据万乘之国，其势甚厚。然而一女子败之。溃其众，屠其身，至今为天下僇笑。予之德不足以胜妖孽，是用忍情。"这段话其实透露了元稹自身在道德认识上是有问题的，他的这种为绝情寡信的张生开脱而诬蔑崔莺莺的态度，实在令人不齿。鲁迅将之评为"文过饰非，遂堕恶趣"，便是针对这一点。不管元稹是不是张生，这都使得元稹的形象大打折扣。只不过随着从《莺莺传》到《西厢记诸宫调》再到《西厢记》中张生形象的改变，元稹在感情上的这种负面形象得到了一定程度的消解。

　　不过，元稹虽然在人品上有瑕疵，但他其实还是一个性情中人，在他刚硬的外壳下有着一颗柔软多情的心。他在《叙诗寄乐天书》中自述道："每公私感愤，道义激扬，朋友切磨，古今成败，日月迁逝，光景惨舒，山川胜势，风云景色，当花对酒，乐罢哀余，通滞屈伸，悲欢合散，至于疾恙躬身，悼怀惜逝，凡所对遇异于常者，则欲赋诗。"他有着诗人的敏感心灵，感情十分丰富，除了关心国家社稷的激扬文字以外，面对美好的事物和情感他也会柔情婉转，在元稹这里，诗歌是既可以言志也可以缘情的。

　　元稹柔情的一面，通常被认为体现在他的艳诗和悼亡诗里。关于艳诗及艳情诗，目前学界多有争论：有将两者分而论之的，那些描写除夫妻情感之外男女恋情的是艳情诗，这部分内容指的是元稹为昔日恋人所写的作品，如《古艳诗二首》《古决绝词三首》《莺莺诗》《赠双文》《桃花》，等等；而那些凡是以女性及相关事物为描写对象的是艳诗，这部分作品包括《恨妆成》、《有所教》、《离思》其三其四等诗作。也有将两者合二为一，统称艳诗的。但不管怎么说，元稹自己对于艳诗的定义是清晰的："又有以干教化者，近世妇人晕淡眉目，绾约头鬟，衣服修广之度及匹配色泽，尤剧怪艳，因为艳诗百余首。"（《叙诗寄乐天书》）那么，他的艳诗其实是具有讽喻作用的，而这样的艳诗，展现的是干预时事的功能。比如《有所教》有云：

　　　　莫画长眉画短眉，斜红伤竖莫伤垂。人人总解争时势，都大须看各自宜。

　　这首诗讽刺了当时社会上那些盲目追求时尚、胡乱装扮的人的丑态，而这样的话题放在今天也一样具有现实意义。但是这样的诗作显然与元稹的柔情无关，除了表面上的女性指征之外，其实与那些直接描写社会民生现实的诗作没有什么两样，因此当将其与他的新乐府诗同看。

真正能表现元稹柔软情怀的，是他写给昔日恋人的所谓艳情诗、写给亡妻的悼亡诗以及哀悼夭折子女的作品。爱恋之情、伉俪之情以及舐犊之情组成了元稹的情感世界，向世人展示着他的诚挚、热烈和真情，这是一个有别于官方评价的内心世界，加上这些内容，才能看到最真实完整的元稹。虽然后世有人将其艳情诗作为元稹为人轻浮的证据并以此来否定他悼亡诗中的情感的真实性，但陈寅恪在《元白诗笺证稿》中的评价却提供了另一个观点："微之以绝代之才华，抒写男女生死离别悲欢之感情，其哀艳缠绵，不仅在唐人诗中不多见，而影响及于后来之文学者尤巨。"元稹在以诗言志的时代，敢于打破传统的诗教观而以诗来表现那些"哀艳缠绵"的情感，这是非常难得的。而其诗中对昔日恋人的思念和自责、对亡妻的深情追忆和对儿女的疼爱之情，却能深深地引起读者的共鸣。

元稹早年的恋人，学界一般有莺莺和双文两说，但不管这个昔日恋人是谁，元稹在诗歌里倾注了他刻骨铭心的深情。他描写了昔日恋人的美丽动人，怀念了那段纯真无邪的恋情，表达了自己迫于现实而分手的痛苦内疚以及对恋人的深深思念和自己失落惆怅的心情。他在《古决绝词三首》中将这种心态表现得非常真切：

其一：握手苦相问，竟不言后期。君情既决绝，妾意亦参差。借如死生别，安得长苦悲！

其二：矧桃李之当春，竟众人而攀折。我自顾悠悠而若云，又安能保君皭皭之若雪？感破镜之分明，睹泪痕之馀血。幸他人之既不我先，又安能使他人之终不我夺？

其三：一去又一年，一年何时彻？有此迢递期，不如死生别。天公隔是妒相怜，何不便教相决绝！

第一首写与恋人的诀别，表达不能长相厮守的痛苦；第二首写自己迫于现实不能保护恋人而恋人终落于他家的凄惨现实，表达自己无可奈何的悔恨；第三首写两人不能相守的绝望甚至超过了"死生别"，表现出一种由痛苦而至绝望的愧疚。昔日的放弃造成了如今的不能相守，这样的现实令他无法自处，思念、追悔、愧疚、自责、痛苦、绝望等情绪时时啃噬着他的心，这样的元稹有别于前面端正刚直的形象，因而在文字间流露出来的由"私情"带来的软弱，就尤其打动人心。

令元稹在读者心中的形象大有改观的，是他备受好评的悼亡诗，是为悼念妻子韦丛而作的，其中以《三遣悲怀》最为有名。元稹在《叙诗寄乐天书》中云："不幸少有伉俪之悲，抚存感往，成数十诗，取潘子悼亡为题。"元稹在诗中真切回忆往昔感情深笃的夫妻生活，既悲痛又深情，让人觉得原来他并不是一个薄情寡义的小人。元稹悼亡诗的意义还远不止于此，陈寅恪曾评说："吾国文学，自来以礼法顾忌之故，不敢多言男女间关系，而於正式男女关系如夫妇者，尤少涉及。"以此，元稹在大量悼亡之作中所表现出来的悲痛和对亡妻的真情，就尤其具有典型意义：

其一：谢公最小偏怜女，自嫁黔娄百事乖。顾我无衣搜荩箧，泥他沽酒拔金钗。

野蔬充膳甘长藿，落叶添薪仰古槐。今日俸钱过十万，与君营奠复营斋。

其二：昔日戏言身后意，今朝皆到眼前来。衣裳已施行看尽，针线犹存未忍开。

尚想旧情怜婢仆，也曾因梦送钱财。诚知此恨人人有，贫贱夫妻百事哀。

其三：闲坐悲君亦自悲，百年都是几多时。邓攸无子寻知命，潘岳悼亡犹费词。

同穴窅冥何所望？他生缘会更难期。惟将终夜长开眼，报答平生未展眉。

第一首追忆妻子婚后的贤惠形象，饱含赞叹与思念，表达对妻子英年早逝的遗憾；第二首承接第一首的感情基调，通过描写处理遗物的场景，表达自己的悲痛之情；第三首描写自己茫然失措的样子，从"悲君"到"自悲"，在深沉的悲哀中表达此生不渝的真情。这样的痴情，这样的缠绵，这样的哀痛，在生与死的碰撞中将其柔软的内心凸显出来。而他同样为怀念亡妻而作的《离思》五首，撷取她生前的一些生活场景，作了情致动人的叙写，尤其是千载流传的名句"曾经沧海难为水，除却巫山不是云"，饱含着坚贞爱情逝去之后的深深怅惘。这与那个关心民瘼、刚正不阿的元稹简直判若两人。

元稹一生中有八位子女，然而仅有一女名叫保子，后成人出嫁，其余皆先后夭亡。对于儿女的不幸夭折，元稹表达出了为人父母的最大悲痛，《哭子十首》便是这种情绪下的作品：

其一：维鹈受刺因吾过，得马生灾念尔冤。独在中庭倚闲树，乱蝉嘶噪欲黄昏。

其二：才能辨别东西位，未解分明管带身。自食自眠犹未得，九重泉路记何人。

其三：尔母溺情连夜哭，我身因事不时悲。钟声欲绝东方动，便是寻常上学时。

其四：莲花上品生真界，兜率天中离世途。彼此业缘多障碍，不知还得见儿无？

其五：节量梨栗愁生疾，教示诗书望早成。鞭朴校多怜校少，又缘遗恨哭三声。

其六：深嗟尔更无兄弟，自叹予应绝子孙。寂寞讲堂基址在，何人车马入高门？

其七：往年鬓巳同潘岳，垂老年教作邓攸。烦恼数中除一事，自兹无复子孙忧。

其八：长年苦境知何限？岂得因儿独丧明！消遣又来缘尔母，夜深和泪有经声。

其九：乌生八子今无七，猿叫三声月正孤。寂寞空堂天欲曙，拂帘双燕引新雏。

其十：频频子落长江水，夜夜巢边旧处栖。若是愁肠终不断，一年添得一声啼。

所谓"白发人送黑发人"的悲痛莫过于此！他在字里行间追忆儿女往事，以期获得片刻的心灵慰藉，然而回忆之后的惨淡现实却令他陷入了更深的悲哀。这种肝肠寸断的痛，虽非亲历者也能感同身受。这时候的元稹，不是那个刚直端正的文人，不是那个情真意切的友人，也不是那个追悔莫及的恋人和深情不渝的丈夫，他只是一个悲痛欲绝的父亲，一个在命运面前无能为力的普通人。

虽然元稹有着不输于白居易的才力，其作品在当时就得到了广泛认同，传布甚广，但其"巧宦"的行为却成为他人格上的一个污点。中国古代文学批评有通过人格来评定文格的传统，在这样的批评语境中，自然影响了对元稹文学成就的肯定。南宋陈振孙在《直斋书录解题》中所云就很有代表性："稹初与白乐天齐名，文章相上下，出处亦不相悖，晚而欲速化，依阉宦得相，卒为小人之归，而居易始终全节。呜呼！为士者可以鉴矣。"而元稹在感情上的"污点"虽然被部分消解了，但是"巧婚"的评论还是多多少少影响了对他人格的评论。然而，元稹并不是完人，他有着自己光明的政治理想并为之奋斗，也有曲意逢迎的缺点；他不是刚硬的铁板一块，他的内心还有一个柔软的角落，那里保留着对友人的真情和对恋人、爱人、亲人的深情。这样性格多样的元稹，才是真正的"元才子"。

白居易：
达则兼济天下，穷则独善其身

孔子云："诗可以兴，可以观，可以群，可以怨。迩之事父，远之事君，多识于鸟兽草木之名。"由此"兴观群怨"成为诗歌所担负的重要使命。纵观有唐一代，大力发扬《诗经》这一传统并且身体力行的，杜甫自是第一人。然而，除此之外，再有一人则当数白居易。与老杜不同的是，白居易进一步探索了语言的情感性与通俗性的关系，即便所写题材并非平民百姓之事，但因诗人以朴素的语言道出了超越身份地位的共通情感，从而使很多诗作在当时都流传十分广泛，以至于白居易去世后，宣宗皇帝对其颇多感怀：

> 缀玉联珠六十年，谁教冥路作诗仙。
> 浮云不系名居易，造化无为字乐天。
> 童子解吟长恨曲，胡儿能唱琵琶篇，
> 文章已满行人耳，一度思卿一怆然。

可见白居易的作品因其通俗易懂、情感深挚而在当时的受欢迎程度。他也凭借着这种直白的诗文风格、正义的诗歌主张和切入人心的诗歌情感，而被晚唐诗人张为称作"广大教化主"。对于这个称呼，乐天应是不曾想过的，但正是拥有这种发自内心的情不自禁和仗义执言，才能够大胆提出"惟歌生民病，愿得天子知"的诉求。白居易的作品，通俗但不庸俗，平实而不板滞，真性情使之然也。

一

知难而上且情深

安史之乱后，看似稳定的社会，实则暗流涌动。这一时期，朝内有宦官把持朝政，朝外有节度使自立门户，可谓内忧外患，整个大唐王朝正一步步走向没落。唐代宗大历七年（772 年）正月，白居易出生于河南新郑，虽不是大门大户，却是书香门第。据传，白居易从小也是一个神童，在不会说话的时候就已经会认字，六岁学诗，九岁熟知声韵，十岁解读书。他还是一个勤奋好学的孩子，骨子里有一种执着和韧性，读书读到口舌生疮，写字写到手生老茧，依旧知难而上，学而不辍。但是这个勤勉的孩子，少年时期却充满了奔波。出生之后不久，家乡发生了战乱，藩镇李正己割据河南十余州，引发的战火导致民不聊生。白居易两岁时，祖父卒于长安，接着祖母病故，其后他跟随父亲白季庚在宿州符离度过了童年时光。亲人的相继去世、生活颠沛流离的不幸遭遇都成为白居易一定要努力读书、积极进取的动力，同时也磨炼了他坚忍顽强的个性。

唐德宗贞元三年（787 年），据唐张固《幽闲鼓吹》记载，十六岁的诗人自江南入京，初生牛犊不怕虎的他选择直接拜谒当时的大名士顾况。开始时，顾况对其不以为意，说道："米价方贵，居亦弗易。"意思是说京城可不是轻易能住下去的地方。然而，待到他读至"野火烧不尽，春风吹又生"两句时，不禁大为赞赏，感叹说："道得个语，居亦易矣。"从这两句诗中，也可以看到诗人性格中如春草一般的生命韧性，他要凭借着自己的实力实现心中的抱负。自此，文采斐然的白居易开始崭露头角，赢得了前辈顾况的青睐，并在长安城立住脚跟，以至于后来人皆以得到白诗而自豪，长安城掀起了一股"白诗热"。不得不说，白居易少年成名，是一个很好的兆头，但诗人的人生却充满了起起落落。

贞元十五年（799年）二月，宣武（今河南开封）节度使董晋死后，部下叛乱；三月，彰义（今河南汝南）节度使吴少诚叛乱，后朝廷遣十六路兵马平叛，一时间百姓哀鸿遍野，流离失所。白居易也再次经历了一场战乱，兄弟姐妹们四处零落，重视亲情的诗人回忆此事，写下了《自河南经乱，关内阻饥，兄弟离散，各在一处。因望月有感，聊书所怀，寄上浮梁大兄、於潜七兄、乌江十五兄，兼示符离及下邽弟妹》一诗：

> 时难年荒世业空，弟兄羁旅各西东。
> 田园寥落干戈后，骨肉流离道路中。
> 吊影分为千里雁，辞根散作九秋蓬。
> 共看明月应垂泪，一夜乡心五处同。

时难年荒，骨肉流离，这是对那段日子最好的写照。正是从小就颠沛流离的缘故，诗人感受到了太多的世态炎凉，因此他心思细腻，而且极重情义。白居易面对着寥落荒芜的家园，想到羁旅分散的弟兄，不禁潸然泪下，猜想着亲人们大概也在望着天上的月亮而伤心哭泣吧！清人刘熙载在《艺概》中说："常语易，奇语难，此诗之初关也。奇语易，常语难，此诗之重关也。香山常得奇，此境良非易到。"白居易用不加任何修饰的平白话语，道出了人人所共有的情感，五处乡心共望一轮明月的图景，引起了普遍的共鸣。

数度经历战乱，使诗人的性格细腻而敏感，可以从寻常生活中牵引出一个广阔的情感世界。他惜老怜贫而同情平民百姓，疾恶如仇而愤恨官场中的污浊，忠君爱国而竭尽自己所能反映人间疾苦，以劝诫君王爱护百姓、重振朝纲。

二

在其位则谋其政

早年的白居易积极强硬、耿介不屈，他明晓"善除害者察其本"的真理，且十分重视诗文对政治的作用，坚信通过写诗可以使君王看到社会疾苦。其《秦中吟》十首即为重要的代表作。白居易在诗序中介绍了创作的缘由："贞元、元和之际，予在长安，闻见之间，有足悲者。因直歌其事，命为《秦中吟》。"此诗创作于元和五年（810 年），但其所感见闻的具体时间是序言所说的贞元、元和之际，也就是贞元二十一年（805 年）至元和元年（806 年），其间顺宗李诵在位不过八月，就被迫退位，不久崩于咸宁殿，可见政局之动荡，而此时的民间更是苦不堪言。其中第七首《轻肥》这样写道：

> 意气骄满路，鞍马光照尘。借问何为者，人称是内臣。
> 朱绂皆大夫，紫绶或将军。夸赴军中宴，走马去如云。
> 罇罍溢九酝，水陆罗八珍。果擘洞庭橘，脍切天池鳞。
> 食饱心自若，酒酣气益振。是岁江南旱，衢州人食人。

当时皇帝过于宠信宦官，致使内臣掌管了军政大权，他们穿着豪华的衣服，享用着奢侈的美食，而另一边却是江南大旱。诗人未发一句议论，却将这种无比惨淡的社会现实予以无情的揭露，特别是最后一句"衢州人食人"，把之前所有华丽的铺陈都染上了血淋淋的颜色，让画面在讽刺之下变得血肉模糊。诗人看不惯阉人当道，看不惯节度使分踞一方，看不惯前朝的虚情假意，看不惯世风日下民生疾苦，正气凛然的他把讽谏当作自己的职责，以朴实而又犀利的笔法大肆写诗，针砭时弊，发出自己的声音。

唐宪宗元和三年（808 年），白居易以其文采受到皇帝的赏识和提拔，担任左拾遗。白居易尽忠职守，恪守本分，但过于天真的他并不知官场之道，只是坚信在其位则谋其政，肩负起言官的职责，裨补缺漏，以察时政，写下了大量反映社会现实的诗歌，诗人称其为讽喻诗。然而，尽管皇帝对于白居易的意见多有采纳，但是即便从谏如流如唐太宗，私底下也是对谏臣气得咬牙切齿，所以这种直言其事的进谏方式也使得唐宪宗颇有不快而向大臣抱怨说："白居易小子，是朕拔擢致名位，而无礼于朕，朕实难奈。"从这里可以很明显看出诗人一片纯正的忠诚之心，他并不计较朝堂上的世故，而是全凭一个正理尽忠职守。其实，白居易这种直言劝谏，甚至看似有些不留情面的言语，都是他"兼济天下"的志向使然，只不过他高估了自己的权力，也低估了对手的卑鄙。

唐宪宗元和十年（815 年），宰相武元衡遇刺身亡，心直口快的白居易大胆上表，主张严缉凶手，但这种疾恶如仇的言行被张弘靖、韦贯之等看作越职言事，继而又被忌之者诬告，说他的母亲看花坠井去世，白居易却著有"赏花"及"新井"诗，实乃大不敬之罪，以陷其于不忠不孝的境地，最终白居易被贬为江州司马。一个踌躇满志、果敢直言的青年，却沦落到贬居一隅的下场，不难想象白居易心中的苦闷。在被贬一年后的一个夜晚，一切苦闷之情都被一首琵琶曲引发了出来。瑟瑟秋风中，伴着枫叶荻花，年过不惑的白居易，在浔阳江头送别友人，不远处传来的琵琶声，将这对友人留住。"弦弦掩抑声声思，似诉平生不得志。低眉信手续续弹，说尽心中无限事。"（《琵琶行》）能在曲中听出平生不得志之人，定是有着如此的经历，而轻拢慢捻之间，充斥的是绵绵无限的心事。在听闻琵琶女的故事之后，白居易发出了"同是天涯沦落人，相逢何必曾相识"的千古之叹。这位座中泣下最多的江州司马，青衫已湿。曾经在皇帝面前进谏的人，如今只能对着杜鹃、猿猱生活，自此以后，白居易的斗争锐气逐渐消磨，消极情绪日渐增多，甚至写下了《自悔》诗，反思曾经的拳拳之心到底为何！

乐天乐天，来与汝言。汝宜拳拳，终身行焉。

物有万类，锢人如锁。事有万感，爇人如火。

万类递来，锁汝形骸。使汝未老，形枯如柴。

万感递至，火汝心怀。使汝未死，心化为灰。

乐天乐天，可不大哀！

世间事，总会劳人心神，而此时的白居易感受到"使汝未死，心化为灰"，可见其对于政治已经渐渐心灰意懒。假使生命还有二十余年，在这样的情势之下又能怎样呢？人生在世，不过一梦，何不放歌纵酒，昼兴夜寝，病卧死休！自此，以贬谪江州为界，白居易的人生信念发生了巨大的转变，从"兼济天下"走向了"独善其身"，从庙堂之高走向了江湖之远，性格也从生命前期的快人快语、刚肠嫉恶走向了淡泊名利、旷达洒脱。

三

最爱湖东行不足

在这个阶段，白居易看到了统治阶层对其讽喻诗文的不屑与憎怨，那颗被社会现状激起的近乎震颤的心被泼了太多冷水。于是，从前那个将讽谏视为治国良策的诤臣，其性格中积极入世、兼济天下的一面逐渐消退，代之而起的是潇洒自得、安时顺命的一面。从此，白居易选择了安居自适、拥抱自然的人生。

宋人周必大指出："本朝苏文忠公不轻许可，独敬爱乐天，屡形诗篇。盖其文章皆主辞达，而忠厚好施，刚直尽言，与人有情，于物无着，大略相似。谪居黄州，始号东坡，其原必起于乐天忠州之作也。"（《二老堂诗话》）后来东坡能有"此心安处是吾乡"之感，大概也有白居易的启发吧。白居易在恶劣的情况下，虽然内心苦闷烦郁，却也能大体上安然自处，他在庐山香炉峰北建草堂，和当地的僧人交游，既然不能壮志凌云，那就索性寄情山水，随性恬淡地度日。

唐穆宗长庆二年（822 年）七月，白居易被任命为杭州刺史。这里承载寄托了白居易一生中最美好的回忆，即便在他离去之时还曾说："三年为刺史，无政在人口。唯向郡城中，题诗十余首。"这看似玩笑和谦虚的背后，其实是他内心对这座城市无限的眷恋和喜爱。在杭州期间，白居易主持修筑西湖堤防、疏浚六井，政绩显著。尽管政治上的受挫使他对于积极入世变得冷淡，但是在内心深处，他仍然希望可以为百姓做一些事，只不过一为在朝，一为在野。我们所熟知的这首《钱塘湖春行》正是他在杭州任期时最具代表性的作品之一：

孤山寺北贾亭西，水面初平云脚低。

几处早莺争暖树，谁家新燕啄春泥？

乱花渐欲迷人眼，浅草才能没马蹄。

最爱湖东行不足，绿杨阴里白沙堤。

这首诗淋漓尽致地展现了诗人的年轻心态以及对春天到来的欢喜。而此时的惬意恰与其在江州时期的困顿形成了鲜明的对比，轻松明快的字里行间流露的是他对生命的无比热爱。王若虚《滹南诗话》评价说："乐天之诗，情致曲尽，入人肝脾，随物赋形，所在充满。"新燕、早莺、乱花、浅草，还有那最爱的白沙堤。一个具有纯净心灵的人看到的一切也是纯净的，因为他能感受到万物生长的自然之乐，将心与景融为一体。

白居易还写了很多关于杭州的诗作，他是热爱自然的。譬如"松排山面千重翠，月点波心一颗珠。碧毯线头抽早稻，青罗裙带展新蒲"（《春题湖上》）。"余杭形胜四方无，州傍青山县枕湖。绕郭荷花三十里，拂城松树一千株。"（《余杭形胜》）"望海楼明照曙霞，护江堤白踏晴沙。"（《杭州春望》）诸多的绝美佳句无不彰显着白居易的至深用情。他留恋西湖，离开十年后依旧心心念念，坦言道："历官二十政，宦游三十秋。江山与风月，最忆是杭州。"我们所熟知的《忆江南》组诗，也是他怀念杭州的动情之作。就这样，南北二峰，西湖一水，深深将诗人一直吸引到暮年。

唐敬宗宝历元年（825年）五月，白居易被任命为苏州刺史。清褚人获《坚瓠补集》卷二"白香山好游"记载：

长庆中，白香山自中书舍人出守杭州，徙苏，首尾五年。自云："两地江山游得遍，五年风月咏将残。"可谓极宦游之适矣。尝夜泛太湖，有"十只画船何处宿，洞庭山脚太湖心"句。又在湖心泛舟，连五日夜。寄元微之诗云："报君一事君应美，五宿澄波皓月中。"
虽乐天风格高迈，亦当时法网太疏，不以为怪也。使今人如此，必染
物议矣。

正所谓"上有天堂，下有苏杭"。对于天性浪漫的人来说，苏杭始终
是一个精神家园，而白居易的一生就与苏杭有着不解的缘分。如果说白居
易在杭州政绩显著得以完成自己的心愿，那么在苏州则是他内心沉淀、思
考自我的几年，其《白云泉》诗云：

> 天平山上白云泉，云自无心水自闲。
>
> 何必奔冲山下去，更添波浪向人间。

世上本无事，庸人自扰之。水流花谢，日升日落，顺其自然，莫做
无谓之事，苏州的风景，让他忘了世事，忘了自己。清人邹弢《精选评注
五朝诗学津梁》云："小小题目，说得高超，唤醒热中人不少。"可以说，
已经年过半百的白居易进一步认清了很多，也看淡了很多，所以他选择了
亲近自然。

苏杭一带的刺史经历，想来应是白居易此生最快活的几年。

四

知足保和中隐士

晚年以后的白居易真正步入闲适生活，表现了他性格中知足保和的
一面。唐文宗大和三年（829 年）春，白居易因病改授为太子宾客，分司
东都，回洛阳履道里。而后诗人渐趋流露"中隐"思想，他说："又或公

退独处，或移病闲居，知足保和，吟玩性情者一百首，谓之闲适诗。"这一时期，诗人创作了吟咏情性的闲适诗。白居易夫子道："故仆志在兼济，行在独善，奉而始终之则为道，言而发明之则为诗。谓之讽谕诗，兼济之志也；谓之闲适诗，独善之义也。故览仆诗者，知仆之道焉。"其时，诗人写下《中隐》一诗：

> 大隐住朝市，小隐入丘樊。丘樊太冷落，朝市太嚣喧。
> 不如作中隐，隐在留司官。似出复似处，非忙亦非闲。
> 不劳心与力，又免饥与寒。终岁无公事，随月有俸钱。

白居易直抒胸臆，直率地将自己的处世思想表达在这一首诗歌当中。大隐、小隐均非其愿，二者之间，中隐最佳，这种选择正是基于他对人生的思考：

> 人生处一世，其道难两全。贱即苦冻馁，贵则多忧患。
> 唯此中隐士，致身吉且安。穷通与丰约，正在四者间。

山水之间，而不参与斗争纷扰；安居一隅，却能够享受俸禄，看云卷云舒。对于一个"志在兼济"的人来说，这也许是最好的方式。五十九岁时，白居易曾写下《李留守相公见过池上泛舟举酒话及翰林旧事因成四韵以献之》一诗，其中有云："同时六学士，五相一渔翁。"可见他对自己的生活现状已经有了很清晰的认定，看似自嘲的背后其实是一种享受的表现。

事实证明，他的选择是对的。

唐文宗大和九年（835 年），甘露之变爆发。仇士良等宦官作乱，最终李训、王涯等官员惨遭杀害。一时之间，尸殍遍地，长安城被染成了血红的颜色，身居洛阳的白居易闻之大为惊骇，提笔写下了《九年十一月二十一日感事而作》诗云：

> 祸福茫茫不可期，大都早退似先知。
>
> 当君白首同归日，是我青山独往时。
>
> 顾索素琴应不暇，忆牵黄犬定难追。
>
> 麒麟作脯龙为醢，何似泥中曳尾龟？

诗人慨叹世间祸福难料，不可预期，如果能早日功成身退，大概就是先知了吧。对于一个年过花甲的老人来说，无意再次卷入政治旋涡，也因此躲过一劫。他知道气焰嚣张的宦官们是大唐王朝的毒瘤，深陷其中必然不会有好下场，此时的他只想如庄子般曳尾于涂中。从本质上而言，"何似泥中曳尾龟"正反映了他"穷则独善其身"的人生哲学。可以说，知足保和成了白居易晚年最为突出的性格特征，闲适成了这一时期他的诗作的重要主题。他大多停留在洛阳的履道里第，或者时而游历于龙门一带。其《池上篇》诗，正是他的自况之作：

> 十亩之宅，五亩之园。有水一池，有竹千竿。
>
> 勿谓土狭，勿谓地偏。足以容膝，足以息肩。
>
> 有堂有亭，有桥有船。有书有酒，有歌有弦。
>
> 有叟在中，白须飘然。识分知足，外无求焉。
>
> 如鸟择木，姑务巢安。如龟居坎，不知海宽。
>
> 灵鹤怪石，紫菱白莲。皆吾所好，尽在我前。
>
> 时饮一杯，或吟一篇。妻孥熙熙，鸡犬闲闲。

优哉游哉，吾将终老乎其间。

有松竹，有书酒，有庭堂，有桥船，字里行间无不体现着惬意悠闲。一个老人的晚年生活，大体如此才算惬意。白居易的内心，如湖水般平静，但谁知这湖水，是否也会有被风吹皱的时候呢？他是否真的放弃了用世之心，乐得逍遥自在，还需要再作思考，但是诗人性格中进退有度的持守，安放自我的心态，还是值得后人学习。

五
一生自是悠悠者

白居易将自己所作诗篇分为四个种类：杂律诗、闲适诗、感伤诗、讽喻诗。其诗文语言通俗易懂，甚至为了强调内容的真实性，对艺术表现的追求有所忽略，他提出质径、直切、顺肆的要求，希望用文章表现民生疾苦："俾辞赋合炯戒讽谕者，虽质虽野，采而奖之；碑诔有虚美愧辞者，虽华虽丽，禁而绝之。"（《策林》）他的诗文重视"质"，在他看来政治意义和真实性是第一位的。这是因为早年的艰苦让他深刻地体会到"可怜身上衣正单，心忧炭贱愿天寒"的辛酸；观察到"一丛深色花，十户中人赋"的不平；关注到"是岁江南旱，衢州人食人"的悲惨。因此，他肩负起"惟歌生民病，愿得天子知"（《寄唐生》）的使命。

也许是因为他太过直率，太过真实，才迎来那么多的磨难。所以，"中隐"之后的他选择闲居游玩，修身养性。有人认为他再也看不到那么多民生疾苦的社会现实了，其实并不是他看不到，而是已经无力了，当"兼济天下"难以实现时，只能选择"独善其身"。正如叶梦得《避暑录话》所云："处世者如是人，亦足矣。推其所由得，惟不汲汲于进，而志在于退，是以能安于去就爱憎之际，每裕然有余也……雍容无事，顺适其意。"

早岁不知世事艰，一腔热血，严惩奸恶，但是经历了被贬江州，看到了甘露之变，不止一次为当政者所恶，不止一次被黑白颠倒冲击了双眼，身边人相继离开，这个老人早已看透人情冷暖，世事淡薄；早已知晓聚散如浮萍，人间留不住。安之若素，岁月静好才是难能可贵。中隐于东都，我们还能看到曾经有那样一位意气风发的忠臣，为了这个社会，为了劳苦百姓，竭尽全力想改变的样子。他用诗文留下了时代烙印，用行动留下了苏杭政绩，用一生跌宕起伏留下了百年之后的感叹，就像一名言传身教的师者，用简明的语言，循循善诱，让我们了解时事，在强烈的画面感中看到民生疾苦，称其为广大教化主，名副其实。

唐武宗会昌六年（846年）八月十四日，白居易安逝于洛阳，享年七十五岁。他用自己的一生完美地诠释了"君子居易以俟命"这句话，处于平易而无危险的境地，素位而行以等待天命，不趋炎附势，不怨天尤人，不贸然激进，不消极厌世，恰如"中隐"思想，一个"中"字，包含的是更加广阔的胸襟，更加淡然的智慧。这个独向青山的老人，乐天知命，居易以俟，在淡然闲适中，度过了风雨飘摇却又岁月静好的一生。

刘禹锡：

千淘万漉虽辛苦，吹尽狂沙始到金

唐诗蹒跚至中唐，盛世气象之风骨远韵已经逐渐褪色，翻涌兴起的是一种尚实、尚俗、尚怪奇的创作倾向。这种倾向经诗人们笔尖点染，于起承转合间生发出诸如"元轻白俗""郊寒岛瘦"等全新风采。然而，有一个人却仍向往盛唐风骨激越昂扬的情调，吟唱出众多豪迈雄浑的诗篇，他就是一代"诗豪"——刘禹锡。"莫道谗言如浪深，莫言迁客似沙沉。千淘万漉虽辛苦，吹尽狂沙始到金。"（《浪淘沙词九首·其八》，本篇所引刘禹锡作品均选自《刘禹锡集》）这不仅是刘禹锡强烈的内心剖白，更是他人生的真实写照。刘禹锡一生历经仕途坎坷，在贬谪生涯中他无畏风吹雨打，选择逆光行走，最终以正直刚毅、坚韧乐观的人格魅力屹立于天地间。

一

逆境人生，心如砥柱

刘禹锡（772年—842年），字梦得。祖籍河南洛阳。是中唐时期知名的文学家、哲学家。他的诗歌向来以乐观豪迈的风格和致力拓展民歌著称，在中唐诗坛以韩愈、白居易为代表的两大创作流派外，显得独树一帜。

刘禹锡是北方匈奴的后裔，他的先祖曾任北魏的冀州刺史，后随孝文帝迁都之举，在洛阳定居，即是他自谓的"籍占洛阳"。后来，他的父亲刘绪为避"安史之乱"，将家族迁移到苏州寓居，刘禹锡便在江南水乡间出生。江南地域富庶的经济条件和浓厚的文化氛围，给了他相对良好安稳的成长环境，年少的刘禹锡在此熟读儒家经典、涉猎诸子百家，并广泛吟诗作赋，认真刻苦的他透露出一份与张扬少年不大相称的沉稳笃定。刘禹锡不但勤奋好学，而且博览群书，广泛阅读有关音乐、舞蹈、书法、天文、医药的书籍，开阔视野的同时也为他以后的诗文创作奠定了坚实的基础。

中唐时期，北方经济凋敝，繁荣富裕的江南自然成为地主阶级搜刮钱财的对象，社会矛盾的激化导致武装起义时有发生，这使得刘禹锡对当世政治弊端有了初步的认识。于是，秉受儒家经典熏陶拥有济世壮志的青年刘禹锡，企图通过进士科考踏入仕途，拯救苍生。他在入长安经华山时写道："丈夫无特达，虽贵犹碌碌"（《华山歌》），表现了他辅事济世的宏愿，也可视为他人生的座右铭。唐德宗贞元九年（793年），刘禹锡与柳宗元同榜登第，同年又登博学宏词科。贞元十一年（795年），应吏部取士科的考试合格，可谓连登三科。而后，他在杜佑幕中锻炼，得到了杜佑的赏识与器重，其间对朝廷的软弱和藩镇的强横等政治弊端有了更为深入的认识，他施展济世壮志的强烈愿望喷薄欲出。终于，随着唐顺宗的即位，王叔文等人掀起了大刀阔斧的政治革新，刘禹锡牢牢抓住机遇，积极投身其中，其间担任屯田员外郎、判度支盐铁案，协助管理财政，颇有实干精神。由于这场改革切实触动了宦官和藩镇两股势力的利益，最终在他们的联合绞杀下彻底失败，这就是"永贞革新"。革新失败后，刘禹锡身遭诬蔑、被贬远地，于巴山楚水间度过了他长达二十三年的贬谪生涯。

然而，面对仕途坎坷的逆境，刘禹锡从未放弃自己的政治抱负，坚持济世救国的初衷不变，他高吟"世道剧颓波，我心如砥柱"（《咏史二首·其一》），体现了他对贬谪祸患无情打击的奋力抵抗和坚持理想不动摇的决心。他曾上书杜佑，表明自己的心迹："常谓尽诚可以绝嫌猜，徇公可以弭谗诉"（《上杜司徒书》），这是刘禹锡对自身光明磊落行为的鉴定。在"永贞革新"中他大公无私、至真至诚，把全部的心血都付在济世苍生的实践上，如此坦荡直白的襟怀却依旧受到朝中奸佞小人的无端指责。在贬谪生涯中，刘禹锡曾多次要求调回长安，希望继续充分发挥自己的政治才能。"就日秦京远，临风楚奏烦。南登无灞岸，且夕上高原"（《武陵书怀五十韵》），此处"上高原"就是为了瞭望长安，表明他渴望回京重振旧业，实现宏图大志的执着而急迫的心情。但是他的诉求却被当权者屡屡否决，失意之余他也不免流露出苦闷惆怅的情绪。可刘禹锡毕竟是积极入世的，他惯于调整心态，常化苦闷情绪为悲愤力量，将坚韧不拔的个性气质注入诗赋。《砥石赋》中"故态复还，宝心再起。既赋形而终用，一蒙垢焉何耻？感利钝之有时兮，寄雄心于瞪视"，刘禹锡将其仕途不幸比喻成宝刀蒙垢，表现了他对朝中佞臣无端指摘的蔑视。他坚守自己的政治理想初衷，宣誓要恢复故态，雄心再起，与黑暗势力勇敢斗争，此实为刘禹锡逆境人生中的自我砥砺之歌。

虽然无法迅速回归庙堂之上，但刘禹锡的政治热情并未因此有丝毫减退。在担任地方官期间，他体察民情，认真实干，颁布了一系列维护百姓权益的政令。刘禹锡初到和州时，正值旱灾之后，百姓生活苦不堪言。心系苍生的他立刻如实向朝廷禀奏灾情，设法救济灾民，安抚人心。他在《历阳书事七十韵》中写道："比屋惸嫠辈，连年水旱并。遄思常后已，下令必先庚"，这是说连年的水旱之灾导致民不聊生，面对百姓凄惨无依的景象，应该以救灾为重，抛弃安乐享受，首先实施抓紧生产粮食的举措。于此，刘禹锡关心民瘼、勤于政事的优良作风可见一斑。

晚年时期的刘禹锡，那锐意进取、心如砥柱的个性气度在他的诗歌中体现得越发明晰突出。已近古稀的他仍旧笔耕不辍，常与同居洛阳的白居易进行唱和。他在酬赠白居易的诗篇中说："莫道桑榆晚，为霞尚满天"（《酬乐天咏老见示》），这既是对同为垂暮之年、身患疾病的友人的宽慰鼓励，更是诗人积极向上、自强乐观的人生态度的鲜明体现。此外，在《始闻秋风》一诗中："马思边草拳毛动，雕盼青云睡眼开。天地肃清堪四望，为君扶病上高台"，诗人化身"骏马""雄鹰"，也表现了他至老不衰、倔强雄健的矍铄精神，颇有"老当益壮，宁移白首之心"的意味。

刘禹锡一生仕途坎坷，屡遭贬黜，他并没有因为失意和不幸而消沉气馁，反在贬谪逆境里愈挫愈勇，始终保持济世的理想，矢志不渝。这份"心如砥柱"的坚守，成为千年不变的至情。

二

正直刚毅，骨气凛然

"永贞革新"失败后，刘禹锡被贬朗州。在此期间，他接连受到两个沉重的打击：一是唐宪宗下诏明确表示"八州司马""纵逢恩赦，不在量移之限"，刘禹锡回京重振旧业的希望破灭；二是王叔文被杀害。自己颇为敬重的领袖惨遭冤屈，促使刘禹锡内心生起强烈的愤懑。

于是，本就不宁静的胸襟瞬间涌起惊涛骇浪，他毅然选择以如椽大笔作为战斗武器，酣畅淋漓地书写了诸多托远幽讽、寓意深刻且情感激烈的正气诗篇。试看《聚蚊谣》：

> 沉沉夏夜闲堂开，飞蚊伺暗声如雷。
> 嘈然欻起初骇听，殷殷若自南山来。
> 喧腾鼓舞喜昏黑，昧者不分聪者惑。
> 露花滴沥月上天，利觜迎人看不得。
> 我驱七尺尔如芒，我孤尔众能我伤。
> 天生有时不可遏，为尔设幄潜匡床。
> 清商一来秋日晓，羞尔微形饲丹鸟。

诗人着重把笔墨放在对朝中趋炎附势之徒丑恶行径的刻画上，将他们比作渺小卑陋的"飞蚊"，先以夸张的手法描绘出他们嚣张跋扈的气焰，最后以冷峻的语调写这些"飞蚊"的下场，只能是"饲丹鸟"，预示着朝中奸佞也即将灭亡。全诗表现了刘禹锡对宦官、权臣等黑暗势力的鄙夷痛恨和无情鞭挞。

元和十年（815年），刘禹锡终于有机会回到长安，此时的他已经度过了十年的贬谪生活。他带着憧憬和欣喜返还京都，本以为"逐臣"的流离生涯可就此结束，可朝中奸佞势力对他的夙恨仍是未消，正在寻找机遇，谋划新的迫害。刘禹锡对这一切并非全然没有洞悉，但他不顾自身安危、甘愿犯险，于三月写下一首七绝《元和十年自朗州承召至京戏赠看花诸君子》：

> 紫陌红尘拂面来，无人不道看花回。
> 玄都观里桃千树，尽是刘郎去后栽。

这首诗表面上看，一、二句写赏花的盛况，三、四句以幽默的语言述说看花归途中的感慨。但是，此诗细思起来却别有深意，诗人是以千树桃花暗喻因投机取巧跃居高位的新贵，把争先恐后看花的人比作攀高结贵之辈，对当朝权贵予以辛辣讽刺。果然，这讽刺诗一出，正中奸佞权臣下怀，他们立即以此诗为把柄向皇帝弹劾刘禹锡，于是刘禹锡与友人再次被贬，这一贬又是十几载。

大和二年（828年）春，已是五十六岁的刘禹锡再度调任长安。这十几年来朝堂上经历风云变幻，政治形势依然不容乐观。正直刚毅的刘禹锡风骨如初，他刚回长安就以凌厉笔势又写一首《再游玄都观绝句》：

百亩中庭半是苔，桃花净尽菜花开。

种桃道士归何处？前度刘郎今独来！

与前首诗不同，这首诗除了讽刺之意外，更体现了诗人不屈的意志和顽强战斗的决心。当年靠镇压"永贞革新"上台的权贵，终于被政治斗争的旋涡强力吞噬，而刘禹锡正是亲眼见证者，从这一意义上说，这首诗还透露着胜利者的爽朗声姿。

实际上，刘禹锡在长达二十三年的贬谪生涯中，是有机会迅速回到长安的。他的岳父薛謇同当时宦官权臣薛盈珍关系十分密切，如果通过岳父这一层关系，刘禹锡请求回京定会容易许多。可一身正气的刘禹锡不愿违背心志，更不屑同宦官同流合污，他决然放弃了这条"近途"，宁可用时间来沉淀自我。

刘禹锡正直刚毅的凛然风骨还体现在他褒贬分明的政治态度上。他不仅写了大量的讽刺诗，还有一些歌颂军事胜利的诗，如《平蔡州三首》。这组诗写于元和十二年（817年），是年朝廷派兵一举攻破淮西叛军的巢穴蔡州，并活捉叛军头目吴元济。刘禹锡听闻这一振奋人心的消息后，以欣慰之情记录了此事件：

> 汝南晨鸡喔喔鸣，城头鼓角音和平。
>
> 路傍老人忆旧事，相与感激皆涕零。
>
> 老人收泣前致辞，官军入城人不知。
>
> 忽惊元和十二载，重见天宝承平时。
>
> ——《平蔡州·其二》

　　诗篇开头以雄鸡报晓、鼓角不悲营造了一种宁和的氛围，正是在这种宁和的氛围中传来官军攻破蔡州的消息，侧面表达了诗人对朝廷出兵神速的称赞，看似平易无奇，实是别出心裁。而后又通过路旁老人的感泣诉说，抨击淮西叛军多年来对蔡州百姓的残酷剥削，在批判叛军的同时也为后面大力褒扬朝中官军埋下伏笔。结尾把元和十二载的胜利大捷比作"天宝承平时"，更是从正面对此次胜利给予肯定。全诗无论是选材还是主题，都能够清楚看出刘禹锡鲜明的政治倾向，是一篇现实主义的佳作。

　　刘禹锡是一个不折不扣的斗士，他拥有钢铁般的意志，以正义凛然的风骨之姿站立在世人面前，他不怕权贵、无畏诬蔑，更以豪迈雄浑的诗篇展现着自己的乐观昂扬。

三

乐观昂扬，诗意豪迈

　　白居易曾评价刘禹锡的诗歌："彭城刘梦得，诗豪者也，其锋森然，少敢当者。"这诚为深中肯綮之言，语虽论诗，实则是对刘禹锡人格的品题。综观刘禹锡的诗篇，不难发现，其中经常洋溢着一种乐观向上、豪迈畅达的情怀，而这些雄浑诗篇正是刘禹锡精神个性的显著体现。

刘禹锡之乐观豪迈集中表现在他对秋天的独特感悟里。如他在朗州司马任上写下的《秋词二首》：

其一

自古逢秋悲寂寥，我言秋日胜春朝。

晴空一鹤排云上，便引诗情到碧霄。

其二

山明水净夜来霜，数树深红出浅黄。

试上高楼清入骨，岂知春色嗾人狂。

一般而言，"秋"在中国古代诗歌中是萧条凄清的象征，而刘禹锡这两首诗却一反传统"悲秋处士"营构诗篇的低沉压抑，贯穿字里行间的是意气风发、气宇轩昂的神采。第一首诗，刘禹锡首先对古来失意之人凄凉寂寥的悲秋情绪给予反驳，他认为此种悲观消极的人生态度是不可取的。正因如此，他才进一步高唱秋天远远胜过生机盎然、万紫千红的春天。那么，秋天的生气又在何处？且看那晴朗的高空，一只白鹤排云而上，顿时冲淡悲秋的寂寥，引发无限豪迈的诗情到碧霄之中。而那只凌空展翅、直冲云霄的白鹤正是拥有豪情壮志的诗人的化身。

第二首诗，一、二句描绘了秋天景色，山明水净、深红浅黄，寥寥几笔就勾勒出了秋的深浅浓淡、明丽清姿。三、四句转入抒情，试上那高楼远望一番，秋天的清澈澄净会立刻沁入肌骨，使人倍感静穆沉思，不像那绚烂秾丽的春色一样易让人轻浮若狂。这两首《秋词》其一赞秋气，其二咏秋色，赞秋气以励志，咏秋色以颂情。在这吟咏赞叹中自然流露出的是诗人乐观昂扬的情怀，既给读者以深刻的审美乐趣，又能启人深思。

朗州时期是刘禹锡贬谪生涯的开始，也是他诗歌创作的关键阶段。在这一时间里，刘禹锡的诗歌内容因仕途坎坷变得更为充实、深刻，同时他乐观豪迈的诗风也逐渐定型，从此乐观豪迈就成为刘禹锡诗歌风格的闪耀标签，并支撑他度过艰难的贬谪岁月。唐敬宗宝历二年（826年），刘禹锡接到朝廷诏令，要他卸任和州刺史回洛阳赴命，长达二十三年的贬谪生涯终于结束。在途经扬州时刘禹锡与因病罢苏州刺史返还洛阳的白居易相遇，老友重逢，自是感慨万千。白居易在酒席上把箸击盘、慷慨悲歌，赋诗一首《醉赠刘二十八使君》，刘禹锡当即回赠一篇《酬乐天扬州初逢席上见赠》：

> 巴山楚水凄凉地，二十三年弃置身。
>
> 怀旧空吟闻笛赋，到乡翻似烂柯人。
>
> 沉舟侧畔千帆过，病树前头万木春。
>
> 今日听君歌一曲，暂凭杯酒长精神。

该诗首联直接述说诗人自己二十三年的贬谪经历，"巴山楚水"一词形象概括了他被贬黜到朗州、连州、夔州、和州等荒凉远僻之地，"弃置身"表现了诗人辛酸复杂的心理。接着，诗人于颔联自然生发感慨，连用两个典故，以西晋向秀《思旧赋》之典怀念已经故去的挚友王叔文、柳宗元等人，又以王质烂柯的故事，表达对世事沧桑、物是人非的怅惘叹惜，颇有恍如隔世之感，前两联的感情基调略显哀伤低沉。而后，颈联描绘了沉舟侧畔、千帆竞过，病树前头、万木皆春之欣欣向荣的景象，一洗前面哀伤低沉的情调，尽显诗人乐观昂扬、豪迈激越的气魄。这一联还绽放出唯物主义的光辉，蕴含着深刻的人生哲理。诗人借"荣枯递代"的自然现象，说明新事物必然取代旧事物的发展道理，也正是基于此，刘禹锡才能永远保持一颗振奋乐观的心。尾联一句借豪迈之势而下，与友人白居易共勉，突出了诗人坚韧不拔的精神个性。全诗情感起伏跌宕，于沉郁中见豪放，于乐观中见旷达，是刘禹锡豪迈诗篇的杰出代表。

明代胡震亨《唐音癸签》中谓："禹锡有诗豪之目。其诗气该今古，词总平实，运用似无甚过人，却都惬人意，语语可歌，其才情之最豪者。"的确，刘禹锡的乐观豪迈诗篇通常是以一种平淡朴素的面貌呈现，并没有过分雕琢的痕迹。能于诗歌平实的字句间，使昂扬之气自然轻旋流转，此是真豪情者，非造化之力。而且在这豪迈万丈中，往往包孕着一种人生睿智的理性光辉，实在是锦上添花。

四

咏史怀古，深沉哲思

作为一个哲学家，刘禹锡曾写过一部哲学专著《天论》。这部书将韩愈与柳宗元在天人关系问题上的哲学辩论引向深入探讨，表现出更为进步的唯物主义哲学观。虽然是一部哲学著作，但它的文学色彩却相当浓厚，它辞藻优美、生动浅显，具有很强的可读性。可见，在刘禹锡的笔下，深沉哲思与文学气韵是互相渐染的。那么，在诗歌领域中，他的哲人的思辨气质自然对诗歌创作产生重要影响，这明显体现在他咏史怀古题材的诗歌中。这类诗歌并非纯粹以咏史怀古为目的，刘禹锡在抒发今昔兴亡之感的同时，更是站在时代的高度，以政治家和哲学家的眼光审视历史，将现实的感受与历史的沉思结合起来，寓深刻的哲理于咏史怀古中。如著名的《西塞山怀古》：

西晋楼船下益州，金陵王气黯然收。

千寻铁锁沉江底，一片降幡出石头。

人世几回伤往事，山形依旧枕寒流。

今逢四海为家日，故垒萧萧芦荻秋。

　　诗歌前两联写历史实事，阐发了事物兴废取决于人的思想。首联，直陈西晋水军乘高大战船顺江而下、讨伐东吴的事件，从益州到金陵何其遥远，然诗人只用一"下"、一"收"就渲染出西晋水军的速度之快，"黯然"一词也暗示了此次战事的结果。颔联，顺势而写战事的结果，东吴苦筑工事，妄图凭借长江天险，在江底暗置铁锥，又以千寻铁链横锁江面，没想到却被西晋水军一举捣毁、直击金陵，东吴只能举旗投降。如此紧凑衔接、环环相扣，足见诗人的思力。后两联主要状摹眼前实景，亦蕴藏着一种哲理思致。颈联，诗人感叹人世变幻，于广阔的历史背景中徐徐引出西塞山，正面点题，将诗歌的境界开拓出新的层次。世事变迁与山形依旧两相对比，既有对历史兴衰的叹惜，又流露出辩证统一的深沉哲思。尾联，诗人将视角落归今世，借秋风芦荻里破败的军事堡垒规劝腐朽骄奢的唐王朝以史为鉴，这也是全诗的主旨所在。该诗整体借古讽今，诗风苍凉雄浑、沉郁顿挫，又寓深邃的哲理于纵横捭阖的气格中。

　　于上，我们可大致窥见刘禹锡的历史观，是一种散发出深沉哲思气息的历史观。这不仅源于他丰富的历史知识储备、睿智的思辨能力，更离不开他深厚的文学底蕴。因此刘禹锡才能在咏史怀古的同时，始终观照现实，创造出思想内容深刻、艺术技巧纯熟的诗篇。试看这首家喻户晓的《乌衣巷》：

朱雀桥边野草花，乌衣巷口夕阳斜。

旧时王谢堂前燕，飞入寻常百姓家。

此首诗是《金陵五题》中的第二首，《金陵五题》是一组借六朝古都金陵来总结历史教训的诗篇。乌衣巷位于金陵秦淮河南岸，而朱雀桥是横跨秦淮河的一座古桥，与乌衣巷相邻。诗歌开头用朱雀桥描绘乌衣巷的环境，既符合地理真实，又对仗工美，瞬间唤起人们对历史的思索。乌衣巷自东晋以来就是高门士族的居住之地，而今却繁华落幕，变得萧条冷落。诗人以"野草花"衬托乌衣巷环境的荒芜，又用一抹夕阳为环境增添寂寥之感。而后，诗人将笔触转向乌衣巷上空的飞燕，曾经居住在世豪家族华堂的它们，如今已经在寻常百姓家中筑巢了。顺着燕子飞动的轨迹，诗人也从历史往事回到现实，在强烈的古今对比中，藏而不露地表现出自己对世事沧桑的深沉感慨，正如唐汝询云："不言王、谢堂为百姓家，而借言于燕，正诗人托兴玄妙处。"这首诗语言虽浅显简洁，却别有一种含蓄蕴藉之美，耐人吟咏，传说此诗就曾让白居易"掉头苦吟，叹赏良久"。

刘禹锡一生足迹遍布大江南北，长期的贬谪生活使他有充足的闲暇时间探寻历史古迹，从而写下了众多为人称道的咏史怀古诗篇。这些诗篇大都以洗练的语言、精心裁剪的画面，表现他阅尽历史沧桑变化后的沉思，其中亦包罗着深刻的人世哲理。自然这些咏史怀古诗篇也可折射出刘禹锡的部分个性特征，是如此深沉、如此达观。

五

竹枝民曲，自出机杼

刘禹锡对中国古代诗歌最大的贡献在于，他将文人诗与民间歌谣巧妙融合，拓宽了诗歌创作的道路，从而于豪迈雄浑的诗风外，又形成了一种开朗流畅、优美清新的诗歌风格。

早在朗州时期，刘禹锡就发现了民歌的营养价值。他在《上淮南李相公启》中说"虽盹谣俚音，可俪风什"，认为民间歌谣可以与《诗经》中的《风》诗相媲美。从此，他开始自觉向民歌学习，创作出如《竞渡曲》《采菱行》之类具有民歌情调的诗歌。而后，他又不断进行探索，深入巴渝民众的生活体察风土人情，最终谱写出清新刚健、朴素优美的诗歌。《刘禹锡集》现存的两卷乐府诗就是他倾力学习民歌的成就。其中，对《竹枝词》的旧曲新唱尤其显得夺目。

《竹枝词》原本是四川东部流行的一种含思婉转、乐舞结合的民歌，多用于歌唱爱情和抒发愁绪。刘禹锡在夔州期间，接触到了这类民歌，主动汲取其艺术创作经验，写下了两组《竹枝词》诗。这两组诗共十一篇，有歌颂民间美好健康爱情的，如：

杨柳青青江水平，闻郎江上唱歌声。

东边日出西边雨，道是无晴还有晴。

该诗描绘了一位初恋少女在江边听到情郎歌声时乍疑乍喜的心情。首句写景，江边青色的杨柳微微垂拂，江面的流水平静澄澈，渲染出一种明丽清新的环境氛围。在这动人情思的明丽环境中，忽而从江上传来了动听的歌声，这歌声是那么的熟悉。巴蜀地区，青年男女在恋爱时常常用唱歌来传达情意，这一唱瞬息就扰乱了少女的心，既惊喜又迟疑。接下来，三、四句诗人巧妙选取晴雨不定的自然景象，比拟初恋少女的复杂心情，以天气之"晴"谐音男女之"情"，如此一语双关，既写出了情郎的慧黠可爱，又刻画了少女的天真纯洁。全诗意境朴素清雅。

也有描写劳动人民生活场景的诗篇，这些《竹枝词》散发出浓厚的乡土气息，例如：

山上层层桃李花，云间烟火是人家。

银钏金钗来负水，长刀短笠去烧畲。

这首诗描写的是巴东山区人民生活的风俗画卷。与以往《竹枝词》简单模山范水不同的是，刘禹锡从中发掘出一种比自然山水容颜美更为可贵的人民劳动美。诗人首先描绘了一幅山上桃李花繁茂盛开、绚丽烂漫的春景图。接着又由景及人，于云烟缭绕的远山处寻觅到了村落人家，"是人家"三字暗示了这满山春色皆是由山村居民创造出来的。而后就自然转入对农村居民辛勤劳作场景的摹写，以"银钏金钗"借指青年妇女，用"长刀短笠"指代壮年男子，青年妇女下山背水，壮年男子上山烧荒种田，一派热气腾腾的农村劳动生活景象，具有浓厚的地方色彩。该诗以赞美巴东山区的劳动人民为目的，却毫无溢美的成分，仅是通过对宜人景色和山村居民劳作场景的刻画，就隐约流露出诗人对劳动人民的欣赏和称赞。

刘禹锡曾自述创作《竹枝词》组诗的动机：

四方之歌，异音而同乐。岁正月，余来建平，里中儿联歌《竹枝》，吹短笛，击鼓以赴节。歌者扬袂睢舞，以曲多为贤。聆其音，中黄钟之羽。其卒章激讦如吴声，虽伧伫不可分，而含思宛转，有淇、濮之艳。昔屈原居沅、湘间，其民迎神，词多鄙陋，乃为作《九歌》，到于今，荆、楚鼓舞之。故余亦作《竹枝词》九篇，俾善歌者飏之，附于末。后之聆巴歈，知变风之自焉。

从中可知刘禹锡是立志改良民歌风尚的，而且他还受到伟大浪漫主义诗人屈原创作《九歌》的启发和影响。刘禹锡将文人诗雅正敦厚的风格特质融入巴蜀民歌，使传统《竹枝词》基调转为清新优美、积极刚健，从此《竹枝词》正式演化为一种文人诗体，对后世产生广泛影响。

刘禹锡二十三年的贬谪生涯中，巴山楚水的风土人情时刻触发着他的诗兴、激荡着他的诗情。在对民歌质朴美的探索发现中，他不断拓宽自己的诗歌创作路径，其诗歌艺术水平有了质的飞跃。与此同时，民间歌谣也以优美典雅的风采面世，堪比动听箫韶。而这一切，均得益于刘禹锡灵巧慧雅的机杼之心。

少年勤学、青年担纲，面对贬谪逆境，他仍能坚持自己的理想，心如砥柱。他是激昂的斗士，以正直刚毅的凛然风骨抵抗奸佞权臣的气焰嚣张；他更是一代"诗豪"，以乐观豪迈的人生态度笑对仕途不幸的泥泞坎坷。他深沉睿智，于咏史怀古中观照现实，传达悠远的世间哲思；他自出机杼，于巴山楚水里汲取风情，哺育优美的民间清曲。这就是历经千辛万苦，终像真金一样耀眼的唐代诗人——刘禹锡。

贾　岛：
为人性僻耽佳句，语不惊人死不休

"为人性僻耽佳句，语不惊人死不休"是唐朝杰出诗人杜甫对自己严谨作诗态度的准确剖析，它开启了有唐一代诗歌领域的苦吟之风。时至中唐后期，诗人贾岛又倾力发扬这种苦吟精神，于灰暗凄凉的时代一隅，披一身清霜，用瘦硬的诗笔刀锋将律诗千转雕刻成花，它们清峭、孤幽，徐徐绽放出精巧独特的奇冷寒姿。于此，杜诗一句倒可视为对贾岛人生形象的概括了。与鲜衣怒马式的盛世风雅相比，贾岛的诗歌体性颇显艰涩寒僻，这种寒僻诗风蜿蜒至晚唐五代，终在遥远后世生发泠泠回响。

一

锐意：清贫寒士，儒释兼济

　　贾岛（779年—843年），字浪仙，幽州范阳（今河北涿州）人。他出生于藩镇割据、内战频仍的中唐，这一时期政治凋敝，腐朽的上层统治者大肆搜刮百姓钱财，横征暴敛，导致民不聊生。再加上由于皇室的提倡，佛教大盛，出家为僧可以免除赋税。家境贫寒的贾岛为谋生计，选择入寺为僧，号无本，自号"碣石山人"。贞元十七年（801年），贾岛辗转洛阳寺庙修行，因当时有令禁止和尚午后外出，贾岛心生郁闷，作诗发牢骚，被韩愈发现其才华，"教其为文"。后来在韩愈的鼓励下，贾岛于元和七年（812年）前后还俗参加科举，是年三十三岁的他开始了一生追求的仕进之路。常年与青灯佛卷相伴的贾岛从小未接受儒家经典的良好熏陶，与俗家士子相比，他诗文杂赋的功底自然略显薄弱，况且当时的科举考试弊端丛生，贾岛在这种情况下毅然还俗科考，其激进勇气可见一斑。"十年磨一剑，霜刃未曾试"（《剑客》，本篇所引贾岛诗歌均选自李嘉言《长江集新校》）便是他慷慨激昂的豪言壮志，经过十年准备的他洋溢着满腔自信跃跃欲试，想要一举实现自己的政治抱负。但是，仕途之路远不如想象中的平坦宽阔，而是充满曲折坎坷。贾岛屡试未第，一再失利，却从没有轻言放弃，反而在困境中更加锐意进取，"笔砚且勿弃，苏张曾陆沈。但存舌在口，当冀身遂心。君看明月夜，松桂寒森森"（《寄友人》），这里以经冬不凋松桂坚韧的本性，比喻自己用意仕进的初志不变，恰好说明贾岛是有强烈儒家济世之心的。直至晚年，贾岛因被贬得到长江主簿一微职，依旧不顾身体羸弱，跋山涉水，千里赴任，在任三年期间，一直兢兢业业、恪尽职守，受到当地民众的爱戴。贾岛儒家兼善天下的可贵精神还体现在他对惨痛社会现实图景的描摹，"旧宅兵烧尽，新宫日奏（一作奉）多。妖星还有角，数尺铁重磨"（《逢旧识》）、"橘树千株在，渔家一半无"（《宿孤馆》），包含着他对百姓遭受兵燹劫难的深切同情和对繁重赋税的严重不满，表现出儒家"仁民爱物"的观念。此外，他还关心时政，对边境战乱予以刻画："持戈簇边日，战罢浮云收。露草泣寒雾，夜泉鸣陇头。三尺握中铁，气冲星斗牛。报国不拘贵，愤将平虏雠。"

（《代边将》）诗中没有任何羁旅凄怆的情绪，字里行间流露出的是贾岛雄壮的爱国之思。与中唐韩愈、白居易等人大量的现实主义诗篇相比，贾岛对社会现实的揭露虽不直接，但细细端详仍可见他儒家用世思想的深刻，从这一意义来讲，贾岛的部分诗歌亦是中唐社会多侧面的剪影。

当科考受挫、仕途困顿时，早年先入为主的佛家思想适时抬头，贾岛便自觉向佛教倾斜。长期受佛教虚静观念的浸染，致使贾岛观察问题的角度、眼光很是独特，反映在诗歌创作上便显现出挥之不去的佛光禅影。他惯于以佛禅义理入诗，大量运用佛语典故，而且在诗歌的取象设境上，也常常把寺院、僧房、钟声等和佛教息息相关的事物纳入其中。与此同时，佛门经历还造就了他孤僻的个性，使得他对幽僻清新的意象感到极其亲切，在他的笔下，石缝中干枯的小草、枯树内飞出的流萤等，均得到他的青睐。苔藓、钟、松、风、云等清幽意象常现其诗作中，"穴蚁苔痕静，藏蝉柏叶稠"（《寄无可上人》）、"乔木覆北斋，有鸟鸣其间"（《和刘涵》），不仅有清幽空寂的意境，更体现了浓郁的禅味。由于和佛门关系密切，贾岛还写了不少和僧人交往的诗篇，"静向方寸求，不居山（一作千）嶂幽"（《题岸上人郡内闲居》）、"月落看心次，云生闭目中"（《寄华山僧》），这里佛即本心，无寺庙所规约，心似行云，悠然而宁静，释道超脱之意蕴藏其中。"名山思遍往，早晚到嵩丘"（《寄无可上人》）一句则透露出他日后希望再次皈依佛门的归隐之心，但纵观贾岛一生，他自还俗后终究再未回归佛门，他对佛教的深深眷恋更多是源自仕途失意后心灵慰藉的需要。一旦精神创伤有所纾解，他就立即返回锐意进取的求仕之路了。但佛教思想在贾岛心中切实是根深蒂固的，以至于他在诗歌创作中幻化出别具一格、清奇幽僻的风采，在一定程度上掩盖了他儒家的用世壮志。

闻一多先生在《唐诗杂论》中评价贾岛："形貌上虽然是个儒生，骨子里恐怕还有个释子在"，可谓是鞭辟入里。贾岛确是一个亦儒亦释的人物，作为儒家士子，纵使苦难重重，他也割舍不掉"修身、齐家、治国、平天下"的儒者情怀；而身为佛门释子，他在科考困顿时又黯然依赖僧寺禅味，舒缓忧伤。无论何种身份，贾岛清贫寒士的锐意进取之心是昭然明晰的，而且这种锐意进取在佛理虚静思致的映衬下，更为可嘉可赞。

二

狂狷：宿弊难清，不平则鸣

当贾岛踏入追求仕途之路后，他发现原来科举考试存在着难以彻底清除的宿弊。当时求谒、行卷、公荐、荐举风气的盛行，为那些没有真才实学的富贵子弟和尸位素餐的考官提供了徇私舞弊的机会。贾岛没有稳定的政治靠山去寻求引荐，也没有丰厚的财产去扩展自己的人脉关系，只能在考场中屡屡碰壁。在经历过多次科举考试的失败后，他对科举弊端有了清醒的认识。作为一个怀才不遇的失意文人，贾岛有满腔怨愤却无处宣泄，千愁万恨只能诉诸笔端，从而写下了众多曝光中唐科举弊端的愤世嫉俗的诗篇。《病蝉》即是一例：

> 病蝉飞不得，向我掌中行。
> 折翼犹能薄，酸吟尚极清。
> 露华凝在腹，尘点误侵睛。
> 黄雀并鸢鸟，俱怀害尔情。

这首诗贾岛以"病蝉"自喻，托物寄情，抒发自己心中的悲愤，也道尽天下寒士心中的悲愤。那些和贾岛一样坚持本心、不随波逐流的普通举子，科举梦想再三被毁灭，他们就像那被折断了翅膀的蝉，即使痛苦万分也要振翅清吟，奋力控诉这个不公平的社会。"雀"比喻庸俗、诽谤他人之徒，"鸢鸟"则指大权在握、炙手可热的公卿大夫，正是这两类人物的存在使得科举考试黑暗无边。因为该诗言辞太过犀利尖锐，所以一经发布，立刻惹怒了那些心虚的权贵们。"公卿恶之，与礼闱议之，奏岛与平曾疯狂，挠扰贡院，是时逐出关外，号为举场十恶。"贾岛之狂猖耿直的性格由此可见。

在京城待考期间，贾岛结识了一位名叫沈亚之的秀才，沈亚之写得一手好文章，却因交友不慎，被一些别有用心的人诬陷，四处散布谣言对他诋毁侮辱。而那些昏庸的主司们听到传闻后未经查实就无情打压沈亚之，直接导致他科考失败。作为旁观者的贾岛看到沈亚之的遭遇，怒火中烧，立即写了一首《送沈秀才下第东归》为他鸣不平：

> 曲言恶者谁？悦耳如弹丝。
>
> 直言好者谁？刺耳如长锥。
>
> 沈生才俊秀，心肠无邪欺。
>
> 君子忌苟合，择交如求师。
>
> 毁出疾夫口，腾入礼部闱。
>
> 下第子不耻，遗才人耻之。
>
> 东归家室远，掉鞶时参差。
>
> 浙云近吴见，汴柳接楚垂。
>
> 明年春光别，回首不复疑。

此诗开门见山地讥讽了当时暗无天日的科举考试。巧舌如簧、搬弄是非的小人深得考官信赖，敢于直言、伸张正义的君子却无人理睬。"君子忌苟合，择交如求师。"堂堂正正、光明磊落处世的贾岛表示他不屑和那帮乌合之众同流合污，只有品德高尚、为人正直的人才是他择友的对象，而沈亚之就是他心中的君子。他真诚地鼓励沈亚之，即便被小人诬陷诋毁，他也可以凭着自己的真才实学再次腾跃进入科举，得偿所愿。

这首诗不仅批判了考生之间相互倾轧的恶习，还对颠倒黑白、是非不分的考官进行了大胆揭露和鞭挞。他真诚地安慰失意的朋友，对沈亚之同情至深，不只是因为他正直高洁的性格，更因为他与沈秀才有"同是天涯沦落人"的共鸣。他为沈亚之抱不平，其实也是为自己抱不平，为天下所有怀才不遇的寒士鸣不平。

贾岛为人狂狷正直，多年清冷的佛门生活养成了他孤高冷峻的性格，长期的苦读又使他以才华自矜，因此在众多举子中显得格格不入。据《鉴戒录·贾忤旨》记载："岛初赴名场日，常轻于先辈，以八百举子所业悉不如己。自是往往独语，傍若无人，或闹市高吟，或长衢啸傲。"这般狂放耿介的个性在讲究温柔敦厚、中庸之道的封建社会自然不容于人，极易招致反感和非议，也给他带来祸患。因此，贾岛屡试不第也是一种必然。然而，尽管遭受多重祸患与非难，贾岛始终不肯趋炎附势，不愿磨平他狂狷的鲜明个性。

三

孤洁：困窘人生，甘之如饴

贾岛不仅是个政治上不得志的下层文士，还是个与贫寒相伴了一生的落魄诗人。面对家徒四壁的无奈现实，他没有声嘶力竭的控诉，没有呼天抢地的质疑，而是平实细腻地从主观感受中传达个人对贫穷的体认。如《朝饥》：

市中有樵山，此舍朝无烟。

井底有甘泉，釜中乃空然。

我要见白日，雪来塞青天。

坐闻西床琴，冻折两三弦。

饥莫诣他门，古人有拙言。

在这首诗里，他十分清晰地叙述了自己的贫寒困苦：早晨市中有堆积如山的柴薪，而家中还没有木柴来生火做饭；井底虽有甘洌的清泉啊，可家里的锅中却没有一粒米；想要出门享受阳光的温暖，可偏偏下起了大雪。这几句一正一反，寥寥数笔写尽朝饥的状况。"坐闻"二句写贫居无聊时的活动，暗伏一个"寒"字，补题目之不足。末尾"饥莫诣他门，古人有拙言"，贾岛反用陶渊明《乞食》诗"饥来驱我去，不知竟何之！行行至斯里，叩门拙言辞"的诗意，表示即使饥饿也不去拜访他人以求食，因为即使去求食也会言辞笨拙，不如不去。而实际上，孤洁清高，不食嗟来之食，才是贾岛不诣他门的真正原因。

贾岛屡试不第，长期困在薪桂米珠的长安，其生活之艰辛贫苦可想而知。但面对窘迫的生活，他从来都是首先想尽办法自我解决，不愿劳烦他人。这一点从好友姚合涉及贾岛的诗中就可得到印证，如《寄贾岛浪仙》"悄悄掩门扉，穷窘自维絷。世途已昧履，生计复乖缉"。但贾岛对于自身贫困苦寒的生活并未有明显强烈的反抗，反倒有甘之如饴的意味。在无限悲苦哀叹中，又夹杂一丝倔强与傲岸。

比贫穷更折磨贾岛的是因贫而染的病疴。"由来多抱疾，声不达明君"（《就可公宿》）、"泪落故山远，病来春草长"（《下第》）等就是他对自己体弱多病情况的真实描绘。在《卧疾走笔酬韩愈书问》中，他详细地叙述了自己长期受病魔侵扰的痛苦：

一卧三四旬，数书惟独君。

愿为出海月，不作归山云。

身上衣频寄，瓯中物亦分。

欲知强健否，病鹤未离群。

诗歌开篇就直言诗人卧病的时间之长，已经有三四个月了，然而多次与贾岛书信往来的只有韩愈一人。这句诗将他病中的凄苦与世态炎凉、人情淡薄勾勒殆尽。"愿为"两句是贾岛心迹的自我剖白，他想做那从海上升起的明月，怀揣理想抱负积极入世，而不是做那暮景的归云，在山林中苟且避世，疾病缠身的他，仍有雄心壮志，此句也可看作贾岛对恩师韩愈的承诺。幸运的是韩愈慷慨解囊，给了贾岛不少物质上的支持。但贾岛毕竟长期和病痛周旋，身体早已虚弱不堪，怎能奢望恢复强健？虽然贾岛就像一只病鹤，但他依旧不会离群，不会放弃他的用世理想。对贾岛而言，那茫茫来日就是无穷无尽的苦海，他一生都未摆脱贫穷的困扰。据说在他临终前，家里穷得只剩下一头病驴和一张破琴。但不管是贫寒还是病疴，从没有真正将他击垮，贾岛一直以孤洁的姿态耽于苦吟、认真作诗。

贾岛在长安的日子，如姚合《送贾岛及钟浑》所说，"日日攻诗亦自强，年年供应在名场"，苦吟作诗占据了他所有的时间，耗尽了他的精力，因此使他对贫穷一筹莫展，终其一生都过着贫困潦倒的生活。他时常沉浸在悲苦的情绪中，并将这种悲苦当作素材和灵感来创作诗歌，以求达到心灵上的平静安定，这也使他的诗风奇僻苦涩、幽静平淡，甚至陷入了狭隘的愁苦中走不出来，正如宋代欧阳修评价贾岛"以诗穷至死"，的确，贾岛是因诗穷而后工，因诗工而益穷。于贾岛而言，诗歌不仅仅是他崇高的事业，更是他思想精神的寄托，在人生的漫漫风雨中，贾岛敢于将满腔的悲苦用文字表达出来，从社会意义层面来讲，具有典型的代表性。他的贫寒困苦不仅关乎个人，更是一代中唐下层士子生活的写照。

四

笃诚：尊师信友，清风高谊

在贾岛《长江集》中，交游诗歌占据了半壁江山，一生笃于交游的贾岛将"知心"作为交友原则，始终不渝。他在《不欺》中写道："上不欺星辰，下不欺鬼神。知心两如此，然后何所陈。食鱼味在鲜，食蓼味在辛。掘井须到流，结交须到头。此语诚不谬，敌君三万秋。"实在是他诚挚交友的最好证明。贾岛交友广泛，他与中唐诗人韩愈、孟郊、张籍和姚合等均关系密切，而且他还和佛教僧人往来频繁，甚至和日本友人也是情意深厚。其中，他与韩愈的师生情谊尤其引人注目。

贞元十七年（801年），贾岛与韩愈相识订交，开始了长达二十四年的真诚交往。这期间，韩愈奖掖后进，不断鼓励贾岛科考求仕，并对他进行诗文指导，还常常给予他生活上的关心与帮助。作为弟子的贾岛，则恪守对韩愈"愿为出海月，不作归山云"用世之心的承诺，一直努力进取。不仅如此，贾岛还对韩愈之仕途浮沉、祸福顺逆深深挂念。元和十四年（819年），韩愈因谏迎佛骨事被贬潮州，贾岛得知后痛哭流涕，千里寄诗给韩愈，《寄韩潮州愈》中云：

> 此心曾与木兰舟，直到天南潮水头。
>
> 隔岭篇章来华岳，出关书信过泷流。
>
> 峰悬驿路残云断，海浸城根老树秋。
>
> 一夕瘴烟风卷尽，月明初上浪西楼。

此诗首联直观陈述诗人贾岛对韩愈遭贬的深切关心，他的整个心神时刻紧随着韩愈的行程，直到天南潮水的尽头。这两句笔力奇横，表达了贾岛对忠臣韩愈被贬遭遇的强烈愤懑和甘愿与他共同受苦的真挚情感。接着诗人写别后景况，收到韩愈的来信后，贾岛立即挥就诗篇驰书安慰，二人之肝胆相照了然可见。第三联，"悬""浸"二字，一高一下，两相对比。以"峰悬驿路"写道路之险阻，用"海浸城根"说处境之凄苦。在荒凉环境的烘托中透露出诗人深沉的关怀心情。此一联，把坚如磐石的友情推至顶峰，诗的境界也随之达到高峰。最后一联，诗人宕开一笔，描绘了风卷烟尽、月照西楼的明净景象，暗喻恩师无辜遭贬的冤屈，终将大白于天下，以美好的祝愿与憧憬结束全诗。清代纪昀曾评价此诗："意境宏阔，音节高朗，长江七律内有数之作。"在宏阔高朗中，贾岛与韩愈之清风高谊更显芬芳，而贾岛之笃厚真诚愈加珍贵。

后来，韩愈结束贬谪生涯回到长安，贾岛又不顾久病初愈的虚弱身体，毅然前往探视慰问，"涕流闻度瘴，病起喜还秦"（《黄子陂上韩吏部》），这两句诗凝聚的正是贾岛听闻恩师韩愈回京后一刹那悲喜交加的复杂心情，饱含着他对韩愈深切的眷念。长庆四年（824年），韩愈病重告退，在他生命的最后时光里，贾岛诚心看望陪侍，以排解他告退后的孤独寂寞。韩愈对此十分感激。

世人都道贾岛孤僻冷傲，殊不知孤僻如许的他却拥有众多真挚的朋友。从王公贵族到普通士子，从高僧名道至外国友人，与贾岛交游有姓名可考者多达一百四十余人，而且，据《唐才子传》记载，大多都为高洁耿介之士。这很大程度上得益于贾岛真诚笃厚的个性华彩，在尊师信友的过程中，他始终把"知心"作为最高标准，也因此赢得了众人的欣赏与肯定。

五

执着：锤炼陶钧，耽于苦吟

杜甫曾说"为人性僻耽佳句，语不惊人死不休"，而贾岛算是把这种苦吟精神发挥到了极致。作诗一丝不苟的他专心致志地锤炼诗句，甘于寂寞、甘于贫寒，无愧于"诗奴"的雅号。

诗思是无言的，但要将其传递出来，却是离不开语言的。贾岛对此的表述是"言归文字外，意出有无间"（《送僧》），但是落实到诗歌创作实践上，他的诗篇却并无"不着一字，尽得风流"的气韵。贾岛曾自言"止息乃流溢，推寻却冥濛"（《投孟郊》），当他心绪平静之时，内在一片充实，但要从中把握到什么，却感到茫然而无所得。贾岛的这种感受在晚唐诗人的作品中也有表述，如"几处觅不得，有时还自来"（贯休《诗》）、"诗在混茫前，难搜到极玄"（齐己《寄谢高先辈见寄二首》）等。说到底，这实际就是诗思不敏的缘故。正是因为诗思难以把握，却必须捕捉；难以言传，又必须言传。面对作诗困境，贾岛选择以苦吟的方式来应对。他的《戏赠友人》诗形象地表述了自己的作诗方法：

> 一日不作诗，心源如废井。
>
> 笔砚为辘轳，吟咏作縻绠。
>
> 朝来重汲引，依旧得清冷。
>
> 书赠同怀人，词中多苦辛。

这里"心源"就是诗思，只有作诗才能被激发，唯有经常作诗，诗思才不会枯竭。贾岛以水井汲水比喻诗的创作过程，无水之井就是废井，如果有水而不能日日汲取，也同样是废井。以笔砚为辘轳，吟咏为井绳，反复汲引，才能得到清冷之诗。同时，贾岛也以"词中多苦辛"道出了反复吟咏、搜求诗思之苦。在他的其他诗句中也有类似的表述，如"二句三年得，一吟双泪流。知音如不赏，归卧故山秋"（《题诗后》）、"默默空朝夕，苦吟谁喜闻"（《秋暮》）、"三月正当三十日，风光别我苦吟身"（《三月晦日赠刘评事》）等。

爱诗成癖的贾岛为诗歌呕心沥血，他不仅投入大量的时间去作诗，而且对作诗有着十分严谨的态度，并为此在文学史上留下了一段佳话。贾岛访友作《题李凝幽居》：

> 闲居少邻并，草径入荒园。
>
> 鸟宿池边树，僧敲月下门。
>
> 过桥分野色，移石动云根。
>
> 暂去还来此，幽期不负言。

这首诗的初稿"敲"字本作"推"，但他不太满意。返回途中，贾岛沉浸在自己作诗的世界中，默默吟诵"鸟宿池边树，僧推月下门"，并反复做着推门和敲门的动作，思索"推"和"敲"哪个更为合适。此时身为京兆尹的韩愈，在仪仗队的簇拥下迎面而来，行人和车辆都纷纷避让，而贾岛还骑在毛驴上做着推敲的动作，毫无所觉地闯进了仪仗队中。韩愈问明缘由后，对贾岛说："'敲'字佳，一更为礼貌，二静中有动，岂不活泼。"于是，两人一见如故，结为布衣之交。这个故事虽有子虚乌有的嫌疑，但从此"推敲"成为脍炙人口的常用词，用来比喻做文章、写诗或做事时，反复琢磨，反复斟酌，才能得到最佳。

贾岛苦吟所倚赖的，除了日日搜求的勤勉外，还有就是在禅宗寂然观照的方式下体认深细、刻画精深的功夫，所以他在炼字、炼句、炼意上极有功力。比如炼字的佳句："瀑流莲岳顶，河注华山根。"（《马戴居华山因寄》）华山远望如莲花盛开（又有说其顶有千叶莲花），因此有莲岳之称。瀑布从华山最高处直流而下，黄河在华山脚下转入东海。句中"顶"字显出华山之高，"根"字状写山势稳健，二字用得极为形象。再如"流星透疏木，走月逆行云"（《宿山寺》）。这两句刻画眼前景象十分精到，虽然很多诗评家对此毁誉不一，但"透""走"二字用得极其精准。尤其"逆"字将月与云在夜空中排列的静态转为动态之美，为妙用，《唐诗别裁》赞曰："顺行云则月隐矣，妙处全在'逆'字。"《贯华堂选批唐才子诗》评价贾岛诗作时说："先生作诗，不过仍是平常心思、平常格律，而读之每每见其别有尖新者，只为其炼句、炼字，真如五伐毛、三洗髓，不肯一笔犹乎前人也。"这个评价很能概括贾岛苦吟的功力。

但是贾岛的苦吟，对其诗也有伤害。由于诗思不足、才气稍弱，他创作之时往往先有单句，之后才敷衍成篇，因此贾岛诗作常有佳句而无名篇，或因拼凑而显得诗意不够连贯。他推敲的名句"鸟宿池边树，僧敲月下门"（《题李凝幽居》）、"独行潭底影，数息树边身"（《送无可上人》）等，就属此种情形。因此，贾岛虽以苦吟之功、推敲之力形成了自己诗歌鲜明的精奇入微之特色，但其过度刻苦锤炼的雕琢痕迹也常为人诟病，此基本可以归结为自身才力的问题。

需要强调的是，贾岛在生活困窘、科考失利的境遇下仍能坚持诗歌创作，耽于苦吟、潜心锤炼诗艺，此种执着坚韧的精神品质足以令人钦佩景仰。而且，他倾力发扬苦吟之风，使得苦吟精神从此成为一个时代耀眼的标签，对后世产生重要影响。

诗风就是诗人性格的真实体现。在佛教思想的熏陶和生活贫苦及仕途黯淡等多重因素的综合作用下，贾岛对清静意趣有着特别的偏爱和癖好，从而形成了他寒僻奇冷的诗歌风格。闻一多先生就曾分析过贾岛的独特审美品位：“他在那荒凉得几乎狰恶的‘时代相’前面，不变色，也不伤心，只感着一种亲切、融洽而已。于是他爱静，爱瘦，爱冷，也爱这些情调的象征——鹤、石、冰雪。黄昏与秋是传统诗人的时间与季候，但他爱深夜过于黄昏，爱冬过于秋。他甚至爱贫、病、丑和恐怖。”（《唐诗杂论》）翻看贾岛诗集，除了少数痛快畅达的豪气诗作外，其他的诗篇几乎都带着一丝寒冷、奇僻的味道，“松”“石”“鹤”“石”“雪”等充满清幽孤峭的意象随处可见。

这种寒僻诗风对当时诗坛来讲诚为一巨变，五代王定保就曾评贾岛诗风“变格入僻，以矫浮艳”。主张以“僻”为奇的贾岛，凭着坚定不回头的倔强在诗歌创作的道路上越走越远，终诗开一派，成为中国古代诗歌史中一道不可或缺的风景线。虽然贾岛寒僻奇冷的诗风使他的诗歌格局有些狭仄，但大河澎湃、小河淙淙，在知音者眼中，亦不失有赏心悦目的美感，后世失意文人常常在贾岛这里寻求精神共鸣。

晚唐五代，贾岛的拥趸增多，不少人模仿他的风格写五律，写“鹤”“石”“冰雪”，学习他的“苦吟”精神，甚至视他为神佛，虔诚跪拜，日念千遍。但正如闻一多先生所说：“贾岛毕竟不单是晚唐五代的贾岛，而是以后各个时代共同的贾岛。”贾岛之寒僻风神更在遥远后世生发出泠泠回响。不仅宋初的“九僧”等人在他的诗风笼罩之中，连宋代的著名诗人如梅尧臣、王安石、陈师道等都曾向他学习，“状难写之景，写难写之情”。“江湖诗派”更是对贾岛推崇备至。另外，明末的“竟陵派”、清末的“同光派”也都受到贾岛清幽奇僻诗风的影响。可以说，每个朝代在走向腐朽没落时，诗坛必有对他的回响。也许，贾岛从未真正死亡，他的幽灵在后世许多追求静寂与寒僻的文人那里复活，从而幻化出一篇篇戴着精致镣铐的诗歌旋律，默默地诉说着那些黯淡幽渺的情思。

一代文豪苏轼曾在《祭柳子玉文》中把孟郊和贾岛的诗风冠以“郊

寒岛瘦"，可谓是深中肯綮之论。如果说寒僻奇冷是贾岛诗歌外在风神的话，那么"瘦"的确是他诗歌的内在骨骼，而诗格之瘦峭归根结底离不开贾岛个性特征的滋养。与盛唐相比，中唐的诗歌开始关注个人的诉求，生性孤僻的贾岛侧重描摹个人内心的凄苦，他的诗歌世界"是一个理想的休息场所，让感情和思想都睡去，只感官张着眼睛往有清凉色调的地带涉猎去"。在那个充满疲乏、病喘连连的时代，贾岛幽闭在黯淡阴冷的柴户荆门中，敛去应有的高亢和激昂，在光和暗的缝隙里浅吟低唱，让天光云影在寒僻奇冷的世界里就此沉寂。

贾岛，于时代的灰色调中寻觅一方安静的场所苦吟作诗，用他全部的生命力量精心镌刻篇篇诗歌。那篇篇诗歌似乎是窥探他心灵世界的独特视窗，原来在孤僻清高的形貌下，他竟是如此锐意、狂狷、孤洁、笃诚和执着，丰富多彩的个性特征终滋养砺就了他奇冷寒僻的诗风。他是一个瘦峭的苦吟魂，惊艳了一个时代，亦开辟了一个世界。

杜　牧：

风流其表，深情其中

元代辛文房在《唐才子传》中这样评价杜牧："美容姿，好歌舞，风情颇张，不能自遏。"似乎和面容姣好的花花公子别无二致。但读者都会懂得人物的多面与人性的复杂，而且这一点与杜牧生平经历的曲折和情感性格的丰富也有着千丝万缕的联系。有人说他壮志难酬，所以潦倒哀伤；有人说他钟爱红粉，所以风情颇张；还有人说他怀古咏史，所以深沉悲壮。总之，杜牧不仅是一个风流深情的诗人墨客，还是一个壮志凌云的政坛才俊，这些都给后人留下了无尽的思索和探寻。

一

少年壮志，鸢飞鱼跃

杜牧出生于唐德宗贞元十九年（803年），字牧之，号樊川居士，京兆万年（今陕西西安）人，与李商隐并称"小李杜"。

唐代京兆万年杜氏家族名噪一时，所谓"城南韦杜，去天尺五"，就谈到了杜家的显赫地位。杜氏家族人才济济，仅在唐代就出过十一个宰相，如杜如晦、杜淹等。杜牧正是出身于这样一个名门望族。其曾祖父杜希望，是唐玄宗时期的边塞名将，为人刚正不阿，同时爱好文学，延揽人才，名望甚高。其祖父杜佑，曾三朝为相，而且博古通今，是中唐颇负盛名的政治家与史学家，著有《通典》一书。其父杜从郁，曾官至员外郎。出身于如此尊贵显赫的家族，杜牧对自己家世、家学所产生的自豪感溢于言表。他在《冬至日寄小侄阿宜诗》中就曾说道："旧第开朱门，长安城中央。第中无一物，万卷书满堂。家集二百编，上下驰皇王。"由此可见，杜牧接受了一般人难以想象的良好教育。

　　年少时的杜牧过着锦衣玉食的公子生活，其祖父在长安城南有一处樊川别墅，那里林壑秀美，景色宜人，不仅是一个享受自然的休闲场所，还是一个读书学习的绝佳去处。因此，杜牧经常随同祖父来此读书赏景，度过了一个阳光幸福的童年。然而，如此安常履顺的生活还是遭遇了不幸。祖父和父亲的相继离世，使得这个原本殷实富足、名望甚盛的家族逐渐走向衰落与贫困。"长兄以驴游丐于亲旧"，家中仆人也死于饥饿，或者逃离不归。朝夕之间，杜牧从"旧第开朱门，长安城中央"的贵族公子，变成了"食野蒿藿，寒无夜烛"的贫寒士子，这次巨大变故无疑是他人生中一个至关重要的转折。明末文人张岱，与杜牧的遭遇类似，他在《自为墓志铭》一文中说道："少为纨绔子弟，极爱繁华，好精舍，好美婢，好娈童……兼以茶淫橘虐，书蠹诗魔，劳碌半生，皆成梦幻。年至五十，国破家亡，避迹山居，所存者破床碎几，折鼎病琴，与残书数帙，缺砚一方而已。布衣蔬食，常至断炊。回首二十年前，真如隔世。"不过，巨大的生活落差并没有使他们颓唐丧志，而是"海阔凭鱼跃，天高任鸟飞"。

　　由于自幼受到家族文化的熏陶，杜牧从小便有济世之心，尤其喜欢治国与军事方面的著作，这些都为他后来的科举之路打下了坚实的基础。二十岁时，杜牧已经通读了《尚书》、《诗经》、《左传》、《国语》、十三代史书等著作。二十三岁时，他写下了名噪一时且流传千古的鸿篇巨制《阿房宫赋》，借秦始皇的穷奢极欲与二世而亡的历史反思，来讽刺唐敬宗沉溺于声色娱乐的腐化生活。其文风铺张扬厉，借古讽今、针砭时弊，处处流露着对朝廷、对社会的深切关注和强烈的责任意识。"秦人不暇自哀，而后人哀之；后人哀之而不鉴之，亦使后人而复哀后人也"，是对秦朝灭亡的高度总结，同时也表现出了杜牧敏锐的政治洞察力。文章情感激切动人，语言表达犀利锋芒，彰显了杜牧年轻时就有指点江山的政治魄力和忧国忧民的天下情怀。

这位初出茅庐的青年才俊，的确怀有让人不容小觑的政治抱负。特别是他对唐王朝的衰落深感忧虑，一直有志于唐室的中兴。"平生五色线，愿补舜衣裳"（《郡斋独酌》）正是他的人生理想。这与老杜"致君尧舜上，再使风俗淳"的政治关怀有异曲同工的时代呼应。不仅如此，杜牧怀着强烈的用世之心，积极关注国家治乱，曾上书昭义节度使刘悟，劝其征伐河北叛臣朱克融、王廷凑、史宪臣，同时敢于直言，大胆劝诫其莫要骄奢放纵。举进士之前，杜牧还曾以如椽大笔，饱含热情地写下了《燕将录》《同州澄城县户工仓尉厅壁记》《感怀诗》等作品，生动展现了一个意气风发的青年对国家时事、百姓疾苦的深沉感慨。

果然，功夫不负有心人，唐文宗大和二年（828年），二十六岁的杜牧凭借自身努力获进士及第，授弘文馆校书郎，试左武卫兵曹参军。大和七年（833年），淮南节度使牛僧孺辟为推官，转掌书记。唐武宗会昌二年（842年），杜牧出为黄州刺史，后又任池州、睦州刺史，在一方任官，他关注民间百姓的生活疾苦，为民兴利除弊，颇得百姓赞誉。后来杜牧被召入京为考功员外郎、知制诰，后又迁中书舍人。然而，仕途顺畅不过是表面现象罢了，因为即便他有幸中举入仕，最终也难以凭借自己的才华进入政治机构上层，这与当时已然腐朽衰落的时代有着密切联系。不过，这一点并不妨碍杜牧将文学才能极度发挥，于文学史上留下浓墨重彩的一笔。李商隐有诗云：

> 高楼风雨感斯文，短翼差池不及群。
>
> 刻意伤春复伤别，人间惟有杜司勋。

末尾"惟有"二字，高度评价了杜牧"伤春伤别"的深情所在，引发极强的情感共鸣。需要指出的是，这首诗整体强调风雨飘摇的恶劣环境和杜牧诗歌伤春伤别的情感内容，"刻意"二字，又似乎透露出这并非简单意义上的伤春伤别，而是具有深厚的时代寓意，正应了清人赵翼的那句话："国家不幸诗家幸，赋到沧桑句便工。"因此，对于杜牧诗歌的意蕴，我们必须结合时代特征做深入认识。

先天家庭文化传统的浸淫，加之诗人自身的砥砺奋进，使这位极负盛名的文人以兵家之眼论兵，以才子之笔写诗，终于成为晚唐风流人物中的一朵奇葩。

二

风流潇洒，假托风月

杜牧虽然胸怀大志，却无明主赏识。江河日下的晚唐，君主才庸、宦官勾结、党争延续，再加上边事不断，如此内忧外患使得大唐之舟行将沉没。熟读兵史的杜牧，惯于看透时局，却无法力挽狂澜，于是满怀失望的他曾一度将悲愤交与风月，转而从男女情爱中寻找理想的补偿和精神的慰藉。晚唐时期，社会上礼教松弛，享乐淫逸之风盛行，狎妓冶游成为一种时尚，以"风流才子"自诩的杜牧也在其中，如果从这一点来说，辛文房所言并非全是空穴来风。

杜牧的"风流"之名主要得自扬州。刚刚进士及第，"春风得意马蹄疾"的前途看起来一片大好，只待"直挂云帆济沧海"，奈何人生颇多崎岖，到了而立之年的杜牧还只是淮南节度使牛僧孺幕府上的一个掌书记。对一个经世致用，致君尧舜的才子而言，整日里做那些处理公文的琐细事务，实在有些牛鼎烹鸡，加上当时他初出茅庐，自恃清高的傲气还未消却，如此烦闷、无聊的工作怎能遂了心意，所以眼前这一切给杜牧心理上造成的落差是无法估量的，但又实在别无他途，即使再心有不甘，为了养家度日，他也只能忍气吞声，勉强留在扬州熬天混日。因此，杜牧选择了及时行乐，追求浪漫真实的自我，乐得风流潇洒的才子之名。一方面，杜牧游山玩水，投向风景旖旎的自然怀抱；另一方面，他出入秦楼楚馆，成了歌舞酒楼的座上常客。这样的生活持续了两年之久，直到大和九年（835年）回京任监察御史时，杜牧才结束了这段时闷时乐的生活。

经常出入风月场合的杜牧，在历史上留下了许多为人津津乐道的风流韵事。然而，杜牧对自己放浪的性格是毫不避讳的，甚至将其作为一种美好的生活状态。他在《闲题》一诗中这样描述自己潇散不羁的生活情态：

男儿所在即为家，百镒黄金一朵花。
借问春风何处好，绿杨深巷马头斜。

宋代词人柳永，与杜牧颇为相似，其《鹤冲霄》一词就表达了我自风流的情怀，"烟花巷陌，依约丹青屏障。幸有意中人，堪寻访。且恁偎红倚翠，风流事、平生畅"。在歌楼酒馆的幻境里待久了，难免不曾放纵。

况且，当时的杜牧正处风流倜傥、青春洋溢的年龄。大好的年华遇上了眼前的扬州美景，怎舍得辜负了这一片繁华。杜牧的确有过一场风月繁华的"扬州梦"，所以留下了《遣怀》这样一首专供别人给他订立"风流罪名"的诗就不难理解了。

落魄江湖载酒行，楚腰纤细掌中轻。

十年一觉扬州梦，赢得青楼薄幸名。

这首诗几乎成了诗人风流成性的自白书。表面上看，作者不遗余力地把自己塑造成一个穿梭于花街柳巷，周旋于青楼欢场的纨绔子弟形象，但是我们不能断章取义地把这首诗定性为生活淫乱之诗。实际上，作者因何而"遣"和所"遣"何"怀"，是非常耐人寻味的。风雨飘摇、内忧外患的政局，时运不济、命途多舛的窘境，空有抱负、无处施展的愤懑，这些都沉重地积压在诗人心中。"落魄"一语道破诗人心中的不如意。灯红酒绿、美女歌妓终不是自己最终的追求。梦醒时分，所有的一切不过是一场梦，留下的只有自己内心的空虚与悔恨，还有那难以粉饰抹杀的"薄幸名"。人前欢歌，人后惆怅，杜牧用一种自嘲的手法，在看似潇洒的表面下，表达其内心的痛楚、遗恨。"以乐景写哀情，一倍增其哀乐"，这才是此诗真正所"遣"之"怀"。

这样一种不得已而为之的感怀到底是什么？遍览杜牧五百余首诗作，《自宣城赴官上京》给出了答案：

潇洒江湖十过秋，酒杯无日不迟留。

谢公城畔溪惊梦，苏小门前柳拂头。

千里云山何处好，几人襟韵一生休。

尘冠挂却知闲事，终把蹉跎访旧游。

诗人追忆过去十年的江湖生活，看似潇洒浪漫的漂泊，整日的推杯换盏，不过是闲散的蹉跎度日罢了。由此可见，风流潇洒固然是杜牧的天性，但也有诸多不得已而为之的愤恨掺杂其中，挂冠离去虽然乐得自在，可到头来终究是"蹉跎"。杜牧诗中有很多情感的起伏和反转，却有着看似波澜却不惊的艺术效果，这是源自他"惯看秋月春风"，进而使得这些风月诗也同样耐人咀嚼，索味不尽。

若以今人的道德标准来衡量，杜牧的做派确实算不得上乘，但结合晚唐的狎妓之风，这些荒诞的行为在一定程度上倒也可以得到合理解释，毕竟烟花易冷，或许欢乐之余骨子里也是寂寞的。都说才子自古多风流，杜牧的这份风流肇自才气与才情，也植根于那个开放而豪迈的时代。然而，始终不可否认的是，他的风流中也的确含有对唐王朝中兴之梦破灭的失望乃至绝望之情。因此，不妨暂且将杜牧的风流之名搁置不议，去细细品尝个中冷暖滋味，从而使我们在前人的基础上获得一种更高的精神超越。

三

从容坦荡，贵在性情

其实，在杜牧纵酒狎妓、不拘小节的生活方式下还潜藏着一颗坦荡的心灵和一片执着的深情。

据说，杜牧从扬州回洛阳之后，出任了监察御史一职，正赶上罢官闲居的司徒李愿举办宴席。李家声妓豪华，宴会遍邀洛阳名士，唯独没邀请杜牧。原来李司徒担心杜牧临场会搅乱局面。其实，杜牧本无心于仕途应酬，也从未想过故意刁难。宴会那天，杜牧只是旁若无人地喝酒吃菜，百余名歌妓在那尽情地翩翩起舞，他也丝毫不为所动。紫云是当时名满洛阳的歌姬，却迟迟未曾露面，杜牧实在有些按捺不住了，三杯酒下肚，便询问紫云在何处。李司徒心神不安地指给他看，杜牧凝视了一会儿，连忙赞叹，径直走到紫云身边，吟诗一首：

> 华堂今日绮筵开，谁唤分司御史来。
> 偶发狂言惊满坐，三重粉面一时回。

吟罢此诗，杜郎闲宕散逸的神态令在座众人都屏气凝神。而紫云双颊微红，不知作何应对，只是带着那一脸无法遮掩的喜悦。故事的真假，大家无须深究，但诗人的洒脱与坦荡，还是令人赞叹不已。

放荡不羁的才子情怀，缠绵悱恻的艳情诗歌，很容易让人把杜牧和登徒浪子联系起来。然而，尽管他有很多描写歌姬舞女的爱情诗确实带着缱绻的情思与不尽的风流，但杜牧绝不是好色之徒。貌似轻浮的诗句中包含的不是遐想邪念，而是他对歌妓的真挚感情。且看《见吴秀才与池妓别，因成绝句》一诗：

> 红烛短时羌笛怨，清歌咽处蜀弦高。
> 万里分飞两行泪，满江寒雨正萧骚。

这首诗是作者以旁观者的角度，来描写吴秀才与妓女分别时的离情别绪。诗人的情感并未因女主角是妓女而稍显逊色。此时此刻，他们只是一对即将分别又依依不舍的深情男女，与世间纯粹美好的动人爱情别无二致。

杜牧的诗歌除了表达对风尘女子的怜爱之外，还有不少同情她们命运的名篇。其中一位便是那妩媚动人、能歌善舞的杜秋娘。她因一曲《金缕衣》俘虏唐宪宗之心，被封为秋妃，而后却又沦入苦境。

> 京江水清滑，生女白如脂。其间杜秋者，不劳朱粉施。
>
> 老濞即山铸，后庭千双眉。秋持玉斝醉，与唱金缕衣。
>
> ……
>
> 因倾一樽酒，题作杜秋诗。愁来独长咏，聊可以自怡。

这首《杜秋娘诗》概括了杜秋娘一生的起伏，有无限的风光，又有悲惨的遭遇。其间的起伏和结局的苍凉，引发了诗人不尽的感慨。他由此联想到历史上无数相同经历的人，也更能体会到人生变化无定、幻灭无常的道理。再美的容颜、再无上的地位也终究抵不过岁月的蹉跎和时代的变迁。这首诗十分切合时人的普遍感受，所以在当时广为传唱，影响深远。后张祜《读池州杜员外杜秋娘》诗云："年少多情杜牧之，风流仍作杜秋诗。可知不是长门闭，也得相如第一词。"李商隐亦有《赠司勋杜十三员外》诗云："杜牧司勋字牧之，清秋一首杜秋诗。"

尽管杜牧放浪形骸、风流无度，但在繁花迷离的风月场中却是最为坦荡真实的。他敢于大胆表露真情，与艺妓交往不虚伪、不做戏，而是与她们有着感情与心灵的共通。杜牧对她们有命运的同情，有遭遇的叹惋，还有那一片深情付与其中。

四

咏史怀古，胸怀天下

从杜牧所作的诗歌来看，在其豆蔻相思的诗人气质下，丝毫不掩一颗关心国事、谋略论兵的丈夫之心。他关心朝政、同情百姓，时存经纶用世之心。《河湟》一诗就体现了他对当时西北战事的迫切心情：

> 元载相公曾借箸，宪宗皇帝亦留神。
> 旋见衣冠就东市，忽遗弓剑不西巡。
> 牧羊驱马虽戎服，白发丹心尽汉臣。
> 唯有凉州歌舞曲，流传天下乐闲人。

诗人感慨宰相元载提出收复失地，却遭到陷害一事，对朝廷未能收复西北河湟深表遗憾，同时也流露出对吐蕃人民的同情。面对边疆的隐患、藩镇的割据，他不仅表现出深深的忧虑，还努力为解决这些问题出谋划策，致力于唐王朝的中兴。

在杜牧留下来的五百余首诗歌中，除了那些广为流传的艳情诗外，数量最多且脍炙人口的当数其怀古咏史的佳作。大体而言，杜牧的高才大志和坦荡真诚使他的诗歌具有豪迈明朗的风姿，其出身教养和风月经历又使诗歌呈现出自然潇散的气象，于是，清丽俊爽、绰约含蓄就成了杜牧怀古咏史诗的主要特色。

杜牧擅长借古讽今，他针对晚唐时代黑暗无边的政治和腐朽没落的社会现实，在宏大复杂的历史长卷中，"以小见大"式地选取富有讽刺意义的镜头进行描摹刻画，借历史上帝王盛衰兴亡的经验教训含蓄蕴藉地讽喻当今君主。历史人物吴王夫差、秦始皇、陈后主、隋炀帝，甚至是本朝皇帝唐玄宗都无一例外地成为诗人笔下批判的对象。如诗人看到统治者不思进取、一味享乐所作的《泊秦淮》：

> 烟笼寒水月笼沙，夜泊秦淮近酒家。
> 商女不知亡国恨，隔江犹唱后庭花。

杜牧借陈后主因追求荒淫享乐而终至亡国败家的历史教训，斥责那些身负天下安危，却不知从中吸取教训而醉生梦死的晚唐统治者。还有经华清宫抵长安时，有感于唐玄宗、杨贵妃荒淫误国所作的《过华清宫绝句三首》其一：

> 长安回望绣成堆，山顶千门次第开。
>
> 一骑红尘妃子笑，无人知是荔枝来。

诗人上溯历史、下照现实，抨击了当时统治者的骄奢淫逸和昏庸无道，表现了以史为鉴的历史观念。

杜牧的咏史诗不仅借古讽今，而且善于推陈出新。他常常关注国家治乱的经验和军事、经济问题，运用传统史料的同时将议论入诗，高屋建瓴，对历史人物、历史事件重新评价，努力把历史、现实和个人思想巧妙融合。正如清代赵翼所评："立议必奇辟，多作翻案语。"加之杜牧个人气质的洋溢，这样的诗读起来颇感俊爽豪迈。譬如，世人都认为周瑜潇洒倜傥，谋略过人，杜牧却言"东风不与周郎便，铜雀春深锁二乔"。赤壁之战的胜利，周瑜只是侥幸凭借东风而已，非是依靠雄厚的实力。显然，在杜牧看来，战争的胜败绝不像历史记载那样必然，偶然性的因素对人生命运同样具有重要影响。又如楚汉之争中，项羽自觉无颜面见江东父老而自刎，一般人都觉得此举不失豪杰之气，杜牧却赋诗云：

> 胜败兵家事不期，包羞忍耻是男儿。
>
> 江东子弟多才俊，卷土重来未可知。

认为好男儿并不是像项羽这样的一死了之，真正的英雄应该不屈不挠，能够忍辱负重，以待明日的卷土重来。毕竟胜败乃兵家常事，能屈能伸方为大丈夫。

另外，杜牧还喜欢借题发挥，在理想与现实的矛盾中表现自己内心的不安，以抒发抱负和感慨。这类诗虽然主要目的不在怀古，但由于是因历史人物或遗迹而触发的感慨，也往往具有伤悼往事的性质。如《九日齐山登高》：

> 江涵秋影雁初飞，与客携壶上翠微。
> 尘世难逢开口笑，菊花须插满头归。
> 但将酩酊酬佳节，不用登临恨落晖。
> 古往今来只如此，牛山何必独沾衣。

重阳佳节，诗人和朋友带着美酒登上池州城东南的齐山。清丽之景让诗人心情愉悦，于是和友人喝得酩酊大醉，以此来排遣积郁已久的愁闷。但杜牧的怅惘并非仅是个人的怀才不遇那么简单，所以他也只能强作旷达语，既然古往今来失意之人皆如此，又何必像齐景公那样独自伤感流泪。诗人的旷达，在语言情调上表现得那么爽利豪宕；诗人的抑郁，在情感倾向中却又表现得凄恻低哀。这两方面的结合，使得诗歌显得爽快健拔而又含思凄恻。

杜牧的部分怀古咏史诗也寓含一定的哲理意味。他在《题宣州开元寺水阁，阁下宛溪，夹溪居人》中感叹道："惆怅无因见范蠡，参差烟树五湖东。"时过境迁，世人皆在历史长河中销声匿迹，即使是睿智的范蠡也是难觅清尘，留下的只有参差烟树、天淡云闲，这正是对盛衰推移不可抗拒之哲理的认同。

从众多的怀古诗中不难看出诗人对历史的见解，对国家的关心，对末世的忧患，这正是杜牧风流倜傥外表下爱国之情和忧民之心的真实表现。有缠绵悱恻的情诗，有慷慨悲歌的史论，悲歌中有激昂，不羁中有才情，真可谓风流倜傥也。

五

书己哀乐，度人之怀

杜牧曾经做过一个梦，一个神仙言之凿凿地对他说："你最后的官位是紫微郎"，也就是唐代的中书舍人。也许是命运的巧合，唐宣宗大中六年（852 年）身为中书舍人的杜牧果然重病缠身，自此不起。第二年，情况恶化，心知大限将至的杜牧给自己写起了墓志铭，但文章平实无奇，丝毫不显文豪手笔。写就之后，便闭门在家，搜罗此生所写诗文，留下了十之二三，其余的全部付之一炬。杜牧将承载着他一生心血和情感的诗稿亲手化为云烟，也许是因为他觉得那些诗歌十分鄙陋，不足以传世。也许是因为他觉得自己的人生是蹉跎的，想要彻底忘掉那些悲哀的过往。就这样，在看似超迈的失落中，杜牧向世人挥手作别了！

杜牧一生的悲剧在于善于经略却无法实现壮志，温润多情却无法忘却烦忧。只能在进退两难的人生中，饱含深情地书写着自己的喜怒哀乐、离合悲欢。值得肯定的是，杜牧虽然颇多感慨，但不发牢骚，始终抱有一种坚持理想、不改其志的情怀。他关切百姓疾苦，关心时局安危，早已超越了个人的荣辱进退。因此，杜牧其人其诗至今还都包含着一种极大的内在张力，让我们回味不已。

远处的天空被茫茫大雾笼罩，一棵青松在微风中摇曳，多少人终将逃不过这样的归宿，化为一粒粒尘土，安眠于地下。山丘似的黄土堆，或许可以将一个人所有的悲痛忧愁、所有的美好回忆全部隐藏，但古今共通的情感让我们可以继续一段新的对话，可谓人生如戏，长歌当哭。虽未实现家国的理想，可杜牧的一生并不因此而平庸。其七绝的逸韵远神，七古的思虑深沉，广为世人传诵。诗歌创作上的苦心造诣一定程度上抚平了他理想抱负难以实现的伤感。诗中抒写自己的欢乐与悲愤，也抒写对百姓与时政的深切关怀，用风调多姿的诗句描摹他政治家与诗人的双重魅力。因此，杜牧凭借着自己横溢的才思、不俗的见解和深广的情怀，在晚唐诗坛上独树一帜，与李商隐并称为"小李杜"。

缪钺先生评价其诗说："大凡作律诗与绝句，劲健者容易失于枯直，而有韵者又多流于软弱，杜牧的作品独能于拗折峭健之中，有风华流美之致，气势豪宕而又情韵缠绵，把两种相反的好处结合起来。"杜牧之所以能够把两种看似矛盾的风格巧妙地结合在诗中，正是其风流之柔情与爱国之豪情两种人生侧面的一体诠释。虽然书写的是一己之哀乐，却兼济天下时人之苦痛，以此度化后辈之心胸，这大概就是唐诗经久不衰的魅力所在吧！

李商隐：

理想世界的幻灭，诗家之心的重塑

人皆有心，诗词亦当有心。若以词论，"他人之词，词才也。少游，词心也，得之于内，不可以传"（陈廷焯《白雨斋词话》）。也就是说秦少游的词应当以心领神会为要，是难以言传身教的。若以诗论，义山，当为诗心。元代诗人元好问曾颇感于此，其《论诗三十首·十二》云："望帝春心托杜鹃，佳人锦瑟怨华年。诗家总爱西昆好，独恨无人作郑笺。"所谓西昆，是指北宋初年专学李商隐的一批诗人。郑笺，是指汉代大儒郑玄耗费心神为《诗经》所作的注解。意思是各路诗家喜爱义山体的有很多，但最令人遗憾的是，竟然无人能为其作注解。由此可知，李义山诗心之隐僻。其《无题》诗云："身无彩凤双飞翼，心有灵犀一点通。"如果一个人没有艺术精神的双翼与存于心间的灵犀一点，义山之诗心就真是"不可以传"了。

一

此情可待成追忆

大唐帝国到玄宗后期迅速崩塌，至晚唐已经病入膏肓。此时的李唐王朝就像一棵气息奄奄的老树，徒有粗壮的树干，但是内部已经被蛀空，空余几片枝叶，摇摇欲坠。藩镇和宦官两座大山成为唐朝的心病。政治斗争也是愈加激烈，钩心斗角、明枪暗箭已经成为官场常态。《风雨》诗云："凄凉宝剑篇，羁泊欲穷年。黄叶仍风雨，青楼自管弦。新知遭薄俗，旧好隔良缘。心断新丰酒，消愁斗几千？"正是这一幕幕晚唐衰落的缩影，使李商隐的理想世界逐渐走向了幻灭，也意外地获得了诗心的重塑。

此时的帝王大多昏庸无能，主观上的得过且过和客观上的力不从心，只能任由官员们各立别派，牛李党争就是其间的产物。所谓牛党，指的是以牛僧孺、李宗闵等人为代表的进士出身官僚队伍，而李党指的则是以李德裕为首的、自北朝以来山东士族出身的官僚。其导火索可追溯至宪宗时期的一次科举考试，作为考生的牛僧孺、李宗闵在考卷上奋笔疾书，针砭时弊，其文章受到了主考官的赞赏，于是主考官赶紧把这两个不可多得的人才上报给宪宗。哪知李吉甫，也就是李德裕的父亲，认为这两个毛头小子是在暗讽身为宰相的自己，于是先在唐宪宗面前告了一状，说牛、李两人是走了考官的后门才考中的。宪宗也不辨是非，就把考官和牛、李两人一同降职。而满朝官员都在为两人鸣冤叫屈，还顺带说了一些关于李吉甫的负面言论。宪宗顶不住舆论压力，就将李吉甫调离京都。父亲被贬，让李德裕面上无光，心里生恨。于是牛李党争就此上演，从宪宗至宣宗持续了近四十年之久。以至于唐文宗慨叹道："去河北贼易，去朝廷朋党难！"就是在这样的政治背景下，后生李商隐出场了。

李商隐大约出生于唐宪宗元和八年（813年），少时丧父，靠给人家抄写笔记以补贴家用，加上叔父的接济，日子虽不富裕，但仍可以求学读书。"五年诵经书，七年弄笔砚。"（《上崔华州书》）唐文宗大和三年（829年），为了使其学问更上一层楼，叔父带着李商隐前去京都拜谒当时的著名学者——令狐楚。李商隐功底扎实且聪慧，顺理成章地成为令狐楚的得意门生，但也正是这样一个羡煞旁人的机遇，在短短几年以后，却给李商隐未来的几十年带来了痛苦的隐患。唐文宗开成三年（838年），在令狐楚病逝后不久，李商隐应泾原节度使王茂元的聘请，去泾州做了他的幕僚。天纵英才，王茂元一如当初的令狐楚，同样对李商隐的才华非常欣赏，甚至还将自己的女儿嫁给了他。然而，正是这场婚姻成为他政治生涯的最大诟病，可谓命运弄人。因为李商隐的恩师令狐楚属于牛党，而其岳父王茂元是站在李党一边的，加上李商隐在令狐楚死后不久就迎娶了王氏，使得无论是牛党的人还是李党的人，都对他嗤之以鼻。牛党认为他在令狐楚尸骨未寒之际就迫不及待地娶了对立党派的人，是十足的叛徒，有辱师门；李党也怀疑他的忠心，将其定性为见风使舵的"墙头草"。所以，出于各自利益的考虑，两党的人虽然都很佩服其才华，却难以对他委以重任。就这样，本来美好的婚姻却最终被演绎成了政治的劣行。

诗人一任性情之真，对政治极不敏感，无可奈何地成为政治斗争的牺牲品。一方面，政治上的云谲波诡并未改变李商隐固有的真诚性格。另一方面，为人处世的真实简单与心灵世界复杂迷离的极大反差，也构成了李商隐诗歌的多义难解。前者，可以从他不畏强权、不计个人命运、大胆为刘蕡鸣不平的事件中看出，而这种真诚执拗的性格，与曾经在肃宗面前积极为房琯正名的杜甫颇为相近。后者，可以从与李后主的比较中看出，同样是复杂的政治环境和与时代难以融合的性情，李后主的作品以明白如话而又切己切人著称，李义山的诗复杂难懂，却又同样打动人心。《锦瑟》一诗，就是这样的作品。如果以知人论世来看，时代和身世的坎坷波折，思绪和心境的流离变幻，可以成为内外的相互映照。如果以艺术审美来看，心灵世界的建构实为诗心的重塑，于"真"中求"美"，是一种艺术哲理。多样的鉴赏维度，诗本身的多重意象，加之诗人曲折的经历，使得这首诗的主题思想，自宋元以来就众说纷纭，莫衷一是。有人说这是一首悼亡诗，有人认为这是一首咏物诗，也有人觉得这是一首爱情诗，还有人说这是一首自我感伤诗。一个作品可以带来多种解读，这本身就是一种魅力。鲁迅曾这样评价《红楼梦》，"单是命意，就因读者的眼光而有种种：经学家看见《易》，道学家看见淫，才子看见缠绵，革命家看见排满，流言家看见宫闱秘事……"而李商隐的《锦瑟》，也是如此。

> 锦瑟无端五十弦，一弦一柱思华年。
> 庄生晓梦迷蝴蝶，望帝春心托杜鹃。
> 沧海月明珠有泪，蓝田日暖玉生烟。
> 此情可待成追忆，只是当时已惘然。

这首五十六个字的七言律诗，虽然用典颇多而不佶屈聱牙，反有清新之感。虽然朦胧可识，而又似在水一方的伊人，使读者"溯洄从之"也求寻不得。诗人一生经历，有难言之痛，有至苦之情，郁结中怀，发为诗句，自然幽伤要眇，往复低徊，其诗歌的朦胧美正是在于它有不尽之意。葛立方在《韵语阳秋》中谈道："味无穷而炙愈出，钻弥坚而酌不竭。"如此说来，对《锦瑟》的多种笺解就皆有可通之处了。"真者，精诚之至也，不精不诚，不能动人。"（《庄子·渔父》）义山对王氏的爱是真诚的，对恩师和岳父的感激也是真诚的，但正是这种不谙世事人心的真诚，成为他始终挥之不去的一块心病。李义山的性格是执着的，甚至有些执拗，但他并不像李白一样驰骋天地，淋漓尽致地挥毫泼墨，以获得精神上的极大解放，而是潜气内转，流转于胸。他也不同于杜甫，以巨大而又广阔的悲悯之心，深深扎根于现实世界的苦难而呕心沥血，而是蚌病成珠，于扑朔迷离的心灵世界中度尽劫难，以获得内心的涅槃重生而终成诗心。这不同于秦少游的词心，是苦涩的，而是朦胧写意的苦之至美。因为李义山的性格又是爱美的，这是一种艺术精神的高度审美，绝非仅是形词的皮肉之美。庄周梦蝶本是哲学悟道，悟的是物我互化的齐物思想。"庄周梦为蝴蝶，栩栩然蝴蝶也；自喻适志与！不知周也。俄然觉，则蘧蘧然周也。不知周之梦为蝴蝶与？蝴蝶之梦为周与？"（《庄子·齐物论》）李义山是懂得庄子的，往往善于从精神上领悟前人，又进一步融会自己的诗思，从而加以运用。他不仅学识渊博，而且曾经于大和七年（833年），在王屋山学道三年之久。所谓"庄生晓梦迷蝴蝶"（《锦瑟》），是因为自己也曾经"当局者迷"。对于真与美的追求，淡化了诗中解不开的愁团，但始终也挥之不去，因为"此情可待成追忆，只是当时已惘然"。

二

欲回天地入扁舟

客观地说，李商隐无论是从心理上，还是行为上都没有倾向任何一派，也没有站在任何队伍之中，永远只是孤单一人。因为他支持的是为国家效力的党派，力挺的是为百姓谋福利的队伍，而身处晚唐，这一切都成为幻影。李商隐就像是一匹瘦骨嶙峋的马，在古道上纵意驰骋，而不愿意屈身投奔任何一个马群。和那些只专注自己生活条件的马匹不同，他关心的是更多马匹的生存。虽然这种想法并不被理解和认可，但这并不妨碍他为自己的理想付诸行动。虽然"只是近黄昏"，但还有"夕阳无限好"。正所谓是知其不可为而为之，不过他没有走别人的路，而是自己的路。

开成三年（838 年），李商隐参加吏部博学宏词科考试时，受到朋党排斥，不幸落选，后感慨颇深，写下了《安定城楼》一诗：

迢递高城百尺楼，绿杨枝外尽汀洲。

贾生年少虚垂涕，王粲春来更远游。

永忆江湖归白发，欲回天地入扁舟。

不知腐鼠成滋味，猜意鹓雏竟未休！

一个绿杨繁茂的时节，诗人登上安定城楼，不禁感慨万千。贾谊胸怀治国之策，而不为汉文帝所用，王粲生逢乱世，只能过着寄人篱下的生活。想到自己的处境，不也正是如此吗？李义山是有雄心壮志的，所以才"欲回天地"，只是单纯地希望国家重新回到正轨，绝不是为了功名利禄。"众女嫉余之娥眉兮，谣诼谓余以善淫！"那些猜测自己的小人，不正是屈原所唾弃的吗？而义山是带着"永忆江湖"的心来复兴国家的，怀出世之心而致力于入世之事，这一点着实令人敬佩。

李商隐不是空谈抱负，而是一心忧国忧民，是发自肺腑的呼喊。早在科举被排挤之前，开成元年（836 年），就曾写下《重有感》，希望满朝官员都为国君分忧：

玉帐牙旗得上游，安危须共主君忧。

窦融表已来关右，陶侃军宜次石头。

岂有蛟龙愁失水，更无鹰隼与高秋。

昼号夜哭兼幽显，早晚星关雪涕收。

晚唐，除了党争激烈，宦官弄权也非常严重。甘露事变爆发后，甚至"迫胁天子，下视宰相，陵暴朝士如草芥"（《通鉴》），一时间诸多大臣相继被杀。诗人颇感政局的动荡，此前就这件事已经写下了《有感二首》，后又作此《重有感》，足见心情之悲愤。"安危须共主君忧"，一"须"字，恳切有力地表达了匡扶君王是义不容辞的责任，这种忠肝义胆之心与杜甫十分相似。开成二年（837年）冬，甚至还写下了《行次西郊作一百韵》诗，如实地吐露了民不聊生的社会现实，"依依过村落，十室无一存"；控诉了君臣上下的混乱不堪，"或出幸臣辈，或由帝戚恩"；呕心表明了自己的心志，"我愿为此事，君前剖心肝"。即便"叩头出鲜血，滂沱污紫宸"，也要坚定地发出控诉。他不为名，不牟利，只是为自己的心，一颗忧国忧民之心。

一般人常常因为义山诗的隐晦迷离，而忽略了他的这些政治感怀诗，这样是难以了解李商隐的。因为，虽然他痴迷于书写绮丽隐僻的词句，但其实始终都没能从感时伤时的忧虑中解脱出来。唐宣宗大中三年（849年），刘蕡遭受诬陷，被贬离世，李商隐十分悲伤，两个不幸的人惺惺相惜的日子走到了尽头。痛定思痛，李商隐接连写下了四首哭吊之作，《哭刘蕡》便是其中之一。

上帝深宫闭九阍，巫咸不下问衔冤。
黄陵别后春涛隔，湓浦书来秋雨翻。
只有安仁能作诔，何曾宋玉解招魂？
平生风义兼师友，不敢同君哭寝门。

二人亦师亦友，私交十分密切。"耿介嫉恶，言及世务，慨然有澄清之志"的刘蕡和心怀鸿鹄之志却只能屈居于燕雀之下的李商隐遭遇十分相近。此时李商隐心中的伤痛已经达到了极点，再也不能够控制自己的情绪，失友之痛让他忘记了理性。"衔冤"二字，不正是为朋友的呐喊吗？不仅如此，这也是对腐朽的政治的呐喊，对没落的时代的呐喊。朝中大臣们虽然知道刘蕡是冤枉的，可喊冤的人除了李商隐，还有谁呢？时代已经虚假懦弱至无可救药。其实，刘蕡的命运何尝不是自己悲惨命运的翻版呢？无人问津，风雨飘摇，两人潦倒的境遇如此相似，一样的耿直，一样的抱负，到头来，却是一场空。

李商隐不肯放低自己的头颅，弯下笔直的脊梁，他要守望自己的心田，坚守自己的气节。每个人都注定会有不同的人生，而他只选择自己最爱的那种。义山虽然清贫了一生，但是他未曾后悔过，"塞翁失马，焉知非福"，虽然失去优渥的生活环境，但人格不改，内心不虚。无论怎样的穷困潦倒、愁绪万千，何曾动摇自己的信念？借酒消愁只不过是暂时的，正应了王勃所言："穷且益坚，不坠青云之志。"酒醒后依旧是耿介的李商隐。

三

更持红烛赏残花

李商隐是诗人，也是凡人，和我们有一样的喜怒哀乐、七情六欲。只是他心情欠佳的时候，常常会借小诗写闲愁。

高阁客竟去，小园花乱飞。

参差连曲陌，迢递送斜晖。

肠断未忍扫，眼穿仍欲稀。

芳心向春尽，所得是沾衣。

一首《落花》道出了诗人对人生美好时光的眷恋与珍爱，由落花推及人生，诗人的思绪一直向前飘，回忆到从前的美好光阴时，他忍不住停留，细细品味当时的快乐。可是从回忆中惊醒过来，现实依旧没有任何改变，强烈的对比立刻显示出巨大的差距，这忧愁自然而然地涌上心头，久久挥之不去……

唐武宗会昌二年（842年）至五年（845年），李商隐夫妻二人曾在永乐一度有过隐居生活。舒畅欢愉的日子果然有利于激发灵感，他非常喜欢这种新生活。"自喜蜗牛舍，兼容燕子巢。绿筠遗粉箨，红药绽香苞。虎过遥知阱，鱼来且佐庖。慢行成酩酊，邻壁有松醪。"虽然身居陋室，但有自然美景相伴，又"何陋之有"？《春宵自遣》中也说出了自己对隐居生活的满意，"地胜遗尘事，身闲念岁华。晚晴风过竹，深夜月当花。石乱知泉咽，苔荒任径斜。陶然恃琴酒，忘却在山家。"在这里，他可以任情自然，无须束缚，这样的日子正是诗人朝思暮想的理想生活。李义山与农民相处融洽，对知识渊博的田叟崇拜得五体投地，他在《赠田叟》中说："荷蓧衰翁似有情，相逢携手绕村行。烧畲晓映远山色，伐树暝传深谷声。鸥鸟忘机翻浃洽，交亲得路昧平生。抚躬道直诚感激，在野无贤心自惊。"李商隐的心情大好，文思泉涌，对这里的景物充满热爱，对周围的一切感到新奇，处处洋溢着阳光、自然的味道。

大中五年（851年），李商隐深爱的妻子王氏不幸在春夏间病逝。有人认为，《嫦娥》诗，正是他悼亡爱妻的一首作品。

云母屏风烛影深，长河渐落晓星沉。

嫦娥应悔偷灵药，碧海青天夜夜心。

一个"悔"字，一句"夜夜心"，足以将诗人满腹的愁苦和无奈清晰地勾勒出来。他年幼丧父，自然不能靠家里打点走上康庄大道。本来似锦的前程却被一场婚姻以莫须有的罪名切断了，颠沛流离的生活加上捉襟见肘的窘境使妻子生病也无法得到救治，在和病魔斗争了许久之后，妻子还是离开了。此后的漫漫长夜，再也没有"何当共剪西窗烛，却话巴山夜雨时"的憧憬与美好了。一位心灵上的知己、生活上的伴侣就这样香消玉殒，李商隐的悲伤碎了一地，再也无法拾起。此时，即使是用尽天下的药石也再难医治他对妻子的相思。他是个多愁善感的人，也是个至情至性的人，虽然不能和妻子继续比翼双飞了，但他认为时间和空间都不能阻隔两人"心有灵犀一点通"的默契，那难以弃置的最后执念倒也不失为一种成全。

而据民间传说，李商隐在和王氏成婚前，曾和一名叫"荷花"的女子热恋。奈何情深缘浅，两人交往没多久，荷花就身染重病，卧床不起了。虽有李商隐的精心照料和日夜陪伴，但是这朵绽放的荷花终究还是凋谢了。用情至深的李商隐不得不接受这一噩耗，痛定思痛，用手中的笔纾解自己的伤痛：

> 荷叶生时春恨生，荷叶枯时秋恨成。
> 深知身在情常在，怅望江头江水声。

事情真伪难以考证，但这首《暮秋独游曲江》生动形象地将李商隐对心爱之人的思念以及对其离开的悲戚表现了出来。多愁善感、心思细腻让他比常人更容易体味伤痛，他无法做到忽视过往，也无法逼迫自己忘记，只能将那些思念埋藏在心底，夜深人静的时候对着月光喃喃自语，回忆往昔。

妻子的病逝不仅给了李商隐沉痛打击，还打乱了这个家庭的生活秩序。柳中郢看到失魂落魄的李商隐很着急，为了李商隐能尽快恢复常态，他特地为李商隐选了一位能歌善舞的美姬——张懿仙。他认为张懿仙不仅具备相夫教子的能力，还有艺术才情，很符合李商隐的品位。可是李商隐却婉言谢绝了柳中郢的美意，并在《上河东公启》中说明了原因："至于南国妖姬，丛台妙妓，虽有涉于篇什，实不接于风流。"但是这不过就是推辞的借口，他还是放不下亡妻。这个对爱情忠贞不渝的男子宁愿一人风里来雨里去，独自承受生活的艰辛和情感的孤独，也不愿意再接受一个陌生女人突然进入他的生活。"春心莫共花争发，一寸相思一寸灰"，曾经对爱情的美好向往都转化成幻灭的悲哀，此生哪怕肝肠寸断，他也只会在相思中度日，绝不另觅新欢。

李商隐是有几个知己的，但是随着岁月的前行，他的知己们被时光定格在某一刻，再也无法和他一同前行。可他依旧保持一副最坦然的样子，茕茕孑立，踽踽独行。想到他的那句"契阔十年，流离万里"，一个孤苦无依、辗转漂泊的"断肠人"也就浮现在眼前了。这位命途多舛的男子看着窗外的黄莺，想到自己早些年的随笔"曾苦伤春不忍听，凤城何处有花枝"，没想到时隔多年，依旧是这副惨淡模样，自己以流莺自诩，到头来过得比流莺还惨上三分，还好自己的品性还在，这也算是一种安慰。他颤颤巍巍地走着，夕阳的光辉洒在他的身上，像镀了一层金，熠熠生辉。他还是坚定地朝前走着，他的影子越来越模糊，最终消失在落日的余晖里。

于李商隐而言，理想世界的幻灭，反倒令诗家之心获得新生，狷介让他在淤泥中依旧洁白如初。虽然一生过得惨淡，输给了现实，却赢得了自己。岁月深处，还是那个不忘初心的少年。无论是今生还是来世，即使清楚地知道自己选择的结果，他还是会忠于自己的诗心。李商隐并不想在政治上索取，只是满腔忧国忧民的苦痛无处安放。可惜这个理想最终还是没有实现，因为大唐的落日已斜，客人已散，美酒已醒，可他还要执着地追寻，只不过选择的是心灵。正如《花下醉》这首小诗所说：

寻芳不觉醉流霞，倚树沉眠日已斜。

客散酒醒深夜后，更持红烛赏残花。

终于，大中末年（858 年），李商隐离开了人间，此时距离唐朝的灭亡已不足半个世纪。好友崔珏惊闻李商隐离开后悲痛不已，奋笔写下了《哭李商隐二首》。可纵使他知道义山"虚负凌云万丈才，一生襟抱未曾开"的坎坷遭遇，但独自憔悴的斯人已逝，就算再多眷恋惋惜，也只能徒吟一句"迟归高壤抱长叹"。唯愿李义山在另一个世界能像友人所期盼的那样，"只应物外攀琪树，便着霓裳上绛坛"，做一个春风得意的快活神仙。

主要参考文献

1. （唐）陈子昂著，徐鹏校．陈子昂集〔M〕．中华书局，1960.

2. （唐）孟浩然著，佟培基笺注．孟浩然诗集笺注〔M〕．上海古籍出版社，2000.

3. 喻守真编注．唐诗三百首详析〔M〕．中华书局，1980.

4. （唐）王维撰，陈铁民校注．王维集校注〔M〕．中华书局，1997.

5. （唐）王昌龄著，胡问涛，罗琴校注．王昌龄集编年校注〔M〕．巴蜀书社，2000.

6. （唐）高适著，孙钦善校注．高适集校注〔M〕．上海古籍出版社，1984.

7. （唐）岑参著，陈铁民，候忠义校注．岑参集校注〔M〕．上海古籍出版社，1981.

8. （唐）李白著，（清）王琦注．李太白全集〔M〕．中华书局，1999.

9. （唐）杜甫著，萧涤非主编．杜甫全集校注〔M〕．人民文学出版社，2014.

10.（唐）李益著，范之麟注．李益诗注〔M〕．上海古籍出版社，1984.

11.（唐）韩愈著，屈守元，常思春主编．韩愈全集校注〔M〕．四川大学出版社，1996.

12.（唐）孟郊著，华忱之，喻学才校注．孟郊诗集校注〔M〕．人民文学出版社，1995.

13.（唐）柳宗元著，尹占华，韩文奇校注．柳宗元集校注〔M〕．中华书局，2013.

14.（唐）元稹著，冀勤点校．元稹集〔M〕．中华书局，2010.

15.（清）彭定求等编，陈尚君补辑，中华书局编辑部点校．全唐诗〔M〕．中华书局，1980.

16.（唐）白居易著，谢思炜撰．白居易诗集校注〔M〕．中华书局，2006.

17.（唐）刘禹锡著，卞孝萱校订．刘禹锡集〔M〕．中华书局，1990.

18.（唐）贾岛著，李嘉言新校．长江集新校〔M〕．上海古籍出版社，1983.

19.（唐）杜牧著，（清）冯集梧注．樊川诗集注〔M〕．上海古籍出版社，1962.

20.刘学锴，余恕诚著．李商隐诗歌集解〔M〕．中华书局，2004.

21.（唐）李商隐著，（清）冯浩详注，钱振伦，钱振常笺注．樊南文集〔M〕．上海古籍出版社，1988.